verteidige den alpha

The Submission Trilogy

emilia rose

Umschlagdesigner: Covers by Christian

Emilia Rose

emiliarosewriting@gmail.com

www.emiliarosewriting.com

1
isabella

„ICH BIN VERDAMMT GESTRESST, ISABELLA", sagte Roman durch unsere Gedankenverbindung. Seine Stimme war angespannt, schroff und gefärbt von den Sorgen der letzten Wochen, seit ich Anführerin der Lykaner geworden war.

Ich hangelte mich an das Kopfende unseres Bettes, starrte auf die funkelnden Mondblumen, mit denen ich unsere Fensterbank geschmückt hatte, und fuhr mit einem Finger über die Mitte meines nackten Oberschenkels. „Komm nach Hause", sagte ich durch die Verbindung. „Ich weiß, was dich beruhigen wird."

Nachdem er ein leises, sinnliches Knurren von sich gegeben hatte, antwortete Roman mir, dass er bald nach Hause käme und unterbrach die Gedankenverbindung. Ich spreizte meine Schenkel und legte die Hand zwischen meine Beine, um mit dem zu spielen, womit Roman jede Nacht spielte.

Etwas stimmte in letzter Zeit nicht mit ihm. Vielleicht war es der ständige Stress und die Trennung, die meine Pflichten bei den Lykanern verursachten. Ryker hatte mich mit so vielen zerbrochenen und zerstörten Beziehungen zu den Alphas zurückgelassen, die uns Kriegern vorher vertraut hatten.

Die Menschen waren wütend. Die Wölfe weigerten sich, uns um Hilfe bei der Bekämpfung von Gesetzlosen zu bitten. Unruhige und angriffslustige Wölfe und Rudel stifteten tief im Wald Ärger. Und natürlich musste ich diejenige sein, die versuchte, die Wunden zu heilen. Zerbrochenes Vertrauen und gebrochene Herzen, vom Verlust geliebter Menschen durch Gesetzlose verursacht. Nur, weil Ryker Macht gewollt hatte.

Nachdem ich die frische Mitternachtsluft tief eingeatmet hatte, schob ich eine Hand in meine Unterwäsche und rieb kleine Kreise um meinen Kitzler, spannte mich an. Ich verlangte nach Roman in mir, um die Sorgen für ein paar Momente zu vergessen, während er mich liebkoste … oder mich grob fickte – mir war beides recht.

Ich wollte nur seinen langen, dicken Schwanz umklammern, spüren, wie er in einem gleichmäßigen Rhythmus in mich hineinglitt, wie er seine Hand an meinen Hals legte, während er mir schmutzige Dinge ins Ohr flüsterte.

Als ich den Kopf drehte, um aus dem Fenster zu sehen, entdeckte ich seine goldenen Augen, die mich aus dem Wald anstarrten. Ich verkrampfte mich und krümmte meine Zehen. Göttin, er wurde nie müde, mir dabei zuzusehen, wie ich für ihn mit mir selbst spielte.

Er liebte jede Sekunde davon.

Ich rieb mich noch schneller, spreizte meine Beine und ließ mich von ihm betrachten. Wahrscheinlich hatte er einen Ständer und holte sich im Wald einen runter, bevor er in unser Schlafzimmer kam, um es mir zu geben. Er fragte sich bestimmt, wie gut ich mich nach ein paar Wochen Zurückhaltung fühlen würde.

Die Mondblumen auf meiner Fensterbank leuchteten noch heller, funkelten im Mondlicht und erhellten den dunklen Raum um mich herum. Ich atmete ihren Duft noch einmal ein, der Hauch eines unbekannten Geruchs erfüllte meine Nase.

Ich spannte mich bei dem Geruch leicht an, meine Wölfin schnurrte. Aber heute Abend gingen mir zu viele Dinge durch den Kopf, primär das morgige Treffen mit den Alphas. Die ganze Woche über war meine Wölfin nervös gewesen, weil wir befürchteten, dass bei der Versammlung etwas schiefgehen würde. Etwas passierte immer. Also entschied ich mich, es nur heute Abend zu ignorieren.

Ich schloss für einen Moment die Augen und sank in die Kissen. Die Haustür öffnete sich und sofort durchströmte mich eine Freudenwelle. Roman war hier, um mich zum ersten Mal seit Tagen zu nehmen.

Mit jedem Schritt, den er die Treppe hinaufging, verkrampfte ich mich noch mehr in Vorfreude.

Beruhige dich, Isabella. Er ist unser Partner. Wir haben vielleicht nicht mehr viele intime Nächte zusammen, aber wir sehen ihn jeden Tag.

Aber ich konnte nicht ganz ruhig bleiben, denn ihn zu sehen war mit Abstand das Beste an meinem Tag.

Als sich die Schlafzimmertür öffnete, zog ich meine Knie zusammen und lächelte zu Roman hoch. Er stand an der Tür, das braune Haar wild zerzaust, haselnussbraune Augen mit goldenen Strichen, große Muskeln, die sich unter seinem lachsfarbenen Hemd abzeichneten.

„Isabella", murmelte er, die Stimme tiefer und rauer, als sie in der Gedankenverbindung geklungen hatte.

Peu à peu knöpfte er sein Hemd auf und ließ es von seinen Schultern gleiten. Sein goldener Blick wanderte an meinem Körper hinunter und wieder hinauf, die Eckzähne traten unter seinen Lippen hervor. „Meine liebe Isabella."

Ich rollte mich auf den Bauch, kroch an den Rand des Bettes und streckte eine Hand in seine Richtung. „Ich warte nicht länger auf dich", sagte ich, hakte meine Finger in seine Gürtelschlaufen und zog ihn näher zu mir. Meine Hand glitt in seine Hose.

Er packte mich am Kinn und zwang mich, in seine intensiven Augen zu sehen. „Noch nicht." Er trat auf mich zu und ließ die Vorderseite seiner Hose gegen meine Brüste streifen, die von seinem schwarzen Lieblings-Spitzen-BH bedeckt waren. „Erst werde dich genießen."

Er packte meine Beine und zog mich an den Rand des Bettes, bis mein Hintern über die Kante hing, dann fuhr er mit einem Finger von meinem Kinn über die Mitte meiner Brust bis zu meiner Unterwäsche. Seine Lippen wanderten von einer Seite meines Halses zur anderen. Als er meine Markierung erreichte, knabberte er daran und saugte die durch seine riesigen Eckzähne verursachten Narben in den Mund.

Seine Finger rieben an meinem Kitzler und er küsste weiter meine Brust, die er mit kleinen roten Knutschflecken übersäte. Die schaute ich mir immer gerne an, wenn ich einen schlechten Tag hatte. Er hakte seine Zähne in meinen BH-Körbchen ein und glitt sanft daran hoch.

„Zieh das aus", befahl er.

Ich öffnete meinen BH und ließ die Träger an meinen Armen hinuntergleiten, wobei meine Brüste aus dem BH fielen. Nachdem er leise geknurrt hatte, kniff er meine Brustwarze zwischen seine Zähne und saugte kräftig daran.

„Ich habe die ganze Woche darauf gewartet, dich zu ficken." Er küsste sich zu meiner Unterwäsche hinunter, krallte seine Finger in den Bund und zog sie mir von den Beinen.

Ich spuckte auf meine Finger und strich mit ihnen über meinen nackten Kitzler, der sich nach Berührung sehnte. Wir waren beide so beschäftigt und so müde, dass wir schon lange nicht mehr intim sein konnten, aber heute Nacht war es anders. Heute Nacht brauchte ich ihn.

Nachdem er meine Hand gepackt hatte, drückte er sie aufs Bett. „Meine", sagte er gegen meinen Schoß, sein Atem wärmte mich. „Nur ich darf dich berühren." Er drückte seine Lippen auf die Spitze meines Venushügels und arbeitete sich langsam zu meinem Kitzler hinunter, neckte ihn mit seiner Zunge.

Als er mit einem Finger über meinen Schlitz strich und ihn in meine schmachtende Muschi schob, zog ich mich enger um ihn zusammen und stöhnte. Ich bewegte meine Hüften hin und her, um die Spannung in meinem Inneren zu lösen und schob meine Finger in sein Haar. „Roman", hauchte ich.

„So eng für mich", murmelte er gegen mich.

Er stützte meine Beine auf seine Schultern und presste seine Lippen auf meine Muschi, wobei er die Augen schloss, als sei dies das Lustvollste, was er erleben konnte. Seine Finger bewegten sich schneller in mir. Ich wickelte meine Finger um Strähnen seines braunen Haares und zog ihn näher an mich heran.

Oh Mondgöttin, was hatte ich getan, um einen Mann wie diesen zu verdienen?

Meine Beine kribbelten, als er seinen Mund und seine Nase an meinem Innenschenkel hochschob. Er stand auf, zog seine Hose herunter und nahm seinen harten Schwanz in die Hand, um ihn gegen meine triefende Muschi zu schlagen. Als er ihn in mich hineinschob, zog sich meine Muschi um ihn zusammen.

„Scheiße, Isabella. Leg deine Arme um mich.“

Er packte meine Beine, hob mich vom Bett und stieß hart in mich hinein. Ich hielt mich an seinem Rücken fest und blickte über seine Schulter aus dem Fenster.

Unsere Blumen blinkten und funkelten auf der Fensterbank. Der ungewohnte Duft zog wieder in meine Nase. Roman pumpte weiter in mich hinein, jeder Stoß brachte mich näher und näher zu ihm und an den Rand des Orgasmus. Meine Brüste hüpften gegen seine Brust, er nahm eine in seine Hand und saugte meine Brustwarze in seinen Mund, wobei er leicht hineinbiss.

Ich zog die Stirn in Falten, mein Mund öffnete sich vor Vergnügen, ich stöhnte in sein Ohr. Eine Lustwelle nach der anderen durchflutete mich. Wie betäubt schweifte mein Blick von den Blumen zum Wald.

Haselnussbraune Augen starrten in unsere Richtung.

Mein ganzer Körper spannte sich an und ich grub meine Nägel in Romans Rücken.

Jemand beobachtete uns. Jemand, den ich nicht erkannte.

„Roman.“ Ich versuchte, mich ein wenig von ihm zu lösen, um den Wolf im Wald besser sehen zu können. Niemand hatte so haselnussbraune Augen mit goldenen Streifen darin.

Roman stieß fester in mich hinein und der Wolf starrte uns weiter an.

„Roman … Stopp!“

Er warf mich auf das Bett, drehte mich um und drückte meine

Brust gegen die Matratze. „Stopp?", fragte er und zog mich an den Haaren zu sich heran. Die Luft war erfüllt von seinem Minzgeruch und der Spannung zwischen uns. „Ich habe die ganze verdammte Woche darauf gewartet, in deiner engen Muschi zu sein, zu spüren, wie du dich um mich zusammenziehst, zu hören, wie du wimmerst." Er schmunzelte gegen seine Markierung. „Ich werde jetzt nicht aufhören."

Ich klammerte mich an das Bettlaken. Ich wollte auch nicht aufhören.

Vielleicht habe ich nur Dinge gesehen. Vielleicht war ich nur …

Als ich wieder aus dem Fenster schaute, sahen wir uns in die Augen. Im Schein der flackernden Mondblumen im Wald hätte ich schwören können, dass der Wolf grinste. Er grinste mich verdammt noch mal an, als würde er Roman und mich verspotten.

Als er in das Mondlicht hinaustrat, verkrampfte ich mich. Er war unglaublich groß – fast so groß wie ein Alphatier, mit weißem Fell und funkelnden haselnussbraunen Augen.

Anstatt wegzuschauen, drehte ich meinen Oberkörper zu Roman und drückte gegen seine Brust. „Da beobachtet uns jemand."

Roman schaute aus dem Fenster zu dem Wolf und dann wieder zu mir, wobei sich seine Lippen zu einem Grinsen verzogen. „Er sieht zu, wie ein Alpha seine Partnerin in den Schlaf fickt", sagte Roman arrogant. Er kroch auf das Bett zwischen meine Beine und küsste meinen Hals, während er an seiner Markierung saugte. „Entspann dich, Isabella. Lass ihn nicht unseren Abend verderben."

„Ist das okay für dich?", fragte ich atemlos und drückte meinen Rücken durch, als er mich noch tiefer küsste. Ich schaute aus dem Fenster und sah, dass der unbekannte Wolf uns immer noch sehr aufmerksam beobachtete.

Roman stieß seine Finger in meine Muschi und machte sie mit meinen Säften feucht. „Für dich ist es das." Er zog seine Finger aus mir heraus und fuhr mit ihnen in der Mitte meines Körpers, zwischen meinen Brüsten, entlang. „Du bist ganz nass für mich,

Baby." Er steckte seine Finger in meinen Mund. „Macht es dich an, beobachtet zu werden, meine liebe Isabella?"

Angespannt starrte ich in die goldenen Augen meines Partners und schluckte. „Ich … ich …"

Roman küsste mich auf das Kinn und ließ seine Lippen auf mir verweilen. „Du brauchst es nicht zu sagen. Dreh dich einfach für mich um und geh auf allen Vieren, damit er mir dabei zusehen kann, wie ich das vollende, wonach ich mich die ganze Woche gesehnt habe."

Das Herz raste in meiner Brust. Obwohl ich nie erwartet hätte, dass dies eine von Romans Vorlieben sein würde, drehte ich mich um und kniete auf allen Vieren auf dem Bett, drückte meinen Rücken durch und ließ meine Brüste sanft schwingen, während Roman meine Taille umfasste.

„Braves Mädchen", sagte Roman und packte mit einer Hand mein Haar und mit der anderen meinen Hintern. Er stieß von hinten in mich hinein und füllte mich vollständig aus. „Du bist so ein artiges Mädchen für mich heute, nicht eine freche Göre, wie sonst."

Ich schmiegte mich an ihn und stöhnte, weil ich sein Lob so genoss. Meine Finger krallten sich in die Bettdecke und warf noch einen Blick auf den Wolf im Wald. Irgendetwas daran, dass Roman einen Zuschauer gut fand, hatte sich für mich zuerst nicht richtig angefühlt, aber er hatte mich selber unzählige Nächte beobachtet. Warum hatte ich erwartet, dass ihm so etwas *nicht* gefallen würde?

Dies war eine erotische Zurschaustellung von Dominanz.

Und mein Roman war nichts anderes als ein harter, dominanter Partner.

„Habe ich dieses zickige Maul endlich genug gefickt, um dich gehorsam zu machen?", fragte Roman und stieß von hinten in mich hinein.

Ein leises Knurren entrang sich meiner Kehle, meine Eckzähne wurden länger. „Egal, wie hart du mich nimmst, ich werde dir niemals gehorchen. Das solltest du wissen, du …"

Er drückte meinen Kopf gegen die Matratze, stellte einen Fuß auf das Bett, um mich noch härter zu ficken, und schob einen Arm um meine Taille, um mir auf meine empfindliche Klitoris zu schlagen. „Ich werde dich nicht brechen können? Ist es das, was du denkst?", fragte Roman und schlug mir erneut auf die Klitoris.

Ich schrie und meine Muschi zog sich um seinen Schwanz zusammen.

Er zerrte mich an den Haaren hoch, bis mein Rücken gegen seine straffe Brust gepresst war, und knurrte mir ins Ohr: „Lass uns eines klarstellen, Isabella. Schau aus dem verdammten Fenster, öffne deinen hübschen kleinen Mund und schrei meinen Namen, oder keiner von uns beiden wird heute Nacht kommen. Und ich weiß, dass diese enge, pochende, kleine Muschi", er schlug wieder auf meine Klitoris, „nur darauf wartet, mein Sperma in sich aufzunehmen."

Ich kniff die Augen zusammen und schüttelte den Kopf. So kurz davor … Ich war so kurz davor, ohne seine Erlaubnis auf seinem Schwanz zu kommen, so kurz davor, dass er mich vor diesem Mann wirklich dafür bestrafte, dass ich dem großen, bösen Alpha nicht gehorchte.

Nachdem er meinen Nacken mit einer Hand ergriffen hatte, schlug er hart auf meine Klitoris. „Tu es."

„Nein."

„Jetzt, Isabella."

„Nein …" wimmerte ich.

Er stieß in mich hinein, traf meinen Gebärmutterhals und ließ mich schreien. Ich öffnete meine Augen und starrte aus dem Fenster auf den Wolf.

„Roman!" Ich schrie, die Zehen kräuselten sich. „Roman, bitte, gib es mir."

Roman versank tief in mir, erstarrte und stöhnte in mein Ohr. Ich entspannte mich in seinen Armen und sah zu, wie der Wolf in den Wald zurückging und in der Nacht verschwand.

Nachdem sich Roman aus mir herausgezogen hatte, drehte ich mich um und ließ mich auf das Bett fallen. „Wir müssen reden, Alpha."

2

roman

ISABELLAS MONDBLUMEN FLACKERTEN auf der Fensterbank und erhellten den Raum. Ich schaltete das Licht aus, kroch zu ihr ins Bett und hörte das Heulen der Rudelmitglieder bei ihren Mitternachtsläufen.

„Was war das?", fragte Isabella und zog die Decken über unsere nackten Körper.

Ich strich ihr ein paar Haarsträhnen aus dem Gesicht. „Was war was?"

Sie verdrehte ihre strahlend blauen Augen. „Du weißt genau, wovon ich spreche. Hast du diesen Wolf gebeten, zu kommen und zuzusehen?", fragte sie und nagte an ihrer Lippe. „Jeder in unserem Rudel weiß, dass man nicht hierherkommt, schon gar nicht so spät in der Nacht, um uns zu *beobachten*."

Es gab nichts, was ich Isabella verheimlichen konnte.

Ein Lächeln huschte über meine Lippen. „Er ist ein Beta in einem nahegelegenen Rudel. Jemand, mit dem ich früher trainiert habe. Ich habe ihn gebeten, zu kommen. Hat es dir gefallen?"

Mit geröteten Wangen schaute sie auf meine Brust hinunter und nickte nur leicht. „Ich hätte nur nie gedacht, dass dir das gefällt."

Ich drehte mich auf den Rücken und starrte an die Decke. Es

gab viele Dinge, die Isabella noch nicht über mich wusste, obwohl wir Partner und einst gute Freunde waren. Es hatte sich so viel zwischen uns verändert, als mein Vater anfing, mich zu einem Alpha auszubilden.

„Es macht mir Spaß", sagte ich.

„Hast du das schon mal gemacht?", fragte sie mich.

„Ja", sagte ich zögernd und all die schlechten Erinnerungen kamen zurück.

Sie riss die Augen auf und setzte sich auf. „Wirklich?", fragte sie neugierig, „mit wem?"

„Ich glaube nicht, dass du das wirklich wissen willst, Isabella. Das liegt in der Vergangenheit", sagte ich. Doch sie starrte mich weiterhin mit diesen großen Augen an. Ich seufzte, schloss sie in meine Arme und zog sie zu mir herunter. „Mein ehemals bester Freund und meine Ex-Freundin."

Irgendwie wurden ihre Augen noch größer. „Mit dieser Scarlett?", fragte Isabella und rümpfte angewidert die Nase. „Ich habe nur Gerüchte über sie gehört, aber ich habe sie mit meiner ganzen Inbrunst gehasst, weil sie dich mir weggenommen hat." Sie hielt inne, die Mondblumen leuchteten in ihren Augen. „Wer war dein Freund?"

Ich schüttelte den Kopf. „Sein Name ist Kylo. Kylo Marks."

„Kylo vom Moon Ridge Rudel?", fragte sie mit großen Augen. „Was ist zwischen euch beiden passiert?"

Ich biss die Zähne zusammen und dachte an meine Mutter und meinen Vater zurück, an Scarlett, an die Tage, an denen ich geschworen hatte, Kylo zu töten, wenn ich ihn jemals auf meinem Grundstück sehen würde. Dieser Mann hatte es nun schon seit über vier Jahren auf mich abgesehen und morgen würde der erste Tag sein, an dem ich ihm seit Jahren wieder begegnen würde.

„Ein Streit", sagte ich und weigerte mich, jetzt mehr ins Detail zu gehen.

Isabella setzte sich wieder im Bett auf und schüttelte den Kopf. „Kylo ist einer der angriffslustigsten Alphas gewesen, nachdem alle herausgefunden haben, dass Ryker die Lykaner verraten hat.

Er wird morgen bei dem Treffen dabei sein." Sie zog die Knie an ihre Brust und kaute auf der Innenseite ihrer Wange. „Ich habe Angst, dass ich die Alphas nicht beruhigen kann."

Ich strich mit den Fingern über ihre Hüfte, setzte mich auf und legte meine Lippen auf ihre Markierung. „Sei nicht nervös, meine liebe Isabella", sagte ich und spürte, wie sie sich unter meinen Lippen entspannte. „Kylo wird kein Problem für dich sein. Ich werde mich um ihn kümmern. Worüber wir uns Sorgen machen sollten, sind die Unruhen zwischen einigen der sich bekriegenden Rudel.

„Unruhen?", flüsterte sie.

„Cayden hat mir vorhin erzählt, dass die Wölfe in letzter Zeit wilder sind als sonst", sagte ich und strich ihr ein paar Haare hinters Ohr. „Und ich möchte nicht, dass du da mit hineingezogen wirst und dich absichtlich in noch größere Gefahr begibst."

„Ich bin die Anführerin der Lykaner, Roman. Die Gefahr gehört zum Job."

„Und du bist meine Partnerin. Dich zu beschützen, gehört zu meinem."

3
isabella

LAUTES, wütendes Geplapper drang aus dem Saal der Lykaner auf den Flur. Ich wippte auf den Zehenspitzen und hielt mir den Bauch mit den Händen, weil ich das Gefühl hatte, kotzen zu müssen. Alphas, Partner und Krieger aus allen Rudeln waren hier. Besorgt darüber, was nun passieren würde, nachdem Ryker sie verraten hatte und durch die Hand seiner eigenen Partnerin gestorben war.

Das Vertrauen in die Lykaner schwand schneller, als ich erwartet hatte.

Roman hatte gestern Abend in einem Punkt recht gehabt: Über unserem Wald lag eine unruhige Energie zwischen sich bekriegenden Rudeln. Wenn ich ihnen heute nicht vermitteln konnte, dass sie auf unseren Schutz zählen konnten, befürchtete ich, dass ein Krieg gegen uns folgen würde … oder vielleicht etwas viel Schlimmeres.

„Izzy!", sagte Vanessa. Sie legte ihre lila-manikürten Finger von hinten auf meine Arme und beugte sich über meine Schulter, wobei ihr eine Strähne des blonden Haares ins Gesicht fiel. „Beruhige dich, Mädchen."

Vanessa und ich waren nicht die besten Freundinnen, aber wir waren uns in den vergangenen Wochen nähergekommen. Sie respektierte endlich die Grenzen, die ich ihr bezüglich Roman gesetzt hatte und war schnell zu einer der stärksten Kriegerinnen in Romans Rudel aufgestiegen.

„Sind alle da?", fragte ich sie und spähte in den überfüllten Saal.

Sie öffnete die Tür weiter und wollte mich hineinführen, aber meine Füße wollten sich keinen Zentimeter bewegen. Ich hasste Reden in der Öffentlichkeit mehr, als ich Vanessa in der Schule gehasst hatte. Alles, was heute geschah, würde sich in den kommenden Monaten auf die Lykaner auswirken und darauf, wie die Leute sie sahen.

„Ja", sagte Vanessa, „Raj, Roman, all die anderen Alphas. Ihr werdet das toll machen. Jetzt geh da rein." Sie schob mich in den Raum, zog die Tür zu und ließ sie hinter uns ins Schloss fallen.

Plötzlich herrschte Stille im Raum und die Alphas starrten mich an.

Vanessa flüsterte mir „Viel Glück" zu und setzte sich in die erste Reihe, direkt neben Roman, der mir aufmunternd zulächelte.

Ich ging nach vorn, das Herz raste in meiner Brust und meine Wölfin war plötzlich in voller Alarmbereitschaft. Irgendwo im Saal lag ein unbekannter, fast beruhigender Duft, den sie nicht genau zuordnen konnte.

Noch bevor ich auf dem Podium ankam, tuschelten die Alphas mit ihren Lunas und Betas über mich – eine achtzehnjährige Frau, die die Lykaner anführte.

Ich schluckte schwer, verlagerte mein Gewicht unruhig von einem Fuß auf den anderen und hielt mich an den Kanten des Rednerpultes fest. „Guten Morgen", sagte ich.

Ein paar Leute grunzten daraufhin, aber der Großteil der Menge war still. Mondgöttin, das fing nicht einmal gut an – ich konnte mir kaum vorstellen, dass es besser enden würde. Als ich mich im Raum umsah, fiel mein Blick auf einen Mann in der Mitte des Raumes.

Goldene Augen. Glühende, intensive, schwelende goldene Augen.

Mit hellbraunem, zur Seite gescheiteltem Haar, einem markanten Kinn, mit einem Fünf-Uhr-Bartschatten und Muskeln, die so prall waren, dass sie fast sein weißes Hemd zerrissen, starrte mich der Alpha an. Als wäre ich eine Art Beute, die er verschlingen wollte.

Die ganze Zeit, in der ich mit den Männern und Frauen sprach, starrte er mich an und starrte und starrte. Meine Wölfin starrte zurück und bemerkte, dass der ungewohnte Kiefernduft, den sie zuvor gerochen hatte, in Wellen von ihm ausging.

Etwas an ihm schrie nach Gefahr, Risiko, Bedrohung.

Ich biss die Zähne zusammen, wandte mich zum ersten Mal an diesem Morgen von ihm ab und sprach weiter zu den Alphas: „Und deshalb müsst ihr ...“

„Entschuldige, Isabella“, sagte der Mann mit den goldenen Augen, stand auf und zog die Aufmerksamkeit wie selbstverständlich auf sich.

Er schüchtert mich nicht ein. Sagte ich mir. Das tut er nicht. Ganz und gar nicht.

Ein Mann, der so verdammt gut aussieht, kann mich nicht einschüchtern.

Roman schaute über die Schulter, spannte den Kiefer an und verdrehte die Augen.

„Ja, Alpha ...“

„Kylo“, sagte der Mann, „Alpha Kylo Marks vom Moon Ridge-Rudel.“

Fast augenblicklich presste ich die Lippen aufeinander und sog leise den Atem ein. Das war Kylo Marks, Romans ehemaliger bester Freund und der Alpha, der sich am meisten gegen die Vertrauenswürdigkeit der Lykaner aussprach.

Glühender Hass flackerte in Romans Augen. Obwohl er mir gestern Abend gesagt hatte, dass er Kylo für die Gerüchte hasste, die sich wie ein Lauffeuer verbreiteten, dass er die Kontrolle über Romans Rudel an sich reißen wollte, war doch etwas Tiefergehendes zwischen ihnen geschehen. Ich konnte es einfach spüren.

„Stimmt es nicht, dass du hinter dem Rücken von Alpha Roman zu den Lykanern gegangen bist?", fragte Kylo.

Ich biss die Zähne zusammen und ballte meine Hände hinter dem Pult zu Fäusten. „Wir sind nicht hier, um über mich oder meine Aufnahme in die Lykaner zu diskutieren, Alpha Kylo", sagte ich und blieb ruhig. „Wir sind hier, um über die Beziehung zwischen den Lykanern und den Rudeln zu sprechen."

Seine Lippen verzogen sich zu einem noch erschreckenderen Grinsen und er nickte. „Und das ist genau das, was ich vorhabe." Er wandte sich der Gruppe der Alphas zu und streckte seine Arme aus, als wäre er ein König, der zu seinen Untertanen spricht. „Wer sagt, dass sie die Bündnisse, die sie vorschlägt, nicht aus Eigennutz aufgeben würde, wenn die Zeit gekommen ist?" Er drehte sich wieder zu mir um. „Ich meine, du hast deinen eigenen Partner verlassen, um dich einer Gruppe von Kriminellen anzuschließen."

Roman knurrte durch seine Eckzähne: „Setz dich, Kylo."

Atme, Isabella. Flippe nicht seinetwegen aus.

„Die Lykaner sind keine Gruppe von Kriminellen. Wir schützen Rudel vor Gesetzlosen, damit Alphas wie du ihre Rudel ohne Probleme und ohne zusätzlichen Stress führen können."

Er zog seine dunklen, dicken Brauen zusammen. „Euer Anführer hat Gesetzlosen befohlen, Alphas zu töten."

Irgendetwas an ihm ging mir unter die Haut, ließ mein Blut vor lauter Wut kochen.

„Er ist nicht unser Anführer, Kylo. Ich bin es", sagte ich und drückte meine Schultern zurück.

„*Alpha* Kylo", korrigierte er. Wieder sah er sich im Raum um. „Können wir einer wie ihr wirklich trauen? Einer, die unter Rykers Einfluss stand? Einer, die ihren eigenen Partner aus selbstsüchtigen Gründen belogen hat? Wenn sie ihren Partner hintergeht, wird sie auch uns hintergehen."

Weil ich bei ihm nicht weiterkam und weil Roman aussah, als würde er Kylo gleich den Kopf abreißen, starrte ich Kylo an. „Lasst uns eine Pause machen, damit sich einige von uns abkühlen können."

Kylo kräuselte leicht seine Mundwinkel, um mich zu verspotten. „Braucht die Prinzessin eine Pause?"

Diesmal knurrte Raj von vorn, stand auf und bereitete sich auf einen Kampf vor. Ich hob meine Hand, um ihm zu befehlen, sich zurückzuhalten, und presste meine Lippen aufeinander.

„Ich bin eine Luna und die Anführerin der Lykaner. Ich lasse mich nicht beleidigen, Kylo. Ich will nichts als Frieden zwischen den Lykanern und den anderen Rudeln. Beruhige dich in der Pause oder geh."

Nachdem ich das Mikrofon ausgeschaltet hatte, stieg ich von der Bühne und verließ den Saal. Sobald ich den Flur erreicht hatte, lehnte ich mich mit dem Rücken an die Wand, atmete die frische, unverbrauchte Luft ein und schloss die Augen.

Mondgöttin, hilf mir. Wie sollte ich sie davon überzeugen, mir zu vertrauen, wenn Kylo es aus irgendeinem gottlosen Grund auf mich abgesehen hatte? Und warum zum Teufel war meine Wölfin so angespannt, nur weil er sie *ansah*? Er war nicht mein Partner. Sie sollte niemals so für ihn empfinden.

„Scheiß auf ihn", sagte ich zu Raj, als der aus dem Saal kam.

Wir gingen gemeinsam den Flur hinunter, vorbei am Getränkeraum und anderen Lykanern, denen ich gesagt hatte, sie sollten Schadensbegrenzung betreiben.

„Besorge mir so viele Informationen über Kylo Marks, wie du bekommen kannst. Ich brauche sie alle. Er wird mich nicht daran hindern, Frieden mit den anderen Alphas zu schließen."

Raj nickte und eilte den Korridor hinunter in sein Büro. Anstatt mich in meinem Büro einzuschließen, entschied ich mich für etwas dringend benötigtes Sonnenlicht. Das würde mir helfen, klar zu denken, denn jetzt war ich blind vor Wut und …

Lust, sagte meine Wölfin in meinem Kopf.

Nein, ich war nicht blind vor Lust. Auf keinen Fall.

Ich bog um die Ecke und stieß direkt mit dem Arschloch höchstpersönlich zusammen, Kylo.

„Isabella."

„Kylo", sagte ich und richtete meinen Rücken auf. „Was willst du?"

„So defensiv." Er schnalzte mir mit der Zunge und schüttelte den Kopf. „Das steht dir ziemlich gut."

Ich grinste ihn an. „Ich habe einen Partner", sagte ich mit zusammengebissenen Zähnen.

„Ich hatte auch mal eine Partnerin", sagte Kylo und kam auf mich zu.

Ich mochte die Nähe zwischen uns nicht. Sie machte meine Wölfin zu ängstlich, um nur für einen Moment still und beruhigt zu sein.

„Und dein lieber, kostbarer Roman hat sie mir weggenommen. Würde es dich nicht wütend machen, wenn dieselbe Frau wieder versuchen würde, mit Roman zusammenzukommen und ihn dir wegzunehmen?"

„Du lügst." Ich legte den Kopf schief, trat näher an ihn heran und blickte in seine großen, wunderschön quälenden braunen Augen. „Du versuchst, mich zu verunsichern, versuchst, uns auseinanderzubringen, damit wir schwach sind."

„Du brauchst mir nicht zu glauben, Prinzessin. Ich dachte nur, ich sage es dir, bevor er dein kaltes kleines Herz bricht", sagte er und strich mit seinen Fingern über meinen Unterarm. „Eine starke Frau wie du verdient es, das zu wissen."

„Was willst du?", fragte ich erneut.

Er kommt nicht an mich heran. Er kommt nicht an mich heran. Er kommt nicht an mich heran.

In diesen braunen Augen mit den goldenen Streifen lag so viel Unheil. Er glaubte, er hätte die Kontrolle über mich. Aber er hatte keine Kontrolle über mich und *definitiv* auch nicht über meine Wölfin.

„Ich möchte, dass du dich zurückziehst und die Lykaner fallenlässt." Er trat näher an mich heran, drückte mich fast gegen die Wand und strich mit den Fingern über meine Hüfte. „Vielleicht will ich auch sicherstellen, dass du nicht von Roman verarscht wirst." Er beugte sich leicht vor, bis seine Lippen mein Ohr berührten. *„Dich für mich beanspruchen."*

Ich schlang eine Hand um seinen Hals, drückte fest zu und wirbelte uns herum, sodass ich ihn an die Wand drückte. „Wage es nicht, so mit mir zu sprechen. Ich bin nicht jemand, die du herumschubsen kannst. Ich bin die Anführerin der Lykaner, eine Wölfin, die dich töten könnte, wenn ich wollte."

„Eine dominante Frau." Kylo brummte und fuhr mit seinen Fingern meinen Unterarm hinauf. „Ich habe mich immer gefragt, wie es wohl wäre, mit einer zusammen zu sein. Wenn sie mich an die Wand drückt, ihren Körper an meinen presst …" Er beugte sich weiter hinunter, seine Nase streifte mein Ohr. „Wenn sie denkt, ich könnte sie nicht brechen, indem ich sie nur mit den Fingern berühre …"

Ich drückte seinen Hals noch ein wenig fester. *Mondgöttin, er ging mir langsam auf die Nerven.*

„Hör auf", sagte ich, während mein Herz raste.

„Warum? Macht dich das an?", fragte er spielerisch. Ich knurrte und er gluckste. „Ja, das tut es."

„Hör zu, Kylo. Hör mir genau zu. Du kannst versuchen, den Frieden zwischen den Lykanern und den Rudeln zu brechen, aber wenn du auch nur versuchst, dich zwischen Roman und mich zu stellen, werde ich dich in winzig kleine Stücke reißen und dich persönlich an die Gesetzlosen verfüttern."

Er stieß mich mit Leichtigkeit gegen die gegenüberliegende Wand, er hatte mehr Kraft als ich. „Denk das mal, Prinzessin." Er fuhr mit einem Finger an meinem Hals entlang bis zu meinem Kinn und zwang mich, zu ihm aufzusehen. „Aber wenn du ihn und Scarlett allein im Getränkeraum findest, wirst du mich nicht töten wollen. Er wird es sein, den du vernichten willst."

Ich packte sein Handgelenk und grub meine Krallen hinein, bis es blutete. Er hatte keine Ahnung, wo Roman war.

„Ich bin der Einzige, der dir helfen kann, dein volles Potenzial auszuschöpfen. Im Gegensatz zu Roman habe ich keine Angst vor einer Frau wie dir, die stark und eigensinnig ist und ihre Ziele durchsetzen will. Ich wäre nicht eifersüchtig auf eine starke Frau und Anführerin."

Meine Wölfin war seltsam ruhig und ich hasste es. Ich schob ihn von mir weg, meine Finger kribbelten.

Kylo grinste und trat von mir weg. „Wenn du dich mit einem durchschnittlichen Leben zufriedengeben willst, kannst du bei Roman bleiben, der dir niemals die Kontrolle geben wird, die du dir in- und außerhalb des Schlafzimmers so sehr wünschst."

„Fick dich", sagte ich.

Er beugte sich noch einmal vor. „Vielleicht kannst du das übernehmen, wenn du deinen miesen Partner los bist", sagte er. „Aber für den Moment musst du nur wissen, dass ich dich holen werde, Prinzessin."

4

roman

ALLEIN IM GETRÄNKERAUM nahm ich einen langen Schluck Bier und atmete tief durch. Heilige Scheiße, dieses Treffen lief nicht so, wie Isabella es sich gewünscht hatte. Gerade als sie begonnen hatte, einige Alphas davon zu überzeugen, ihr wieder zu vertrauen, war Kylo aufgetaucht und hatte alles vermasselt.

Nach diesem Treffen hatte ich vor, mit Kylo allein zu reden und ihm zu sagen, dass er sich verpissen soll. Isabella konnte versuchen, mit ihm zu reden und ihn davon zu überzeugen, sein Maul zu halten – aber sie kannte Kylo nicht so gut wie ich. Er war ein Arschloch, genau wie sein Vater. Und ich würde mich um ihn kümmern, wie mein Vater sich um seinen gekümmert hatte.

„Ganz allein?", fragte jemand hinter mir.

Ich erschauderte beim Klang von Scarletts anzüglicher Stimme, drehte mich um und sah sie in der Tür stehen. Gekleidet in das engste Kleid, in das sie sich zwängen konnte. Sie schlenderte in den Raum, das dunkelbraune Haar fiel ihr in großen Locken über die Schultern.

„Du siehst so viel besser aus als beim letzten Mal, als ich dich gesehen habe, Romie. Du hast zugenommen."

Ich verdrehte die Augen, stellte mein Bier ab und ging zur Tür.

Sie sprang in den Weg und drückte ihre Hände gegen meine

Brust. „Ach, komm schon. Sei doch nicht so. Ich will doch nur reden." Sie drehte sich mit einem breiten, dümmlichen Grinsen im Gesicht, als hielte sie das hier für eine Art Spiel. „Fällt dir etwas an mir auf?"

„Nein. Jetzt geh zur Seite."

Sie beugte sich vor und presste ihre Brüste aneinander. „Ach, komm schon, Romie. Dann rate einfach."

Nachdem ich zu dem Schluss gekommen war, dass ich hier nicht ohne Gewalt herauskommen würde, wippte ich auf meinen Fersen zurück und schenkte ihr den uninteressiertesten Blick, den ich aufbringen konnte. „Du lässt dir die Haare wachsen?"

„Rate noch einmal."

Mondgöttin, hilf mir, verdammt.

„Du hast etwas abgenommen."

„Wärmer", sagte sie und drehte sich diesmal noch langsamer.

Ich schüttelte den Kopf. „Ich weiß es verdammt noch mal nicht, Scarlett. Ich bin auch nicht in der Stimmung für dich."

Sie stemmte die Hände in die Hüften und betonte so ihre Kurven. „Nun, ich weiß, dass du Ärsche magst, also habe ich angefangen, für dich zu trainieren. Ich glaube, es hat sich ausgezahlt." Sie drehte sich um, um mir ihren Hintern zu zeigen und schaute mich mit großen, verzweifelten Fick-mich-Augen an. „Ach, komm schon. Tu nicht so, als hättest du es nicht bemerkt." Sie kicherte. „Sag mal, Roman, befriedigt dich Isabella genauso, wie ich es mit Kylo getan habe?"

Zum Teufel mit der Nettigkeit.

Ich trat auf sie zu und legte meine Hand um ihren Hals, was ein Fehler war.

„Du brauchst es nicht zu sagen. Ich hätte nicht angenommen, dass sie es kann. Ich weiß, was du brauchst und was du willst - Gehorsam. Eine starke Kriegerin wie sie könnte dir das nie geben. Sie hat zu viel andere Dinge im Kopf. Ich ..." Sie lächelte, ihre Augen leuchteten vor Erregung. „Wenn ich dir gehören würde, würde ich jede Nacht auf meinen Knien neben deinem Bett auf dich warten. Ich würde dich zum Herrn deines Rudels machen."

Ich drückte fest zu, bis ihr Gesicht blau anlief, und zog sie näher zu mir. „Isabella gefällt mir besser, als du es je könntest, Kleines", sagte ich in ihr Ohr. „Das nächste Mal, wenn du sie oder Kylo erwähnst, werde ich nicht zögern, dir dein schmächtiges, wertloses Genick zu brechen. Hast du mich verstanden, Scarlett?"

Sie strich mit ihren Fingern über meinen Unterleib und ließ mich verkrampfen.

„Verstanden?", wiederholte ich.

„Eines Tages, Roman", drohte sie und riss sich aus meinem Griff los, „eines Tages wirst du dir wünschen, du hättest dich anders entschieden, dir wünschen, du hättest dich für mich entschieden, denn es wird eine Dunkelheit kommen und weder du noch Isabella werdet sie aufhalten können." Sie ging zur Tür und starrte mich an. „Du wirst zerbrechen und ich werde die Einzige sein, die dich retten kann."

Ich kniff die Augen zusammen und schnaubte genervt. Dunkelheit? Hielt sie sich für eine Art Hellseherin? Was für eine verrückte Scheiße hatte sie in den letzten vier Jahren getrieben?

Als sie sich umdrehte, um aus dem Zimmer zu gehen, blieb sie an der Tür stehen. „Oh, hallo, Isabella. Es ist schön, dich endlich kennenzulernen." Sie warf mir ein böses Grinsen zu und ging.

Isabella trat mit vor der Brust verschränkten Armen und vor Angst geweiteten Augen in den Türrahmen. „Das war Scarlett, nicht wahr?", fragte sie.

Ich ging auf sie zu, aber sie wich zurück. Mein Wolf heulte in mir auf, weil sie sich ganz offensichtlich weigerte, mir nahe zu sein.

„Warum hast du hier mit ihr gesprochen, allein?"

Der Gedanke, dass Scarlett mich hier allein in die Falle gelockt hatte, nur um Isabella zu verärgern und sie dazu zu bringen, mir nicht zu vertrauen, machte mich wütend. Ich wusste zwar, dass Kylo und Scarlett sich vor Jahren getrennt hatten, aber sie könnten wieder zusammenarbeiten und versuchen, mich fertig zu machen.

„Antworte mir, Roman. Warum warst du mit Scarlett, deiner Ex-Freundin, hier drin?"

„Sie wollte reden", sagte ich ihr, ohne zu wissen, was ich sonst sagen sollte.

Ich wollte Isabella nicht sagen, dass Scarlett mich angemacht hatte, weil ich nicht wollte, dass sie eifersüchtig wurde. Wir hatten weniger als zwei Minuten, bevor das Treffen fortgesetzt wurde. Sie musste klar denken können.

Nachdem sie ihre Lippen aneinandergepresst hatte, schüttelte sie den Kopf. „Kylo hatte recht", flüsterte sie vor sich hin, nahm mein halb leeres Bier von der Theke und nahm einen Schluck. Sie schaute auf ihre Uhr. „Wir müssen zurück zu dem verdammten Treffen."

„Kylo?", fragte ich und folgte ihr aus dem Zimmer. Ich hasste es - verdammt, ich hasste es - dass er auch nur eine Sekunde mit ihr allein gewesen war. Ich wollte nicht, dass dieser Mann meine Partnerin ansah, an sie dachte oder ihr auch nur nahekam. „Hast du mit ihm gesprochen?"

Sie betrat den Saal. „Ja."

Bevor sie weitergehen konnte, packte ich ihr Handgelenk und zog sie zu mir zurück. „Und?"

„Und er sagte, dass Scarlett versuchen würde, dich mir wegzunehmen."

Sie blickte zu Scarlett, die mit den anderen Kriegern ihres Rudels auf der gegenüberliegenden Seite des Saals saß. Sie alle hatten heute einen bösartigen, blutdürstigen Gesichtsausdruck, was für ein eher friedliches Rudel ungewöhnlich war.

Ich zog sie näher an mich heran und schaute ihr in die Augen. „Du weißt, dass ich uns nie in Gefahr bringen würde. Du bist meine Partnerin, auf die ich jahrelang gewartet habe." Ich strich ihr einige Haarsträhnen aus dem Gesicht und hinter ihr Ohr. „Du gehörst mir, Isabella. Meine."

Kylo starrte uns von seinem Sitz aus an und besaß die verdammte Dreistigkeit, mich anzugrinsen und mit den Fingern zuzuwinken, um mich zu verarschen. Ich krallte meine Hände in Isabellas Hüfte. Dieser schelmische Blick in seinen Augen sagte mir eines: Er wollte mich brechen, indem er Isabella benutzte - ob das nun bedeutete, ihr Lügen zu erzählen oder sie zu töten.

Sie war eine meiner größten Schwächen, so wie es Scarlett vor Jahren gewesen war.

Und Kylo wollte Rache, süße und sündige Rache.

5
kylo

BEKLEIDET MIT EINER MARINEBLAUEN HOSE, die ihren Hintern betonte, und einer weißen Bluse, deren Knöpfe gerade so weit geöffnet waren, dass man ihre Brüste sehen konnte, wand sich Isabella vor dem Pult, während sie die Sitzung zu Ende brachte. Ihre strahlend blauen Augen blickten alle paar Minuten zu mir.

Ich hörte ihr aufmerksam zu, während sie ins Stottern geriet, sah, wie ihre Wangen rot wurden, und spürte ihr Unbehagen. Eigentlich hätte ich mich darüber freuen sollen, dass ich, Kylo Marks, das erreicht hatte, weshalb ich gekommen war. Aber ihre Nervosität machte mir Angst und das machte wiederum meinen Wolf wütend.

Hilf ihr, flehte mein Wolf mich an. *Du hast sie nervös gemacht.*

Ich ignorierte seine Bemerkungen und hörte weiter ihrem Vortrag über die Lykaner zu. Sie schienen zwar ein anständig zu sein, aber seit Ryker die Alphas verraten hatte und für seine Verbrechen hingerichtet worden war, hatte sich eine Dunkelheit über den Wald gelegt.

Jetzt war nicht die Zeit, die Lykaner und die Rudel wieder zu vereinen, denn die Lykaner konnten mit Konflikten zwischen und innerhalb der Rudel nichts anfangen, schon gar nicht mit dieser

Art. Es war eine Art von Chaos, wie ich es in meinen zweiundzwanzig Lebensjahren noch nie gesehen hatte.

Sie hatten die meisten Gesetzlosen ausgeschaltet, was der Sinn ihres kleinen Teams war.

Wir brauchten sie jetzt gerade nicht.

Beruhige sie, fuhr mein Wolf fort und beobachtete, wie sie sich ihren geröteten Hals rieb.

Ich verdrehte die Augen. *Nein,* gab ich zurück.

„Nervt dich das Bedürfnis nach Frieden, Kylo?", fragte Isabella und blieb mitten auf der Bühne stehen, um mich erwartungsvoll anzuschauen. Sie stützte die Hand in ihre Taille, um ihre Kurven zu betonen, und ich konnte nichts tun, außer scharf einzuatmen.

Jetzt, sagte mein Wolf. *Das ist unsere Chance, mit ihrer Wölfin zu reden.*

Ich kräuselte angewidert die Lippen angesichts der Gedanken meines Wolfes und schüttelte den Kopf. „Nein, mach weiter. Ich sehe einfach keinen Sinn in dieser Sache. Der Schaden, den Ryker angerichtet hat, ist geschehen und kann nicht mehr rückgängig gemacht werden."

Sie presste die Lippen aufeinander, ihre Wangen liefen rot an und wandte sich wieder der Gruppe zu.

Während Isabella hin und her ging, schaute ich zu Roman hinüber, der vorn im Saal saß und mir seine Zähne zeigte, weil ich die Aufmerksamkeit seiner Partnerin erregt hatte. Wahrscheinlich dachte er, ich würde seine Partnerin aus seinem Leben reißen, so wie er Scarlett vor Jahren aus meinem herausgerissen hatte.

Vielleicht. Ich hatte noch nicht entschieden, was ich mit Isabella machen würde.

Mein Wolf anscheinend auch nicht. Er konnte aber nicht aufhören, zu starren.

6
isabella

NACHDEM ICH AUS dem stickigen Saal getreten war, fuhr ich mir mit den Händen durch die Haare und verfluchte Kylo aus tiefstem Herzen. Dank dieses dummen Arschlochs hatte ich keine Fortschritte bei dem Versuch gemacht, die Alphas von Vertrauen in die Lykaner zu überzeugen. Mit ihm und Scarletts Rudel, die das Chaos anheizten, konnte dieses Treffen alles noch schlimmer machen.

Die Krieger stellten unsere Fähigkeiten infrage, die Alphas unser Vertrauen und ich fragte mich, wie ich mich aus diesem Schlamassel befreien konnte. Ich lehnte mit dem Rücken an der Wand und ließ die Schultern niedergeschlagen nach vorn fallen.

„Bereite dich auf den Krieg vor, Prinzessin", sagte Kylo, der durch die Türen und den Flur entlang schritt.

Ich ballte meine Hände zu Fäusten und sah zu, wie er verschwand. Es war keine leere Drohung. Laut Roman hatte Kylo schon lange nach seinem Territorium gelechzt. Jetzt, da mir niemand mehr vertraute, hatte er andere auf seiner Seite, die sich ihm im Kampf anschließen und ihm zum Sieg verhelfen würden.

Schlimmer noch, meine verdammte Wölfin hörte nicht auf, ihn anzustarren. Ich riss meinen Blick von seinem muskulösen Rücken los, der sein zugeknöpftes Hemd spannte, und biss mir auf die Zunge. Was zum Teufel war los mit ihr? Sie verhielt sich ihm gegenüber fast genauso interessiert wie gegenüber Roman.

Meine Wölfin fing an, mich zu verärgern.

Kylo hatte vielleicht Nerven.

Raj räusperte sich und reichte mir einen Ordner mit frisch gedruckten Papieren. „Kylo", sagte er und steckte seine Hände in die Taschen. Wir traten weiter vom Eingang des Saales weg, damit niemand mithören konnte. „Alpha Kylo. Er kommt aus einem der stärksten Rudel in der ganzen Region, hat sich schnell an die Spitze gekämpft und sich einen Namen gemacht."

Ich öffnete die Akte, überflog die Informationen und versuchte, meine Gedanken über diesen Mann zu sammeln, denn meine Wölfin war wieder einmal furchtbar still und das gefiel mir nicht.

„Er ist ein unglaublicher Krieger, hat den Titel des Alphas von seinem Bruder geerbt, der in der Schlacht gefallen ist, ist derzeit partnerlos, da er seine frühere Partnerin zurückgewiesen hat", meine Wölfin schnurrte. „Er wurde unter dem Wolfsmond geboren, hatte ein …"

Ich runzelte die Stirn. „Unter dem Wolfsmond geboren?"

Ich war unter dem Wolfsmond geboren worden.

Neben dem Blutmond war der Wolfsmond der seltenste Mond, unter dem man geboren werden konnte. Er trat einmal im Jahr am selben Tag auf und die Wölfe, die ihre Geburt unter einem solchen Mond überlebten, waren die stärksten. Manche sagten sogar, die Mondgöttin selbst habe ihnen die Kraft gegeben, sie zu beschützen. Ein paar Wölfe waren sogar ranghöher als die Alphas.

Ein Alpha, der auch ein Wolfsmondbaby war, wäre unglaublich mächtig, konnte Räume voller Menschen befehligen, die ihn nicht einmal kannten, konnte Leute mit einem Fingerschnippen in Stücke reißen.

Raj nickte. „Ja. Du weißt, dass die Wölfe, die während des Wolfsmonds geboren werden, zu den stärksten gehören. Sie sind ähnlich stark wie die ursprünglichen Werwölfe und besitzen ähnliche Kräfte wie die Mondgöttin."

War das der Grund, warum ich mich mit ihm verbunden fühlte? Wir waren unter demselben Mond geboren worden. Ich seufzte. Natürlich war das der Grund, warum meine Wölfin in seiner Nähe so ängstlich war.

Raj blickte den Flur entlang zu seiner Kollegin Jane. „Ich werde mehr Informationen über ihn herausfinden."

„Nein. Das ist alles, was ich wissen wollte. Aber, Raj, bereite die Lykaner vor. Kylo ist nervtötend und selbstbewusst. Ich will nicht überrumpelt werden, besonders nachdem er sich heute so in der Sitzung verhalten hat." Und vorhin auf dem Flur.

Als Raj mit Jane durch die Seitentür verschwand, eilte ich den Flur entlang in mein Büro und blätterte in der Akte, um weiter über Kylo zu lesen. In Zeitungsausschnitte und Artikel über ihn vertieft, zuckte ich zusammen, als mich jemand direkt gegen die Tür meines Büros drückte.

„Was glaubst du, wo du hingehst?", murmelte Roman in mein Ohr. „Dich wieder in dein Büro schleichen, bevor ich die Chance hatte, das hier anzufassen", er schob seine Hand unter den Bund meiner Hose, „das hier." Er schob seine Nase meine Halswirbelsäule hinauf und rieb sie an seiner Markierung. „Es ist fast so, als ob du willst, dass ich dich bestrafe, meine liebe Isabella."

„Mich bestrafen?", fragte ich mit gespielter Überraschung. Ich schloss meine Knie und genoss das Gefühl, wie sich sein Schwanz an meinem Hintern verhärtete. „Niemals."

Nachdem er seine andere Hand in meinen Nacken geschoben hatte, zog er mich näher heran. „Jeden einzelnen Tag deines verdammten Lebens willst du, dass ich dich bestrafe, Isabella. Du kannst nicht widerstehen." Er strich mit seinen Fingern über meine Unterwäsche und direkt über meine Klitoris, streichelte die Nässe. „Du bist schon so feucht, wenn du nur daran denkst."

Ich drehte meinen Kopf zur Seite und sah zu ihm auf. „Vielleicht wäre ich ein braves Mädchen, wenn du mich tatsächlich bestrafen würdest, anstatt leere Versprechungen zu machen. Ich will einen Alpha, der weiß, wie man es mir wirklich gut besorgt."

„Du magst meine Bestrafungen nicht?", knurrte er mir ins Ohr.

„Nein." Lüge.

Er fuhr mit einem Finger an meiner Muschi entlang, drückte ihn gegen meinen Eingang, aber nie in mich hinein. „Ich werde dafür sorgen, dass du sie liebst", sagte er mit rauer Stimme und voller Boshaftigkeit. Er versenkte seine Zähne in sein Zeichen und saugte heftig daran, was mich zum Stöhnen brachte. Er legte seine Hand über meinen Mund und raunte: „Pssst, Isabella. Alle sind noch hier. Du willst doch nicht, dass sie dich hören, oder?"

Ich drückte meine Augen zu, meine Muschi pulsierte und ich wartete verzweifelt darauf, dass er in mir war. Mondgöttin, das würde hart werden. Ich konnte es bereits spüren.

Roman griff mir durch das Hemd an die Brust und packte meine Brustwarze, wobei er fester daran zog als jemals zuvor. Ich warf den Kopf zurück, der Schmerz schoss durch mich hindurch.

„Du willst vielleicht nicht, dass dich jemand hört", sagte Roman und rieb meinen Kitzler mit seinem Daumen, während seine Finger immer noch gegen meinen Eingang stießen. „Aber ich will es. Jetzt bettle."

Meine Zehen krümmten sich. „Nein."

Nachdem ich ihm unverhohlen widersprochen hatte, knurrte er mir ins Ohr, schob seine Hand unter mein Hemd und zog meine BH-Körbchen herunter, sodass er meine Brustwarzen durch mein dünnes Hemd drücken konnte. Er zog meine beiden Arme mit der anderen Hand hinter meinen Rücken und zog mich mit einem Ruck von der Tür weg, sodass er über meine Schulter hinweg meine Titten sehen konnte.

„Scheiße, Isabella, deine Titten." Er schaukelte seine Hüften gegen meine. „Spürst du meinen Schwanz?", fragte er.

Ich zog die Stirn in Falten, das Gefühl seines Steifens ließ mich zusammenzucken. Ich wollte ihn einfach nur wieder in mir spüren, irgendwo in mir.

„Bettle um mich und ich lasse dich daran lutschen." Er atmete meinen Duft ein und lachte in sich hinein. „Und nachdem du mir einen geblasen hast, werde ich diese enge", er drückte seinen

Finger fester gegen meinen Eingang, „kleine", fester, „Muschi ficken."

„Bitte, Roman", flehte ich, weil ich mich nach diesem Desaster einfach nur entspannen wollte. „Ich brauche es."

Als er seinen Finger in mich schob, grub ich meine Krallen in die Bürotür, um mich aufrecht zu halten, und stöhnte laut auf in der Lustwelle, die mich überrollte. Ich wollte, dass er mich ausfüllt und spüren, wie er sich in meine Kehle rammte und mir Röte ins Gesicht und Tränen in die Augen trieb.

„Lauter", befahl er, „ich möchte, dass jeder weiß, dass du für mich, deinen Partner, stöhnst."

„Bitte, Roman", sagte ich noch etwas lauter und bewegte meine Hüften auf seinen Fingern hin und her.

Er stieß sie tiefer in mich hinein und sah zu, wie meine Titten wippten. Ich griff hinter mich und streichelte seinen Schwanz durch seine marineblaue Anzughose.

„Auf die Knie, meine liebe Isabella", sagte er. Als er seine Finger aus mir herauszog, griff ich nach der Türklinke, aber Roman zog meine Hand weg. „Ich sagte, auf die Knie", sagte er, „nicht in dein Büro."

Ich drehte mich mit großen Augen um. „Hier draußen?"

„Ja, Isabella. Hier draußen, auf deinen Knien, wirst du mich mit diesen verdammt sexy Augen ansehen."

Mein Herz raste. Ich kniete mich vor ihn und strich mit meinen Fingern über seine riesige Beule. Ich konnte nicht glauben, dass ich das genau hier tat, wo doch jeder um die Ecke kommen konnte, jeder sehen konnte, wie ich den Schwanz meines Partners lutschte.

Nachdem er seinen Reißverschluss heruntergezogen hatte, holte er seinen dicken, harten Schwanz heraus und drückte ihn gegen meine Lippen. Ich legte meine Hand um den Ansatz und leckte von seinen Eiern bis zu seiner Spitze, während ich ihn anschaute. Ich wirbelte mit meiner Zunge um seine Eichel und saugte sanft an ihr. Er war so groß und meine Muschi pochte in Erwartung.

„Fickst du meinen Mund?", fragte ich Roman und klimperte mit den Wimpern. „Bitte, Alpha."

Er packte mich an den Seiten meines Kopfes und zog mich zu sich heran. „Berühre dich für mich", sagte er.

Als ich eine Hand zwischen meine Beine schob und begann, meinen Kitzler zu reiben, schob er sich ganz in meinen Hals, bis seine Hüften gegen meine Lippen drückten.

Einen, zwei, höchstens drei Augenblicke lang hielt er inne und schob meinen Kopf gewaltsam auf seinem Schwanz hin und her, bis mir die Spucke am Kinn herunterlief und ich nicht aufhören konnte zu würgen. Selbst dann machte er weiter. Mein Bauch zog sich vor Lust zusammen, während ich mich weiter selber berührte.

Jemand betrat hinter Roman den Flur und meine Brustwarzen wurden hart bei dem Gedanken, erwischt zu werden. Ich schluckte seinen Schwanz, ließ ihn immer noch meinen Mund ficken und schaute den Flur hinunter.

Kylo fickt Marks.

Als er uns sah, blieb er sofort stehen, holte tief Luft und starrte mich und meine hüpfenden Titten an. Ich spannte mich an und schaute zwischen den beiden Männern hin und her, meine Muschi zog sich zusammen. Es war so verdammt falsch, dass mich das noch mehr anmachte.

Anstatt zurück in den Flur zu gehen, lehnte sich Kylo mit dem Rücken an die Wand und verschränkte die Arme vor der Brust, wobei sich seine Lippen zu einem teuflischen Grinsen verzogen. Die Augen flackerten golden und er biss sich auf die Unterlippe.

Roman musste wissen, dass jemand hinter ihm stand, doch er starrte mich weiter wie ein Tier an und beobachtete, wie sich meine Augen mit Tränen füllten und ich würgte. Ich hätte Roman sagen sollen, wer es wirklich war.

Aber ich habe kein einziges Wort herausbekommen.

Mit einer Hand griff Roman nach unten und klemmte meine Brustwarze zwischen seine Finger. Eine Lustwelle durchfuhr mich und ich verkrampfte erneut.

Mondgöttin. Mondgöttin. Mondgöttin.

Kylo legte eine Hand auf die riesige Beule in seiner grauen Anzughose und bewegte seine große Hand langsam gut zwanzig Zentimeter hinunter und wieder hinauf. Runter und wieder hoch. So tief hinunter und wieder hinauf. Meine Muschi spannte sich an und ich stöhnte auf Romans Schwanz.

Das war falsch.

„Ist das alles, was du draufhast?", fragte ich, als er sich zum ersten Mal aus meiner Kehle zurückzog. Der Speichel tropfte von meinen Lippen auf die Bluse, sodass sie an meinen Brüsten klebte.

Roman knurrte und stieß tief in meine Kehle, um dort zu verharren. Ich starrte zu ihm auf, meine Wangen erröteten. Ich legte eine Hand auf seinen Oberschenkel und versuchte, mich wegzuziehen, damit ich atmen konnte, doch er griff mit einer Hand in mein Haar und hielt mich dicht an sich gedrückt.

„Ist das alles, was deine verdammte Kehle aushält?", fragte er zurück.

Ich schlang meine Arme um die Rückseite seiner Oberschenkel und zog mich näher an ihn heran, wobei sich meine Augen mit Tränen füllten. Ich würgte an seinem Schwanz und wusste, dass ich mich bald zurückziehen musste, aber er hielt mich immer noch fest.

„Komm schon, Isabella. Tiefer."

Ich rieb meine Muschi so heftig, während ich ihn so tief wie möglich in mich hineinschob und würgte. Kylo stand da, starrte uns an, die Hand in der Hose, und streichelte seinen Schwanz schneller. Er lehnte seinen Kopf zurück an die Wand, spannte sich an und verdrehte seine Augen, als ob er damit signalisieren wollte, dass er gerade gekommen war.

Meine Muschi spannte sich an und ich stöhnte auf Romans Schwanz, als mich bis in die gekrümmten Zehen ein Orgasmus durchfuhr. Roman verlangsamte seine Stöße, stöhnte und kam dann in mir zum Stillstand, während sein warmes Sperma meine Kehle hinunterlief. Als er sich aus mir herauszog, richtete Kylo sich wieder auf, grinste mich an und verschwand im Flur.

Ich starrte den nun leeren Flur hinunter und versuchte zu Atem zu kommen, während meine Wölfin schnurrte. Es war falsch - so verdammt falsch - aber Roman hatte jeden Moment davon genossen. Er hatte meine Kehle noch nie so brutal und rücksichtslos benutzt. Und ein Teil von mir, diese wilde und animalische Seite, hatte es auch genossen.

7

roman

NACHDEM ICH MEINEN Arm um Isabellas Taille gelegt hatte, zog ich sie näher zu mir. Sonnenlicht flutete durch die Vorhänge, die von der Morgenbrise aufgewirbelt wurden. Durch das offene Fenster drang quälendes Heulen in unser Schlafzimmer. Ich spannte mich an und setzte mich im Bett auf.

Das Heulen stammte nicht von Wölfen, die ihren täglichen Auslauf hatten. Sie wurden angegriffen.

Krieg.

Der Krieg war schon da.

Die Stimmen meiner Krieger schwirrten durch die Gedankenverbindung und wurden durcheinandergewirbelt. Ich schoss aus dem Bett, wobei ich Isabella umdrehte.

Als sie das Knurren hörte, sprang sie auf. „Sie sind schon da?"

„Bleib hier", sagte ich zu ihr, da ich nicht wollte, dass sie sich in Gefahr begibt.

Kylo wusste, wenn er sie mir wegnahm, würde ich schwach werden. Und während ich Isabella vertraute, traute ich diesem Arschloch nicht mehr. Seine Familie hatte meine zerstört und ich wollte ihn dafür vernichten.

Als meine Füße den Waldboden berührten, verwandelte ich mich in meinen Wolf und sprintete auf den Kampf zu, dem Blutgeruch folgend. Allein dem Geräusch von Pfoten und Knurren nach zu urteilen, mussten es mindestens hundert feindliche Wölfe sein.

Scheiße. Scheiße. Scheiße.

Isabella folgte mir, obwohl ich sie gebeten hatte, es nicht zu tun. Als wir in den Kampf erreichten, war der Blutgeruch noch intensiver. Die Wölfe rissen sich gegenseitig in Stücke, gruben ihre Krallen in Fleisch und verbissen sich in Schultern, Beinen und Pfoten.

Von Wut überwältigt, sprintete ich durch das Rudel und versuchte, Kylo zu finden. Wenn er kämpfen wollte, weil er etwas gegen mich hatte, würde er gegen mich antreten und nicht rücksichtslos meine Rudelkameraden töten.

„Roman", sagte Isabella, direkt hinter mir, „sei vorsichtig. Er ist ein Wolfsmondkrieger."

„Bleib hier."

Ich konnte Mama nicht am Leben erhalten, aber Isabella … ich würde mein Leben für sie geben. Ich wollte sie einfach nur beschützen. Niemand würde sie jemals in die Finger bekommen.

Ich dankte der Mondgöttin, dass Isabella mir ausnahmsweise tatsächlich gehorchte und mitten im Wald stehen blieb, mit glasigen Augen; sie muss durch ihre Gedankenverbindung mit Raj gesprochen haben. Ich eilte vorwärts und suchte nach diesem Stück Scheiße, als Isabella schrie.

Ich drehte mich auf dem Absatz um und sah eine große Wunde in ihrer Schulter. Sie verwandelte sich in ihre Wölfin und drehte sich zum Angriff um, als sie plötzlich stehen blieb und den hoch aufragenden Alpha hinter ihrem Angreifer anstarrte – Kylo.

Kylo starrte wild zurück, goldene Streifen in den Augen, Zähne voller Blut. Er knurrte seinen Krieger an, der Isabella verletzt hatte. Dieser senkte den Kopf unterwürfig, huschte davon.

Blind vor Wut sprang ich in Kylos Richtung, versenkte meine Zähne in seinem Nacken und zerrte ihn zu Boden, bevor er die Chance hatte, Isabella selbst zu töten. Niemand würde mir meine Partnerin wegnehmen, schon gar nicht ein grausamer Alpha wie er.

Gefletschte Zähne im Nacken des anderen. Scharfe Krallen, die durch die Luft zischten. Zwei Alphas, die ihre Dominanz beweisen wollten.

Und dieses Mal würde ich ihn besiegen. Ich war nicht mehr derselbe naive Junge, den er einst gekannt hatte.

Blut strömte aus unseren offenen Wunden. Kylo spuckte ein Stück meines Fells aus seinem Maul, stürzte sich wieder auf mich und krallte seine Zähne in meine andere Schulter. Ich warf meinen Körper zur Seite und wollte ihn von mir stoßen, doch etwas knackte.

Ich heulte auf und sackte zusammen, meine Schulter gab nach. Kylo bohrte seine Zähne noch tiefer in mein Fleisch. Ich trat mit meinem Hinterbein zurück und stieß es in seinen Unterleib. Er knurrte und wollte mir noch mehr Fleisch aus dem Leib reißen, als ihn jemand von mir herunterstieß.

Isabella schleuderte ihn brutal quer durch den Wald in die Richtung, aus der er gekommen war. Kylo richtete sich sofort wieder auf und knurrte, doch Isabella blieb standhaft. Ich grub meine Krallen in den Boden und stolperte auf meine Füße, während ich versuchte, meine Schulterknochen so schnell wie möglich zu heilen.

Nachdem er ihr einen letzten langen Blick zugeworfen hatte, hob er seine Schnauze und heulte. Sofort hörten seine Wölfe auf zu kämpfen und rannten zurück durch den Wald, um sich aus irgendeinem gottlosen Grund zurückzuziehen.

Er hätte jeden von uns abschlachten können.

Doch das hatte er nicht.

Ich verwandelte mich in meinen Menschen und umklammerte meine Schulter, beschämt, wütend und verärgert. Alles ist in den letzten Jahren auf diesen Moment hinausgelaufen und ich hatte es vermasselt. Weil Kylo mich gestern aus dem Konzept gebracht hatte - als ich herausgefunden hatte, dass er mit ihr allein gewesen war, als er Isabella erzählt hatte, dass Scarlett mich ihr wegschnappen wollte, als ich ihn zusehen ließ, wie ich ihr hübsches kleines Gesicht fickte, um ihm zu zeigen, dass sie in keiner Weise berührt werden durfte.

Obwohl er mehrfach die Chance hatte, ihr Leben zu beenden, hatte er es nicht getan. Was mich vermuten ließ, dass er etwas viel, viel Schlimmeres für sie plante als einen einfachen Tod. Und es gab eine Sache, die für eine Wölfin, die unter dem Wolfsmond geboren wurde, schlimmer war als ein Tod im Kampf.

Die Wolfsblume.

„Komm", sagte Isabella und nickte in Richtung Krankenhaus.

Als wir ankamen, waren fast alle Räume des Krankenhauses mit Kriegern gefüllt, die ihre Verletzungen behandeln ließen. Er war noch nicht einmal zwanzig Minuten hier und schon hatte er so viele unserer Krieger verletzt.

Nachdem Isabellas Mutter die Wunde auf meiner Schulter genäht hatte, stürmte ich mit Isabella auf meinen Fersen wieder aus dem Krankenhaus.

„Hör mir zu, Roman", sagte sie, „sei mir nicht böse, dass ich mich eingemischt habe. Sei dankbar für mich. Er hätte dich fast umgebracht. Du musst nicht permanent stark und dominant sein. Du kannst deine eigene Partnerin um Hilfe bitten."

Ich knurrte und schüttelte den Kopf. Darum ging es hier nicht. „Du hättest verletzt werden können."

„Naja, du wärst gestorben."

„Ich muss mit Cayden sprechen." Ich rannte an ihr vorbei und in Richtung meines Büros.

Vielleicht war es ein wenig zu viel. Ich wollte nicht, dass Isabella in Gefahr war. Meine Führungsqualitäten aufzugeben, den natürlichen Instinkt, meine Partnerin zu beschützen, das war verdammt schwer. Papa hatte Mama nicht beschützt und sie waren beide unter der Erde gelandet.

Wir brauchten einen Plan, der Isabella nicht in Gefahr brachte.

Und ich wusste genau, was wir tun mussten.

8
isabella

FÜR DEN REST des Tages schloss sich Roman mit Cayden und unseren stärksten Kriegern in seinem Büro ein, um Strategien zu entwickeln. Ich ging in unserem Schlafzimmer auf und ab und versuchte, mir einen eigenen Plan auszudenken. Wie würden wir jemanden besiegen können, der so stark ist, so mächtig ...

So unbestreitbar sexy.

Ich verdrehte die Augen und verdrängte meine Wölfin. Sie hatte nie etwas zu sagen, aber nachdem sie ihn hatte kämpfen sehen, wie ...

Nein, nein. Ich wollte nicht einmal daran denken.

Ich hüpfte aus dem Bett und verließ das Haupthaus. Der Mond schimmerte über mir, sickerte durch die Bäume und zeichnete Muster auf den Waldboden. Ich musste laufen, um den Kopf frei-zubekommen - das sagte ich mir jedenfalls.

Ich verwandelte mich in meine Wölfin und sprintete in die Richtung, aus der Kylo heute Morgen gekommen war. *Was war nur los mit ihm, dass er glaubte, er könne Roman einfach angreifen? Worüber stritten sie wirklich?*

Es konnte nicht sein, dass es bei diesem Kampf nur um Land ging. Es musste mehr dahinterstecken. Roman hatte sich zumin-dest so verhalten.

Der Wind rauschte durch mein Fell. Ein Schwall frischer Kiefernluft erfüllte meine Lunge. Ich strengte mich an, sprang über umgestürzte Baumwurzeln und duckte mich unter Ästen durch. Meine Wölfin führte mich mit Leichtigkeit durch den Wald.

Ich hielt an, als wir uns einer Schlucht näherten, rutschte fast von der Klippe ab, hundert Meter tief in einen seichten Fluss. Felsbrocken stürzten den Berg hinunter und prallten mit einem lauten, widerhallenden Krachen auf das Wasser.

Ich verwandelte mich in meinen Menschen, beugte mich vor und atmete tief durch. Als ich mich aufrichtete, starrte ich über den Rand und schüttelte den Kopf. Ich hatte stundenlang darüber nachgedacht, wie ich ihn besiegen konnte, und war immer noch nicht auf eine gute Strategie gekommen.

„Hmm, Prinzessin", sagte jemand in mein Ohr und strich mit den Fingern über meine Arme.

Mein Körper versteifte sich beim Klang von Kylos Stimme und ich bedeckte meine Brüste mit meinem Unterarm. Als meine Wölfin in mir schnurrte, schluckte ich schwer und starrte in die tiefe, dunkle Schlucht.

„Ich wusste, dass du mich finden würdest." Er strich mit seiner Nase seitlich an meinem Hals hoch, seine Lippen folgten so sanft, dass ich sie kaum spüren konnte. Nachdem er tief eingeatmet hatte, schob er mir ein paar Haare hinter die Schulter. „Mondgöttin, du riechst so gut. Ich habe die ganze Nacht auf dich gewartet."

Nachdem ich die Kontrolle über meine Wölfin wiedergewonnen hatte, riss ich mich von ihm los. „Du musst aufhören."

Vollständig bekleidet und mit einer frischen Narbe, die sich durch seine Augenbraue zog, stand er da, den Kopf leicht zur Seite geneigt. Das Mondlicht schimmerte auf seinem markanten Kiefer. „Womit genau muss ich aufhören?"

„Was auch immer du vorhast", sagte ich und trat näher an ihn heran.

Er verschränkte seine riesigen braunen Arme vor der Brust, die Bizeps spannten sich durch sein Hemd. Mein Blick wanderte für einen kurzen Moment zu ihnen hinunter und ich schüttelte den Kopf.

Hör auf, Isabella. Hör auf. Er ist nicht dein Partner. Er ist nur jemand, zu dem du eine seltsame Verbindung hast. Nichts weiter.

„Wenn du von gestern sprichst, dann war es nicht meine Absicht, dich auf den Knien zu erwischen, mit einer klatschnassen Fotze und einem Mund, der mit einem großen Schwanz vollgestopft ist", sagte er und grinste dabei. „Es ist verdammt sexy, zu sehen, wie eine so souveräne Frau wie du erobert wird und ihre Macht einem Alpha überlässt, der schwächer ist als sie." Er rückte noch näher an mich heran und murmelte mir ins Ohr: „Wenn ich jemals wieder die Gelegenheit bekomme, dich so zu sehen, werde ich sie ergreifen."

Ich verkrampfte mich. Ich verkrampfte mich verdammt noch mal. Was für ein Spiel er auch immer mit mir zu spielen versuchte, er war verdammt erfolgreich.

„Du wirst nicht mehr die Gelegenheit haben, mich zu beobachten", sagte ich und grub die Nägel in meine Arme.

„Du findest es geil, beobachtet zu werden, oder?" Er trat noch näher an mich heran, sodass nur noch wenige Zentimeter zwischen uns lagen. „Du musstest so tun, als würdest du es hassen, sobald du gesehen hast, dass ich es war, der hinter Roman stand. Ich muss dich nicht einmal berühren, um dich Dinge fühlen zu lassen, die du bei ihm nie gefühlt hast."

Ich presste meine Lippen aufeinander. „Halt die Klappe, Kylo." *Bevor ich dich umbringe.*

„Ich wette, du hast an mich gedacht, während Roman seinen Schwanz in deine Kehle stieß. Ich wette, du hast dich gefragt, wie gut ich mich anfühlen würde, wie gut du dich bei einem echten Alpha fühlen würdest, der dich sein lässt, wer du wirklich bist - eine mächtige Frau, die sich im Kampf behaupten kann und kein schlechtes Gewissen haben muss, wenn sie ihren Partner beschützt."

Vor Wut griff ich nach seiner Kehle und drückte ihn gegen den nächsten Baum. „Hör auf!"

„Da ist sie", sagte Kylo, dessen Augen golden flackerten. „Diese starke Kriegerin, die sich nach Respekt von einem Mann sehnt."

„Hör auf", sagte ich lauter, während meine Gedanken meinen Verstand vernebelten. „Hör auf. Sofort."

„Warum?", fragte er, den Körper gegen den Baum gepresst. „Hast du Angst?"

Ich grub meine Klauen fester in ihn hinein. Ich könnte ihn genau hier und jetzt töten; könnte diese Folter beenden; könnte mich von dem kommenden Elend befreien. Aber ich tat es nicht.

Stattdessen sagte ich: „Nein. Das ist respektlos, Kylo. Ich habe einen Partner, für den ich durch die Hölle gegangen bin, um ihn zu bekommen. Ich habe mir ein Leben mit ihm aufgebaut, das ich fortsetzen will. Ich kann es nicht gebrauchen, dass ein unhöfliches Arschloch wie du mir das versaut."

„Unhöflich?" Er stieß ein lautes, lebloses Lachen aus und stieß mich von sich. „Ist es respektvoll, nicht an seine Fähigkeiten zu glauben?" Er trat näher an mich heran und ich wich zurück. „Ist es respektvoll, dich - eine Lykanerin - zu bitten, im Haus zu bleiben, während draußen ein Kampf stattfindet?" Er nahm mein Kinn in die Hand und schloss meinen Mund. „Hm? Fühlst du dich respektiert?"

Mein Herz raste. „Fick dich."

„Es sind einfache Fragen, Prinzessin. Beantworte sie."

Ich stieß ihn von mir und wollte nichts mehr, als dass er für immer aus meinem Leben verschwand. Er versuchte, in meinen Kopf zu gelangen und mich dazu zu bringen, alles aufzugeben, was ich mit Roman hatte.

Als ich nichts sagte, weil ich mich weigerte, zu lügen, presste er die Kiefer zusammen. „Er ist die Art von Mann, die sich nach Dominanz sehnt; er will der Mann im Rudel sein und sucht nach einer Frau, die ihm das Gefühl gibt, alles zu sein. Sobald du wirklich anfängst, allein zu führen und ihn nicht mehr zum Schutz brauchst, wird er dich zwingen, dich wieder kleinzumachen – für ihn. Das hat eurer Beziehung schon einmal geschadet, oder?"

Ich starrte ihn mit unsicherem Blick an und presste die Lippen aufeinander. Roman war seit der Nacht, in der wir alle Gesetzlosen in ihrem Versteck getötet hatten, gestresst. Und es war ärgerlich, dass er nicht an mich glaubte, obwohl ich mich immer wieder bewährt hatte.

Kylo ließ mein Kinn los und trat einen Schritt zurück. „Wenn du willst, dass ich mich von dir fernhalte, werde ich das tun."

Ich öffnete meine Lippen, wollte etwas Kluges sagen, presste sie dann aber schnell wieder zusammen. Etwas in mir regte sich und meine Wölfin war wieder still, als wüsste sie auch nicht, was sie fühlen sollte.

„Du hast doch kein Problem damit, oder, Prinzessin?"

„Nein", sagte ich und verkrampfte den Kiefer, „natürlich nicht."

„Gut", sagte er und ging auf die Schlucht zu. „Aber nur um das klarzustellen, so einfach wirst du mich nicht los. Ich bin immer noch hinter Romans Rudel her. Eine Dunkelheit hat den westlichen Teil des Waldes bereits überfallen. Der Krieg ist ausgebrochen. Warum nicht noch einen draufsetzen, Prinzessin? Das durchsetzen, wofür ich seit Jahren kämpfe - Romans Untergang."

Bevor ich antworten konnte, zog Kylo sein Hemd aus, verwandelte sich in seinen Wolf und sprang mit Leichtigkeit über die drei Meter breite Schlucht. Ich starrte auf seine Gestalt, bis sie im Wald verschwunden war, und machte dann auf dem Absatz kehrt.

Ich zog sein Hemd über, um nicht nackt im Wald stehen zu müssen, und trottete wie benommen zurück zum Haupthaus. Ich bemühte mich, Kylos Worte nicht an mich heranzulassen, aber er wusste genau, was hängen bleiben würde, was mich ärgern würde, was mich an ihn denken lassen würde.

Und das machte mich so verdammt wütend, weil Roman meine Fähigkeiten *und* mich respektierte …

Meistens.

Als ich am Haus ankam, warf ich das Hemd in die Mülltonne vor dem Haus. Roman war immer noch in seinem Büro mit den anderen hochrangigen Kriegern aus unserem Rudel. Ich zog mir ein paar frische Klamotten an.

Dann ging ich in sein Büro und ließ mich auf die Couch fallen. Roman hob die Nase, schnupperte zweimal und schaute mir fest in die Augen. Nach ein paar Augenblicken löste er sich von mir und sah wieder zu Cayden.

„Das wird nicht funktionieren", sagte Cayden. „Er ist schlau."

Derek fuhr sich mit einer dunklen Hand über sein müdes Gesicht. „Was schlägst du also vor?"

„Quellen sagen, dass Kylo nächste Woche für ein paar Nächte weg sein wird", sagte Cayden. „Das wird unsere Chance sein, sein Territorium anzugreifen, wenn es schwach und unbewacht ist. Wir töten seine Krieger, damit er nach seiner Rückkehr niemanden hat, der ihn beschützt, und dann können wir ihn nach all den Jahren endlich töten."

Ihn töten?

Vanessa verschränkte die Arme vor der Brust und drückte ihre Brüste zusammen. „Ist das nicht ein Hauch von unehrenhaft?"

„Wenn er tot ist, ist er tot. Ist es nicht so, meine liebe Isabella?" Roman sah mich an, als wüsste er alles, was passiert war. Als ich joggen ging oder gestern, als Kylo und ich uns unterhielten, oder als Kylo mir dabei zusah, wie ich ihm einen blies.

Meine Augen weiteten sich leicht, doch trotz des Winselns meiner Wölfin nickte ich zustimmend. Sie sollte verdammt noch mal die Klappe halten, ich konnte ihre Verzweiflung über ihn nicht mehr ertragen. Wenn wir in seiner Nähe waren, war sie still und schämte sich. Als Roman darüber sprach, ihn zu töten, war sie traurig und wütend. Sie musste sich verdammt noch mal entscheiden, denn ich hatte mich bereits entschieden.

Meine Gedanken waren bei Roman. Sie würden immer bei Roman sein.

Roman ging um den Schreibtisch herum und stellte sich neben mich, seine Finger berührten meine. „Und nachdem wir sein Rudel vernichtet haben, wirst du die Ehre haben, ihn zu töten, Isabella."

Er blickte für einen kurzen Moment in die Runde. „Ihr könnt gehen."

Als alle den Raum verlassen hatten, strich Roman mit seinen Fingern über mein Kinn, seine Berührung war so ungewöhnlich sanft. „Ich möchte mich dafür entschuldigen, dass ich vorhin wütend auf dich war. Ich habe mich einfach … hilflos gefühlt, als du vor mir standest und ihm gegenüber die Zähne gefletscht hast." Er strich mit den Fingern über meine Hüften und zog mich näher zu sich. „Ich weiß, dass du stark bist, Isabella. Ich will dich nur mit meinem Leben beschützen. Ich will nicht, dass dir das gleiche Schicksal widerfährt wie meiner Mutter."

Ich sah ihn stirnrunzelnd an, mein Herz schmerzte vor Schuldgefühlen. Wie konnte ich zulassen, dass Kylo mir wieder all diese kleinen Gedanken einredete? Was war das Problem meiner Wölfin mit ihm? Warum vertraute sie ihm so sehr, wie man einem Partner vertraut?

Roman schaute mich mit denselben großen goldenen Augen an, in die ich mich jedes Mal verliebt hatte, wenn ich die Vorhänge öffnete und in den Wald hinausblickte.

Ich strich ihm mit den Fingern über die Stirn und die dunklen Haarsträhnen aus dem Gesicht. „Ich werde nicht so enden wie deine Mutter. Ich weiß, wie sehr dich das verletzt hat."

„Dann lass mich dich beschützen", flehte er mit seinen Lippen auf meinen. „Bitte."

„Nicht, wenn du dein eigenes Leben in Gefahr bringst, Roman. Ich werde dich nicht für mich sterben lassen, wenn ich jemanden davon abhalten kann, dich zu töten", sagte ich.

Er atmete leise durch seinen Mund ein und zögerte. Sagte nichts. Er nickte nicht, aber er schüttelte auch nicht den Kopf.

Ich nahm seine Hände in meine und führte sie an meine Lippen. „Ich liebe dich. Mehr als alles andere. Wir sind gemeinsam in diesem Krieg."

Seine Lippen zuckten zu einem zögerlichen Lächeln und er schob seine Finger gegen die Vorderseite meiner Hose. „Lass mich dir zeigen, wie sehr ich dich liebe", sagte er, schob sie hinein und spielte mit meinen Falten.

Ich hob eine Braue und lachte auf. „Ich dachte, du liebst mich mehr als das."

Nachdem er mir leise ins Ohr geknurrt hatte, legte er eine Hand an meine Kehle und drückte mich gegen die Tür. Als seine Bartstoppeln meine Markierung berührten, erschauderte ich vor Lust und verkrampfte mich.

„Ich muss doch nicht noch einmal Caydens Namen stöhnen, damit du mich fickst, oder?"

„Versuch es, Isabella. Mal sehen, wohin dein freches Mundwerk dich führt."

„Cay …"

Jemand klopfte an die Tür.

„Isabella?", fragte Raj.

„Mondgöttin." Ich fluchte leise vor mich hin und runzelte die Stirn. „Nicht jetzt."

„Isabella ist beschäftigt, Raj", sagte Roman, „sie wird morgen mit dir sprechen."

Meine Lippen verzogen sich zu einem Lächeln und das Herz raste in meiner Brust. Roman starrte auf mich herab, seine vollen Lippen öffneten sich. Ich runzelte die Stirn, eine Lustwelle durchflutete mich.

Schneller, rief ich ihm zu.

Raj seufzte tief und klopfte erneut. „Es ist wichtig. Es kann nicht warten."

Roman bewegte seine Finger schneller, brachte mich fast zum Orgasmus und hielt dann inne. Er grinste auf mich herab, zog seine Finger heraus und saugte sie in seinen Mund. „Ich warte in unserem Zimmer auf dich. Lass dich nicht zu lange bitten."

Ich blieb atemlos zurück, als Roman hinausging. Raj kam herein und schloss die Tür hinter sich, so ruhig und gelassen, dass es mir Angst machte. Ich richtete mich auf und setzte mich an Romans Schreibtisch.

Raj warf einen Ordner darauf, der mit Fotos von Kylo und mir gefüllt war, die anscheinend heute Abend aufgenommen worden waren. „Gibt es etwas, das du mir sagen möchtest?", fragte Raj.

„Nein", sagte ich langsam, unsicher, worauf er hinauswollte.

„Nun", er saß mir mit angespanntem Kiefer gegenüber, „ich habe aber Fragen an dich." Er schnappte sich die Papiere aus der Akte, ohne sich die Mühe zu machen, sie anzuschauen, und hielt sie hoch. „Was hast du gemacht, warst du mitten in der Nacht mit Kylo unterwegs, allein?"

„Wie hast du das herausgefunden?", fragte ich. Es war vor weniger als einer Stunde passiert.

„Seit Ryker habe ich die Sicherheitsvorkehrungen für alle Lykaner erhöht, auch für dich." Er stand auf und starrte mich mit besorgtem Blick an. „Sag es mir einfach, Isabella. Du hast den Mann noch vor ein paar Stunden gehasst. Warum hast du dich mit ihm getroffen, ohne mich zu informieren?"

Ich schlang meine Arme um meinen Körper. „Ich bin losgelaufen. Meine Wölfin hat mich zu seinem Grundstück geführt. Sie hat … diese Verbindung zu ihm, die ich nicht ganz verstehe." Ich starrte auf den Eichentisch, von Schuldgefühlen geplagt, und runzelte die Stirn. „Ich möchte wirklich verstehen, warum sich meine Wölfin zu ihm hingezogen fühlt, obwohl ich ihn verachte."

Raj starrte mich einige Augenblicke lang an, schluckte und nickte. „Okay", sagte er leise und setzte sich wieder hin. Ich konnte ihm ansehen, dass er nicht noch einmal von einem Anführer verarscht werden wollte und ich konnte es ihm nicht verdenken. „Gut."

„Ich bin froh, dass ihr mich bewachen lasst", sagte ich, weil ich meiner Wölfin nicht traute, vor allem, weil sie mich den ganzen Heimweg über angefleht hatte, ihn an uns heranzulassen. „Meine Wölfin macht mir Angst. Meinst du, das hat damit zu tun, dass wir beide unter dem Wolfsmond geboren wurden?"

Raj atmete aus und starrte aus dem Fenster in den tiefen Nachthimmel. „Möglicherweise. Es gibt jedes Jahr ein Fest zum Wolfsmond. Ich bin mir nicht sicher, ob du davon weißt. Wir waren in letzter Zeit so mit Arbeit überhäuft, dass ich wohl vergessen habe, dir die Einladung zu geben. Aber dort kommen alle erwachsenen Wölfe, die in dieser Zeit geboren wurden, zusammen. Um die Mondgöttin und die Stärke zu feiern, die sie den Wolfsmondkriegern verliehen hat."

„Ich habe Geschichten darüber gehört, als ich jünger war", sagte ich und nagte an der Innenseite meiner Lippe.

„Wenn du dir Sorgen über die Verbindung deiner Wölfin mit Kylo machst, solltest du zu dieser Feier gehen und sehen, ob du Antworten bekommst. Nur Wolfsmondwölfe sind dazu eingeladen und es wird gemunkelt, dass die Mondgöttin selbst - oder einer ihrer göttlichen Wölfe - dort auftaucht.

Meine Augen weiteten sich. „Du schlägst also vor, dass ich gehe?" Ich schüttelte den Kopf. „Das geht nicht. Ich kann nicht."

Vor fast einer Stunde wäre ich fast umgedreht, wäre über die Schlucht gesprungen und zu Kylos Rudel gelaufen. Fast hätte ich die Kontrolle verloren, fast hätte ich mich von seinen Worten leiten lassen. Ich konnte meiner Wölfin auf keinen Fall trauen, wieder mit ihm allein irgendwo zu sein.

„Roman plant, in dieser Zeit Kylos Rudel anzugreifen", sagte ich. „Ich muss bleiben."

„Sie wissen, dass es gegen das Gesetz verstößt, ein Rudel während des Wolfsmondfest-Wochenendes anzugreifen".

Ich knabberte wieder an der Innenseite meiner Lippe und zog an der Haut. Es mag gegen das Gesetz gewesen sein, aber Raj wusste nicht, wer Roman wirklich war. Roman würde alles tun, um sein Rudel zu verteidigen, würde alles tun, um mich zu beschützen, besonders nach dem Tod seiner Eltern.

Für Roman schien es die einzige Möglichkeit zu sein, Kylos Rudel anzugreifen, während dieser weg war, um den Wolfsmond zu feiern. Denn Kylo war eindeutig stärker als Roman.

„Du wirst doch nicht die Chance verpassen, die göttlichen Wölfe oder die Mondgöttin zu treffen, nur weil Kylo und Roman

Krieg führen", sagte Raj. „Du gehst jetzt. Ich kümmere mich um die Lykaner, während du weg bist."

Ich nahm an, dass es beschlossen war. Ich würde teilnehmen.

Meine Wölfin schnurrte. *Wir gehen zu Kylo.*

9
roman

ALS ISABELLA vorhin in mein Büro gekommen war, hatte sie am ganzen Körper einen intensiven Kiefernduft, der wie ein verdammter Geist durch den Raum schwebte und mich verspottete. Mein Wolf war so von Wut und Angst überwältigt, dass ich nicht mehr klar denken konnte.

Ich holte ein dickes schwarzes Seil aus unserem Schrank, um Isabella zu fesseln, warf es auf das Bett und schielte zur Tür, als sie mit einem kleinen Lächeln auf den Lippen den Raum betrat.

Jetzt, wo ich Zeit hatte, während ich ohne sie in unserem Zimmer saß, wusste ich, wessen Duft es war.

„Zieh dich aus und leg dich aufs Bett, Isabella."

Sie ging auf das Bett zu und hüpfte darauf, wobei sie mit den Beinen baumelte. „Nein."

„Nein?", fragte ich mit angespannter Stimme. Ich trat auf sie zu und versuchte, meinen Wolf zu beruhigen, denn er wollte jeden Zentimeter von ihr verschlingen, ihr beweisen, dass er genug war, sie so befriedigen, dass sie wochenlang nicht mehr stehen konnte.

Mit ihrem frechen Mundwerk grinste sie: „Nein."

Ich legte meine Hand um ihre Kehle, zog sie auf die Beine, drehte sie um und drückte sie gegen unsere Schlafzimmertür, meine Brust gegen ihren Rücken. Ich holte tief Luft, atmete den Duft dieses verdammten Arschlochs ein und knurrte: „Ja."

Nachdem ich ihr Hemd zerrissen hatte, wickelte ich meine Finger das Bündchen ihres BHs und tat das Gleiche, wobei ich ihre Brüste im schwachen Mondlicht, das durch das Fenster schien, wippen sah.

„Nein." Sie wehrte sich gegen mich, aber ich konnte spüren, wie sich ihr Hintern anspannte.

„Du tust, was ich sage, meine liebe Isabella." Ich strich mit den Fingern über ihren zarten Hals. „Widersetze dich mir nicht." Ich zog ihr die Hose herunter und ließ sie gerade soweit frei, dass sie sich bewegen konnte. „Jetzt nimm das verdammte Seil und gib es mir."

„Nein."

Sie stellte heute Abend meine verdammte Geduld auf die Probe. Mehr als ich verdammt noch mal wollte, dass sie es tut.

„Willst du, dass ich hart mit dir umgehe?", fragte ich, meine Eckzähne erschienen.

„Hart mit mir?", sie verdrehte die Augen, wohl wissend, dass mich das verärgern würde. „Du bist nie hart mit mir."

Nachdem ich sie auf das Bett geworfen hatte, schnappte ich mir das Seil und ihren linken Oberschenkel. Ich band die dicke Schnur um ihren Knöchel, dann das gleiche Seil um ihr Handgelenk und dann an den Bettpfosten, sodass jeder Teil ihrer Muschi für mich offen war, um sie zu nehmen, wie *ich* wollte.

Sie wehrte sich weiter und stieß mich weg, als ich ihren anderen Knöchel packte. Ich klatschte mit meiner Handfläche gegen ihre Muschi und sah, wie ihr Körper vor Überraschung zusammenzuckte. Ich ergriff ihren Knöchel und ihr Handgelenk und fesselte sie an den anderen Pfosten.

Mit schwieligen Finger glitt ich an ihren glatten Schenkeln hinauf, zog ihren Hintern vom Bett und ließ meine Spucke von meinen Lippen auf ihren Kitzler tropfen. Die Spucke lief über ihren Hügel zu ihrem Eingang und dann immer tiefer zu ihrem engen Arschloch.

Ich rieb die Nässe um ihren Kitzler. „Sieh dir diese Muschi an, wie sie glitzert."

Sie wand sich unter meinen Händen und ihre Beine begannen langsam zu zittern.

„Diese Muschi gehört mir." Ich starrte zu ihr hoch und ließ meinen Wolf die Kontrolle über mich übernehmen. Ich fuhr mit meiner Nase die Innenseite ihres Oberschenkels hinauf und atmete den Duft ihrer unberührten Möse ein. Wenigstens roch sie nicht auch noch nach Kylo. Ich knurrte gegen ihre Falten: „Sag mir, dass sie mit gehört, Isabella."

Sie schüttelte den Kopf und widersetzte sich mir ein weiteres Mal. „Nein."

Ich schlug ihr wieder auf die Muschi. „Sag mir, dass sie mir gehört."

„Nein."

Noch ein Schlag, diesmal härter. „Ich werde dich nicht noch einmal fragen."

„Nein."

Wieder schlug ich ihr auf die Muschi, sodass sie knallrot wurde.

Ihr ganzer Körper zuckte in die Luft und sie runzelte die Stirn mit einem lüsternen Blick. Ich schlug sie erneut.

„Meine", knurrte ich, setzte mich auf und positionierte meinen Schwanz direkt an ihrem Eingang. „Sag mir, dass du mich fickst."

„Ich gehöre dir, Roman! Ganz und gar dein", rief sie.

Unfähig, mich zurückzuhalten, schob ich meinen Schwanz in ihre triefende Muschi, bis sie mich verzweifelt umklammerte. Ich packte die Rückseite ihrer Schenkel und hielt sie noch weiter auseinander, während ich in sie hinein und wieder herausstieß.

Nachdem ich ihr einen Kuss auf die Lippen gegeben hatte, hinterließ ich auf ihrer Brust und ihren Brüsten rote Knutschflecken. Sie drückte ihren Rücken durch und ich rammte mich fester in sie, bis sie an den Fesseln zerrte.

„Bitte, Roman! Ich werde kommen. Bitte, lass mich kommen."

„Komm verdammt noch mal nicht", sagte ich und trieb meinen Schwanz in ihre Muschi.

Jedes Mal, wenn ich ihn herauszog, spannte sie sich noch ein wenig mehr an und drückte meinen Schwanz zusammen, als wollte sie, dass ich meine ganze Ladung Sperma in sie hineinpumpte.

Plötzlich bebte ihre Muschi und sie wurde still.

Ich zog mich ganz aus ihr heraus und schlug ihr erneut auf die rosa Muschi. „Ich sagte", Schlag, „du sollst nicht", Schlag, „kommen!" Ich legte meine Hand um ihren Hals und zog sie ein paar Zentimeter hoch.

Sie nahm die Seile in die Hand und zerrte an ihnen. „Bitte, Roman. Bitte, ich brauche es. Spritze dein Sperma in mich rein und füll mich aus. Ich bin so verrückt danach."

Ich stöhnte und vergrub mich tief in ihr. „Komm verdammt noch mal für mich, Isabella."

Sie schrie auf, ihre Muschi pulsierte um meinen Schwanz und schluckte mein Sperma. Ich strich mit meinen Fingern über ihr Schlüsselbein und runzelte die Stirn bei dem Gedanken, dass sie mir nicht von dem Treffen mit dem Mann erzählt hatte, den ich am meisten hasste.

Seit ich achtzehn Jahre alt war und sie zum ersten Mal sah, hatte ich mich in sie verliebt.

Als Mama und Papa mitten in meinem ersten Studienjahr ermordet worden waren, musste ich der rücksichtslose Alpha werden, der mein Vater gewesen war, musste grausam und herzlos sein, musste ohne Gnade töten und ohne nachzudenken beschützen. Aber als Isabella bei einem meiner Trainings auftauchte, um den Kriegern beim Kämpfen zuzusehen, hatte ich mir geschworen, vor allem sie zu beschützen.

Jetzt … jetzt hat sie sich freiwillig in Gefahr begeben und es vor mir verheimlicht.

Sie blickte aus dem Fenster und in Richtung Wald. Also musste ich ihn lieber früher als später loswerden. Ich konnte nicht darauf warten, dass Kylo sich eines Tages meine Partnerin schnappte.

Ich vermied den Blickkontakt, löste ihre Fesseln, zog mir etwas an und griff nach meinem Handy. „Wenn du dich das nächste Mal mit Kylo hinter meinem Rücken triffst, denk daran, wie du um meinen Schwanz bettelst, Isabella."

Ich stürmte aus dem Zimmer, bevor ich völlig die Kontrolle über meinen Wolf verlor, und wählte Caydens Nummer. „Sag mir, dass du Informationen über die Wolfsblume hast."

10
isabella

DIE GANZE EKSTASE, die meinen Körper durchströmte, verflog, als Roman aus dem Zimmer stürmte und die Tür hinter sich zuschlug. Ich starrte mit großen Augen auf die Mondblumen, die auf unserer Fensterbank funkelten, bis mir die Tränen in die Augen stiegen. Der Schmerz in Romans Stimme und die Schuldgefühle, die ich wegen der Verbindung zwischen meiner Wölfin und Kylo empfand, zerrissen langsam mein Herz.

Wie sollte ich Roman so etwas erklären? Ich könnte ihm die Wahrheit sagen - dass ich weggelaufen war und Kylo mich gefunden hatte. Aber er würde wissen wollen, warum ich es ihm nicht sofort gesagt habe, als ich ihn sah.

Mondgöttin, ich wollte ihm unbedingt die Wahrheit sagen, aber ich wusste nicht, wie ich meine Verbindung zu dem Mann erklären sollte, den er am meisten hasste. Wenn Roman das herausfand, würde er blind vor Wut in eine weitere Schlacht stürmen.

Mein Herz tat weh, meine Wölfin wimmerte. Ich zerrte an meinen Kleidern und blinzelte die plötzlichen Tränen aus meinen Augen weg. Zögernd öffnete ich die Tür zum Flur und sah Roman, der mit dem Telefon am Ohr den Flur entlang hin und her lief.

„Könnte es Isabella töten?", fragte er, ohne mich zu sehen.

Mit vor der Brust verschränkten Armen trat ich näher an ihn

heran und räusperte mich. „Roman, können wir reden?", fragte ich, obwohl es mich innerlich zerriss.

Ich hasste Konfrontationen. Wir hatten schon so viel durchgemacht und ich wollte einfach nur ein friedliches Leben.

Roman hob seinen Zeigefinger. „Warte."

Ich ging näher an ihn heran und versuchte, sein Telefonat mitzuhören.

„Du glaubst, er hat die verdammte Blume? Woher weißt du das so genau?", fragte Roman mit gerunzelter Stirn und stellte das Telefon auf Lautsprecher. „Wer hat es dir gesagt?"

„Scarlett", sagte Cayden.

„Warum redest du mit Scarlett?", fragte ich und ballte meine Hände zu Fäusten.

Sie gehörte nicht zu unserem Rudel und es gefiel mir nicht, dass sie versuchte, Roman wieder näherzukommen. Sie war neulich beim Alphatreffen der Lykaner vollkommen auf ihn fixiert gewesen.

„Sie war heute Abend im Night Raider's Café. Einige unserer Krieger hörten, wie sie über die Blume sprach", sagte Cayden. Er machte eine kurze Pause. „Ich glaube, dass Kylo Scarlett die Wolfsblume weggenommen hat. Sie hat offenbar immer wieder gesagt, dass er sie ihr gestohlen hat. Ich weiß nicht, ob sie die Wahrheit sagt oder nur Ärger schüren will. Ihr Rudel scheint vom Chaos überrollt worden zu sein. Der Alpha wurde kurz nach dem gestrigen Treffen getötet und die Leute kämpfen um die Macht."

„Was ist die Wolfsblume?", fragte ich.

Roman schnaubte verärgert durch die Nase und presste die Lippen aufeinander, was mich nur noch wütender machte.

Ich knurrte: „Verschweige mir keine wichtigen Dinge, Roman. Ich muss es wissen."

Roman knurrte zurück: „Du hast dein kleines Treffen mit Kylo vor mir geheim gehalten."

Ich unterdrückte den Drang, die Augen zu verdrehen. Es hörte sich an, als wären wir in der fünften Klasse, mit all dieser Eifersucht zwischen uns, aber ich wusste, dass das meine Schuld war. Roman reagierte meinetwegen auf diese Weise.

„Es ist eine wissenschaftlich modifizierte Blume", unterbrach Cayden. „Sie wurde geschaffen, um diejenigen zu schwächen, die unter dem Wolfsmond geboren wurden, wenn sie einen Teil davon zu sich nehmen. Im Grunde ist es ein Gift, das einen Wolfsmond-wolf innerhalb weniger Augenblicke töten kann."

Roman ballte die Fäuste, sein Kiefer zuckte. „Scarlett hat meiner Familie die Wolfsblume weggenommen, als meine Eltern starben. Seitdem habe ich versucht, sie wieder zurückzubekom-men. Meine Mutter hatte sie in ihrem Besitz behalten, weil sie wusste, dass sie in den falschen Händen zu einer Waffe gegen die stärksten Wölfe der Welt werden würde."

„Wer hat die Blume verändert und warum?"

„Sie wurde vor Hunderten von Jahren von jemandem namens Dolus geschaffen", sagte Cayden über das Telefon. „Die Legende besagt, dass er ein Werwolf-Jäger war, aber ich weiß nicht, ob das stimmt. Er hat sie erschaffen, um alle Wölfe wie dich auszurotten."

„Jetzt hat Kylo sie verdammt noch mal."

„Glaubst du, er wird sie gegen mich einsetzen?", fragte ich, während meine Wölfin langsam anfing, wütend zu werden.

„Natürlich würde er das!" Roman schnauzte mich an, seine Augen flackerten golden. „Er ist trügerisch, und du tappst blind-lings in die kleinen Fallen, die er dir stellt, damit du ihm vertraust. Wie zum Beispiel, dass du dich nachts rausschleichst, um ihn zu sehen."

Cayden räusperte sich. „Ich rufe dich später zurück." Er legte auf.

Roman steckte sein Handy zurück in die Tasche und starrte mich mit einem Blick voller Wut und Herzschmerz an. Der gleiche Ausdruck, den ich gesehen hatte, als ich ihm sagte, dass ich ihn für ein Jahr verlassen würde, um eine Lykanerin zu werden.

„Ich wollte doch nur joggen gehen. Er muss mir gefolgt sein. Ich habe ihn nicht absichtlich getroffen. Ich habe ihm gesagt, dass er sich von uns und von mir fernhalten soll, dass wir Partner sind und dass nichts zwischen uns kommen wird."

„Ich versuche, dich zu beschützen, Isabella."

„Nun, lass mich dich einmal beschützen, Roman. Ich habe Kylo davon abgehalten, dich zu töten, und du bist immer noch verärgert darüber. Ich habe ihm nur gesagt, dass er sich unserer Beziehung nicht mehr in den Weg stellen soll."

„Er hätte dich umbringen können, wenn er diese verdammte Blume gehabt hätte, als du mit ihm gesprochen hast", sagte er. Roman schnaubte wütend durch die Nase, fuhr sich mit der Hand durch die Haare und fragte: „Was bedeutet dir Kylo?"

Ich starrte Roman an, überrascht von der einfachen Frage, und schüttelte den Kopf. „Nichts."

„Was bedeutet er dir?", wiederholte er, diesmal angespannt.

„Nichts", sagte ich, aber meine Wölfin war still. So verzweifelt still.

„Dann hast du doch nichts dagegen, wenn ich ihm die Wolfsblume abnehme und ihn damit töte, oder?", fragte Roman.

Meine Eckzähne bohrten sich in mein Zahnfleisch und meine Wölfin stieß ein wildes, besitzergreifendes Knurren aus. Es geschah so schnell und so explosiv, dass es mich erschreckte. Ich zwang mich, aus dem Haus zu sprinten, bevor sie Roman etwas antun konnte, denn ich hatte das Gefühl, dass sie schon bei der bloßen Erwähnung von Kylos Tod Schaum vor dem Maul bekam.

11
isabella

BERUHIGE DICH, forderte ich meine Wölfin auf.

Sie trieb mich an, immer schneller zu laufen, bis ich schließlich vor Vanessas abgelegener Hütte am Rande von Romans Grundstück stand. Ich brauchte jemanden, mit dem ich darüber reden konnte, vorzugsweise eine Frau, denn ich war mir nicht sicher, ob Derek das verstehen würde.

Nachdem ich geklopft hatte, wartete ich ein paar Augenblicke. Sie erschien in knappen roten Dessous, mit einer Flasche Wein in der Hand und einem breiten Grinsen im Gesicht. „Lindsey, du …", begann sie. Als sie mich sah, blieb sie stehen, mit großen Augen. „Oh, Isabella." Sie starrte auf meinen nackten Körper hinunter, ihre Wangen erröteten. „Komm rein."

„Ich störe doch nicht, oder?"

Sie reichte mir einen schwarzen, seidigen Bademantel von ihrer Couch aus Kunstsamt und ich zog ihn an, um meinen Körper zu bedecken. „Mach dir nichts draus. Ich hatte keine Pläne für heute Abend." Sie stellte ihren Wein auf dem Tisch ab, tippte eine kurze Nachricht und holte einen weiteren Bademantel aus ihrem Zimmer, um sich zu bedecken. „Was ist los?"

„Ich brauche jemanden zum Reden", sagte ich.

Meine ganze Welt fühlte sich an, als würde sie zusammenbrechen. Nicht nur, dass meine Wölfin aus irgendeinem gottlosen Grund an Kylo hing, sondern ich spürte auch nur Romans Schmerz, als ich von ihm weglief. Ich liebte ihn von ganzem Herzen und wollte ihn nicht wegen dieses sinnlosen Gefühls in mir verlieren.

„Komm", sagte sie und nickte in Richtung des anderen Raumes.

Ich folgte ihr in die Küche und schaute mich in ihrem kleinen, gemütlichen Haus um. Für jemanden, der mir das Leben in der Schule zur absoluten Hölle gemacht hatte, hatte ich nicht erwartet, dass ihr Haus so ... gemütlich sein würde.

Auf dem Tresen brannte eine Vanillekerze, während sie den Korken des Weins knallen ließ. Sie hatte süße kleine Mondblumen auf ihrer Fensterbank, genau wie ich zu Hause. Und an ihrem Kühlschrank hingen eine Reihe von Bildern.

Ich schlenderte zu ihnen hinüber und betrachtete jedes einzelne, während sie uns Wein einschenkte. Es gab ein Bild von ihr und Jane, die sich in ihren rosa Pyjamas umarmten, eines von ihr beim Training mit den Kriegern und ganz oben auf dem Kühlschrank war ein Bild von ihr und mir in der Nacht, in der ich Anführerin der Lykaner geworden war.

„Das ist so süß." Ich lächelte das Bild an und mir wurde warm ums Herz.

Nachdem sie mir ein Glas Wein gereicht hatte, schnürte sie den Bademantel enger um ihre schmale Taille und wippte auf ihren Füßen hin und her. „Das war die beste Nacht meines Lebens."

„Die beste Nacht deines Lebens?", fragte ich. „Wir wurden von Horden von Gesetzlosen gejagt."

Sie grinste mich an, hakte ihren Arm in meinen und legte ihren Kopf auf meine Schulter. „Aber ich hatte die Gelegenheit, zum ersten Mal mit dir zu arbeiten." Sie strich mit dem Daumen über das Bild. „Es war die erste Nacht, in der ich das Gefühl hatte, dass du mich schätzt und mich anders ansiehst." Sie runzelte die Stirn und wandte sich mir zu. „Isabella, ich habe dir das nie gesagt, aber es tut mir leid, dass ich dir in der Schule das Leben zur Hölle gemacht habe."

„Ist schon gut", sagte ich.

Unsere Beziehung war jetzt trotz allem viel besser.

Sie schüttelte ihr blondes Haar. „Nein, ist es nicht. Ich habe dir das Leben buchstäblich zur Hölle gemacht."

Ich musste lachen, was mir guttat nach dem, was im Haupthaus passiert war. „Ja, das hast du, aber die Vergangenheit ist Vergangenheit. Jetzt ist alles gut."

Das Licht der Kerze flackerte auf ihrem gebräunten Gesicht, als sie lächelte und mich ins Wohnzimmer zog, wo wir uns auf die Couch fallen ließen. Sie stupste mich an. „Sag mir, was passiert ist. Was ist denn los?"

Meine Lippen öffneten sich und bebten. Ich stellte den Wein auf dem Couchtisch ab und zog die Knie an meine Brust. „Roman", krächzte ich. Mein Herz tat so verdammt weh bei dem Gedanken, ihn zu verletzen und bei der Vorstellung, dass er Kylo töten würde.

Ein Ast schlug gegen das Fenster und ich presste eine Hand auf meine Brust.

Vanessa sah mich stirnrunzelnd an, strich mir ein paar Haare aus dem Gesicht und zog mich in eine Umarmung. „Das ist nur der Wind. Komm schon."

Mein Körper zitterte, als ich mich an sie schmiegte. „Ich liebe ihn. Ich liebe ihn so verdammt sehr, dass es mir weh tut, ihn zu verletzen", flüsterte ich. „Aber meine Wölfin fühlt sich zu einem anderen Wolf hingezogen. Sie kann sich nicht wehren, wenn es um ihn geht. Aus irgendeinem Grund fühlt sie sich so verbunden."

Vanessa war einen Moment lang angespannt und streichelte mein Haar. Sie öffnete die Lippen, um etwas zu sagen, schloss sie dann aber wieder. Ich erwartete nicht, dass sie etwas sagen würde, denn an ihrer Stelle wüsste ich auch nicht, was ich sagen sollte.

Stattdessen ließ sie mich noch ein wenig in ihren Armen

weinen und stupste mich an, als ich mich beruhigt hatte. „Lass uns ein paar Stunden auf andere Gedanken als Roman kommen. Wir können meine Lieblingssendung sehen."

Ich drückte meine letzte Träne weg und hob eine Augenbraue. „Und was ist das?"

„Murder Mystery".

Ich schlang meinen Arm um sie. „Natürlich ist es die."

———

Das Sonnenlicht brannte durch die orangefarbenen Vorhänge. Ich wachte mit schmerzenden Rücken und Nacken auf der Couch auf. Vanessa lag auf mir, ihre Augen friedlich geschlossen und ihr Kopf auf meinem Bauch.

Ich musste lächeln. Ich fühlte mich nicht besser, aber ich war froh, dass ich eine Freundin hatte. Die letzten Wochen waren so einsam gewesen. So viele Menschen waren von mir abhängig und so viele Menschen sprachen nur mit mir, weil sie etwas von mir brauchten. Ich hatte mich überhaupt nicht mit Derek getroffen, weil sich unsere Zeitpläne nicht miteinander vereinbaren ließen. Also … ich atmete tief durch … ich hatte das gebraucht.

Vorsichtig, um Vanessa nicht zu wecken, rutschte ich von der Couch und lief zum Night Raider's Café, um ihren Lieblingsschokoladenstrudel zu holen. Nachdem ich den auf ihren Couchtisch gelegt und einen Dankesbrief hinterlassen hatte, rannte ich zum Grundstück der Lykaner, um Raj zu finden.

Gestern Abend war so viel passiert, was ich ihm erzählen musste.

Er saß in meinem Büro, einen Fuß auf sein Knie gestützt und klopfte mit den Fingern im Takt auf meinen Schreibtisch. „Morgen, Killerin."

„Ich habe Informationen."

Er hob eine Augenbraue. „Du siehst beschissen aus. Nichts für ungut."

„Schon klar." Ich sackte in meinem Stuhl zusammen. Wahrscheinlich hätte ich zurück zum Haupthaus gehen sollen, damit Roman wusste, dass es mir gut ging, aber ich konnte mich heute Morgen nicht dazu durchringen, ihn zu sehen. „Roman und ich hatten gestern Abend einen Streit wegen Kylo. Er hat mir erzählt, dass Kylo eine Blume hat, die Wolfsblume, die einen unter dem Wolfsmond geborenen Wolf töten kann. Er glaubt, dass Kylo versuchen wird, sie gegen mich einzusetzen."

Raj seufzte tief. „Warum haben wir nichts davon gewusst?"

„Ryker wusste wahrscheinlich davon", sagte ich und schüttelte den Kopf bei dem Gedanken, dass er uns so viel verheimlicht. „Wie auch immer, wir können nicht zulassen, dass Roman sie bekommt oder Kylo sie behält. Bei den Lykanern ist sie am sichersten."

„Du vertraust Roman nicht damit?"

Nein, er wird unseren Kylo töten.

Ich spannte mich an und schluckte schwer, meine Wangen wurden rot. Unser Kylo?

Nachdem ich meine Wölfin aus meinen Gedanken verdrängt hatte, setzte ich mich auf. „Er kann sie nicht haben."

Raj lehnte sich zurück, runzelte die Stirn und verschränkte seine braunen Finger ineinander. „Wenn er diese Blume hat und sie wirklich das tut, was Roman behauptet, dann solltest du nicht zu der Party gehen. Ich weiß, ich habe gesagt, dass du hingehen sollst, aber ich möchte nicht, dass du in Gefahr gerätst. Und ich bin mir sicher, dass Roman dich nicht gehen lassen wird, nachdem er das herausgefunden hat."

Doch etwas in mir sagte mir, dass Kylo keine Bedrohung für mich darstellte.

„Kylo wird mir nicht wehtun."

Er hatte mir bei dem Treffen nicht wehgetan. Er hatte mich während des Kampfes nicht verletzt. Er hatte mich letzte Nacht nicht getötet. Warum sollte er bis zur Party warten? Würde er mich nicht vor Roman töten wollen, wenn er sich mit Ruhm bekleckern könnte?

„Ich gehe", sagte ich und fasste einen Entschluss. „Ich muss seine wahren Absichten herausfinden." Und über den Grund, warum ich so an ihm hing. Vielleicht würde die Mondgöttin oder einer der göttlichen Wölfe einen Aufschluss über uns geben.

64

12
roman

ISABELLA WAR GESTERN Abend nicht nach Hause gekommen und hatte auch heute Morgen nicht vorbeigeschaut.

Finde unsere Partnerin, verlangte mein Wolf. *Finde unsere Partnerin, jetzt!*

Ich ballte meine Hand um den Stängel einer Mondblume und hörte, wie er knackte. Als ich gestern Abend Kylos Tod erwähnt, hatte sie ihre Eckzähne entblößt und mich besitzergreifend angeknurrt, als würde der Mann ihr etwas bedeuten.

Das durfte er nicht. Er durfte es verdammt noch mal nicht. Sie gehörte mir.

Ein Blütenblatt fiel von der Blume, schwebte durch die Luft und landete auf dem Eichentisch, sein Licht wurde immer schwächer, bis es schließlich ganz erlosch.

Ich war gestern Abend im ganzen Rudel herumgelaufen, um sie zu finden, und hatte ihr Gespräch mit Vanessa durch das offene Wohnzimmerfenster mitbekommen.

Sie hatte zugegeben, dass Kylo ihrer Wölfin etwas bedeutete.

Und es tat verdammt weh, das mit anhören zu müssen.

War ich nicht genug für sie? Ging es Kylo genauso? Waren sie irgendwie … Partner?

All diese Fragen hatten mich die ganze Nacht über gequält, mich wachgehalten, wenn ich eigentlich hätte schlafen sollen, mich auf einen weiteren Kampf vorbereiten oder verzweifelt versuchen sollen, die Blume zu bekommen, um meine Isabella zu schützen.

Ich hatte jahrelang dafür gekämpft, der Mann zu sein, den Isabella brauchte und wollte. Ich wollte nicht zulassen, dass Kylo sie mir einfach so wegnahm. Das konnte ich nicht. Wenn ich sie verlieren würde, wüsste ich nicht, was ich mit mir anfangen sollte, was für ein Mann ich werden würde.

Was war ein Alpha ohne seine Partnerin? Nichts.

Er war ein Nichts.

Die Haustür öffnete sich und ich sprang von meinem Platz auf. „Isabella!", rief ich aus meinem Büro und hielt meinen Wolf unter Kontrolle, um sie nicht zu verjagen, indem ich zu wütend klang oder zu überfürsorglich war, was sie hasste.

Sie trappelte durch das Haus.

Hole Partnerin, befahl mein Wolf. *Hole sie jetzt.*

Ich widerstand dem Drang, auf den Flur zu rennen, sie am Handgelenk zu packen und ihr zu sagen, dass sie nie wieder allein herausgehen sollte, weil ich nicht wollte, dass sie allein war, solange diese Blume in Kylos Besitz war. Nachdem ich gesehen hatte, wie Gesetzlose Mama den Hals aufgeschlitzt, ihr die Kehle herausgerissen haben und sie gestorben war, während Papa irgendwo im Wald gegen einen anderen gekämpft hatte, war es für mich und meinen Wolf so schwer, Isabella frei laufen zu lassen.

Sie wollte das nicht glauben, aber ich arbeitete daran. Das tat ich wirklich.

„Isabella!", rief ich wieder, mein Herz raste.

Jede Nacht, in der sie mit den Lykanern unterwegs war, lag ich wach und dachte nur an das Schlimmste. *Ist sie verletzt? Wird sie auch von blutgierigen Gesetzlosen gejagt? Werde ich aufwachen und sie tot auf meiner Treppe finden?*

Isabella betrat mit verschränkten Armen den Flur vor meinem Büro. „Was willst du, Roman?"

Nachdem ich meinen Wolf aufgefordert hatte, still zu sein, ging ich auf sie zu, nahm sanft ihr Kinn in die Hand und strich mit dem Daumen darüber. „Du bist letzte Nacht nicht nach Hause gekommen."

„Ich weiß."

„Ich habe mir Sorgen gemacht."

„Du bist immer besorgt."

Ich schluckte schwer, um ein Knurren zu unterdrücken. „Warum hast du mir nicht geantwortet, als ich dich heute Morgen per Gedankenübertragung kontaktiert habe?"

Sie riss sich aus meinem Griff los. „Weil ich etwas zu erledigen hatte, Roman. Falls du es vergessen hast, ich bin die Anführerin der Lykaner und nicht nur eine Partnerin, die dir jederzeit zur Verfügung steht, wenn du spielen willst." Sie hielt einen Moment inne und ließ dann niedergeschlagen die Schultern nach vorn sinken. „Es tut mir leid. Ich hätte das nicht sagen sollen. Ich bin müde, sauer und aufgeregt."

Ich griff nach ihrer Hand und streichelte sie mit meinem Daumen. „Ich erwarte nicht, dass du den ganzen Tag hier bist. Ich weiß, du hast mit den Lykanern zu tun, aber ich kann nicht stundenlang nichts von dir hören. Ich muss wissen, dass du in Sicherheit bist."

Sie schloss ihre Augen und zog ihre Finger von mir weg. „Vertrau mir."

„Wenn du willst, dass ich dir vertraue, sag mir, was er für dich ist", flüsterte ich, weil ich es loswerden wollte.

Alles, was ich wollte, war, dass sie sich outet und es mir gegenüber zugab. Ich wollte nicht erwähnen, dass ich ihr Gespräch mitgehört hatte. Ich wollte nicht mehr hören, wie sie mich anlog. Ich wollte, dass sie ehrlich war, denn das fraß mich innerlich auf.

Mit zitterndem Kinn und tränenverschleierten Augen blickte Isabella zu mir auf. Ich wartete geduldig, selbst als die Tränen anfingen zu fließen und sie ihre Arme um ihren Körper schlang, um nicht zu zittern.

„Ich möchte es nicht laut aussprechen", flüsterte sie.

„Sag es mir", forderte ich sie sanft auf.

„Du wirst noch eifersüchtiger werden und ich hasse es, wenn du so bist."

Ich nahm ihre Hände, weil ich sie berühren wollte, und drückte sie fest an meine Brust. „Ich verspreche, dass ich das nicht tun werde, meine liebe Isabella."

Ihre Lippen bebten und sie wandte den Blick von mir ab. „Meine Wölfin fühlt sich mit seinem verbunden. Ich weiß nicht, warum, und ich weiß nicht, wie. Wir haben uns mit dir gepaart, aber sie …", sie hielt inne, „sie will auch ihn."

Mein Herz zerbrach, brach in winzig kleine Stücke, doch ich riss mich für sie zusammen. Das Mondlicht schimmerte in den Raum und ließ ihr Haar glänzen. Ich strich ihr ein paar hinters Ohr, mein Puls raste.

„Liebst du mich noch?", flüsterte ich, „Liebt deine *Wölfin* mich immer noch?"

Sie schlang ihre Arme fest um meinen Oberkörper und zog mich an sich, wobei sie ihr Ohr direkt über mein Herz legte. „Natürlich tun wir das. Du bist unser Partner, Roman. Ich könnte niemanden mehr lieben als dich."

Ich zog sie näher an mich heran, stützte mein Kinn auf ihren Kopf und ließ eine Träne über meine Wange laufen. Es war keine traurige Träne, sondern eine erleichterte. Meine Partnerin wollte uns immer noch. Sie liebte uns mehr als alle anderen. Sie würde uns nicht gehen lassen.

„Deshalb gehe ich dieses Wochenende auf die Wolfsmondparty", sagte sie und hielt sich an mir fest.

Ich verkrampfte mich bei der Erwähnung dieser einen Party, an der nur unter dem Wolfsmond geborene Krieger teilnehmen konnten, was bedeutete, dass Kylo ein ganzes Wochenende lang allein mit meiner Partnerin dort sein würde.

„Ich muss herausfinden, warum ich so für ihn empfinde", fuhr sie fort.

„Du kannst nicht gehen", sagte ich und spürte, wie sich mein Wolf unter meiner Haut regte. „Er hat immer noch die Blume. Er wird versuchen, dich damit zu töten – sie in dein Getränk zu tun oder dir in den Mund zu stecken, während du schläfst. Ich darf dich nicht verlieren, Isabella."

Sie zog sich leicht zurück. „Ich muss gehen. Ich fahre morgen früh."

„Isabella, das kannst du nicht. Er wird dich umbringen."

„Warum bist du so fest davon überzeugt, dass er versuchen wird, mich zu töten? Wir waren jetzt schon zweimal allein und er hat es nicht ein einziges Mal versucht", sagte sie zu mir, nahm mein Gesicht in ihre Hände und folgte mit ihrem Blick dem Lauf meiner Träne. „Hilf mir, das zu verstehen, Roman."

Schreckliche Erinnerungen von vor Jahren schossen mir durch den Kopf. Ich hatte so lange versucht, sie zu verdrängen, weil es beschämend war. Es war mir peinlich, wie ich mich damals verhalten hatte, als ich es nicht besser wusste.

„Ich habe Kylo in der Vergangenheit verletzt", sagte ich. „Jetzt, wo ich eine Partnerin habe, wird er sich an mir rächen wollen."

„Wie hast du ihn verletzt?"

„Das brauchst du nicht zu wissen."

„Bitte, Roman. Lass mich nicht wieder im Dunkeln stehen. Lass mich rein."

Ich seufzte und beschloss, alles, was ich bereute, auszusprechen. „Scarlett war Kylos Partnerin und ich habe sie ihm weggenommen." Ich schloss den Mund und sah Isabella an. „Bevor einer von uns achtzehn wurde, haben Scarlett und ich miteinander geschlafen, während Kylo zusah. Das war unser Ding. Als Kylo achtzehn wurde und herausfand, dass Scarlett seine Partnerin war, ist irgendeine Scheiße passiert und Scarlett hat ihn für mich verlassen."

Isabella löste langsam ihren Griff um mich und verschränkte abwehrend die Arme vor der Brust, um Abstand zwischen uns zu schaffen. „Du hast mehr als einmal mit Scarlett geschlafen?" Sie schüttelte den Kopf und murmelte vor sich hin, dass das eine dumme Frage sei. „Aber … aber sogar, nachdem du gewusst hattest, dass sie Partner waren?"

„Isabella, ich …" Ich versuchte, Worte dafür zu finden, wollte ihr sagen, dass es zutiefst bereute. „Meine Eltern waren gerade gestorben, und ich … ich fühlte mich so einsam. Ich war jung und habe nicht daran gedacht, wie verletzt er sein würde, sondern nur daran, wie verletzt ich war."

Sie wich vor mir zurück, als ich mich auf sie zubewegte. „Du hast die Verbindung der Partnerschaft überhaupt nicht respektiert?", fragte sie mich und in ihrer Stimme lag ein starker Schmerz. „Hat unser erstes Mal … hat es dir etwas bedeutet? Wenn es dir bei ihnen egal war, wie kann es dir dann bei uns etwas bedeuten?"

„Dass wir zusammen sind, bedeutet alles für mich", sagte ich. „Es tut mir leid, dass ich nicht gewartet habe, um …"

„Es ist mir egal, dass du nicht gewartet hast, um Sex mit mir zu haben, aber die Verbindung der Partnerschaft ist so heilig. Zu wissen, dass sie Partner sind und trotzdem mit ihr schlafen … das ist …" Sie rieb sich mit einer Hand über das Gesicht und schüttelte den Kopf. „Ich weiß nicht einmal, was ich fühlen soll."

Ich schloss meine Augen. „Ich bereue es zutiefst", gab ich zu und schämte mich.

In diesem Moment war so viel in meinem Leben passiert, so viel Schmerz. Ich wollte Kylo wehtun für das, was sein Vater meinen Eltern und ihrer Beziehung, ja sogar ihrem Leben angetan hatte.

Als Isabella ihre Arme um mich schlang, verkrampfte ich mich. Ich hatte nicht erwartet, dass sie mich nach dem, was ich zugegeben hatte, berühren würde. Ich hatte auch nicht erwartet, dass sie heute Nacht mit mir im selben Bett schlafen wollte. Ich hatte erwartet, dass sie weggehen und erst am Montag wiederkommen würde – nach der Wolfsmondparty.

Aber sie schaute mich mit diesen großen blauen Augen an, in die ich mich verliebt hatte, und sagte: „Ich liebe dich immer noch.

Die Vergangenheit ist Vergangenheit, Roman. Ich weiß, dass du jetzt ein besserer Mensch bist." Sie küsste mich auf die Lippen, nahm meine Hand und zog mich zur Tür. „Bevor ich übers Wochenende wegfahre, schlaf heute Abend mit mir und zeige mir, wie sehr du mich liebst."

13
kylo

„ICH VERLANGE doppelte Wachen an den Grenzen, wenn ich weg bin", sagte ich.

Ich sammelte einige Papiere in meinem Büro zusammen, damit mein Beta, Roger, über das Chaos lesen konnte, das in der Umgebung von Scarletts Rudel entstanden war. Von mir aus konnte sie sterben, aber was auch immer vor sich ging, es breitete sich auf Rudel aus, die näher an meinem lagen. Und niemand würde all das ruinieren, was ich wieder aufgebaut hatte, nachdem mein Vater unseren Familiennamen beschmutzt hatte.

Roger nahm die Papiere in die Hand, schaute sie kurz an und nickte.

„Und niemand darf sich dem Grundstück auf weniger als hundert Meter nähern, ohne dass du davon weißt."

Roger saß auf dem schwarzen Samtsofa gegenüber von meinem Schreibtisch und stützte ein Bein auf den gläsernen Couchtisch. „Ich weiß nicht, warum du solch eine große Sache daraus machst. Es ist gegen das göttliche Gesetz, während der jährlichen Feier der Wolfsmondkrieger anzugreifen. Roman respektiert das Gesetz."

Nachdem ich einige Papiere in meine braune Ledermappe gestopft hatte, knurrte ich: „Er wird alles für Isabella tun und alles, um sich an mir für das zu rächen, was mein Vater seiner Familie angetan hat. Er mag das göttliche Gesetz respektieren, aber er ist wütend und eifersüchtig. Er wird angreifen."

Ich kannte Roman schon seit Jahren. Dieser Mann hatte sich nicht verändert.

„Dann bleib hier und töte ihn jetzt, bevor er die Chance hat, dir wehzutun für das, was deine Eltern ..."

„Du wirst mich nicht umstimmen", sagte ich zu Roger und bohrte die Krallen in meine Handflächen, um ruhig zu bleiben.

Ich konnte meine Chance, ein Wochenende allein mit Isabella zu verbringen, nicht verpassen. Mein Wolf würde es nicht zulassen. Er war die ganze Woche über aufgewühlt gewesen, wenn er daran dachte, wie sie in meinem Hemd ausgesehen hatte, als ich in der letzten Nacht von der Schlucht nach Hause kam. Sie hatte den dünnen Stoff an ihre Nase gehoben und tief eingeatmet, wobei ihre blauen Augen von einer Welle goldener, wölfischer Lust überwältigt wurden.

Partnerin, sagte mein Wolf. *Wir werden unsere Partnerin sehen.*

Ich biss die Zähne zusammen und knurrte, als ich dieses dumme Wort hörte.

Wir haben keine Partnerin mehr, schimpfte ich. *Nicht nach Scarlett.*

Doch machte mein Wolf weiter.

Partnerin. Partnerin. Isabella ist ...

Eine Wolfsmondkriegerin. Und das war's. Sie hat keine Bedeutung für uns.

Aber das war eine Lüge. Vor weniger als vier Tagen hatte ich sie kennengelernt und seitdem konnte ich nicht mehr aufhören, an sie zu denken. Sie war unglaublich intelligent, die einzige Person, der ich je begegnet bin, die mich dazu gebracht hatte, vor einem Kampf zurückzuschrecken. Und sie war die Partnerin meines ehemals besten Freundes.

Nachdem ich mich geräuspert hatte, sah ich Roger wieder an. „Ich gehe auf die Party, um zu sehen, ob Isabella mir von Romans Angriffsplänen erzählen wird. Ich muss wissen, ob ich ihr vertrauen kann."

Mondlicht flutete durch die Fenster. Es war fast ein Uhr nachts. Ich musste um sechs Uhr aufbrechen, wenn ich rechtzeitig zur Versammlung um neun Uhr da sein wollte. Ein Wochenende voller Kriegsgespräche, Training und Anbetung unserer Göttin waren nur wenige Stunden entfernt – und Isabella auch.

„Warum musst du ihr vertrauen?"

Ich ging näher an das Fenster heran und betrachtete die Spur von Mondblumen, die vom Rudelhaus in den Wald zur Schlucht führte. Isabella liebte Mondblumen und sie hatte das gesamte Lykaner-Haupthaus mit ihnen geschmückt.

„Weil Roman sie nicht verdient hat", sagte ich.

„Das beantwortet meine Frage nicht."

„Es muss die Frage nicht beantworten, Roger. Das ist meine Antwort." Ich vergrub meine Hände in den Taschen. „Geh nach Hause. Ich muss mich etwas ausruhen, bevor ich morgen früh aufbreche."

Er sprang von der Couch und warf mir ein fröhliches Grinsen zu. „Ausruhen? Wahrscheinlich rennst du heute Nacht noch durch den Wald und versuchst, sie zu finden."

Meine Eckzähne wurden länger. „Kenne deine Grenzen."

Als Roger die Tür hinter sich schloss, wandte ich mich wieder dem Fenster zu, lehnte meine Stirn gegen das Glas und atmete tief durch. Das letzte Mal, als mein Wolf diese Verbindung zu jemandem gespürt hatte, war Scarlett meine Partnerin gewesen.

Isabella war es nicht. Sie konnte es nicht sein.

Nachdem ich meinen Wolf davon überzeugt hatte, dass wir sie nicht im Wald suchen würden, öffnete ich meine Schranktür und gab den Code meines Safes ein. Als ich ihn öffnete, lag die Wolfsblume friedlich in der Mitte, zusammen mit ein paar anderen Papieren. Sie lag nun schon seit fast einem Monat dort.

Genau wie die Wolfsmondkrieger konnte die Blume selbst unter den schlimmsten Bedingungen überleben.

Ich zog vorsichtig den Deckel des Behälters ab und starrte sie verblüfft an. Diese Blume konnte jemanden, der unter dem Wolfsmond geboren wurde, in Sekundenschnelle vernichten. Sie würde

die Person von innen heraus verbrennen, jeden Teil von ihr angreifen, sie vielmehr verletzen, als es Hitze je könnte.

Nachdem ich sie wieder in den Behälter gelegt hatte, ging ich
in mein Schlafzimmer und packte ihn in meinen Koffer. Ich wollte
die Blume zu der Party mitbringen. Für die einzigartige Isabella.

14

isabella

„WIE HAT ROMAN ES AUFGENOMMEN, dass du heute Morgen gegangen bist?", fragte Raj, als wir durch den Wald liefen.

Zwanzig Meter vor dem großen Steintor, wo die Wolfsmondparty stattfand, drangen Rufe und Schreie durch den Wald.

Angeblich war das Anwesen wunderschön, mit üppigen grünen Wäldern, großen rosa Tulpenfeldern und einem schimmernden See mit einem Wasserfall. Ich war zwar noch nie hier gewesen, hatte mich aber heute Morgen mit dem Grundriss der Landschaft vertraut gemacht, wie Roman es vorgeschlagen hatte – für den Fall, dass Kylo etwas mit mir vorhatte.

„Ich möchte nicht darüber reden", sagte ich und ging auf die Wachen zu.

Als ich Roman heute Morgen verlassen hatte, schlief er noch. Ich gab ihm einen Kuss auf die Stirn gedrückt und sein dichtes braunes Haar gestreichelt, das sich an seiner Stirn immer zu kräuseln schien. Ich hatte fast den ganzen Weg zu den Lykanern geweint, wo ich Raj traf, weil ich Roman so sehr liebte und nicht wollte, dass Kylo dazwischenkam.

„So schlimm, hm?", fragte Raj.

Ich zuckte mit den Schultern und reihte mich in der Schlange der Wartenden vor dem Anwesen ein.

Einer der Wachmänner nickte mir zu. „Isabella, du darfst eintreten, aber", er wandte sich an Raj, „du musst gehen."

Raj nickte und zog mich in eine Umarmung. „Wenn Kylo irgendetwas probiert, lauf weg", flüsterte Raj mir ins Ohr. „Trinke und iss nichts, was er dir gibt. Wenn er diese Blume hat …"

„Ich weiß", sagte ich und streichelte seine Schulter. „Ich werde keine Dummheiten machen."

Nachdem ich mich verabschiedet hatte, ging ich unter dem Torbogen aus Mondblumen hindurch, hinter dem Eingang weiter und in einen wunderschönen Tulpengarten, der sich kilometerweit zu erstrecken schien. Jemand schnappte sich meinen Koffer, reichte mir ein Glas Wein und die Schlüssel zu Hütte Nr. 5.

Ich nippte an meinem Wein und sah mich unter den Kriegern um. Einige erkannte ich aus den umliegenden Rudeln, während andere weit, weit weg leben mussten. Jahre der Schlacht, des Blutes und des Krieges standen um friedliche, zartrosa Blumen, die sich im Wind wiegten. Jeder von uns hatte in so jungen Jahren schon so viel durchgemacht. Es gab so viele Geschichten zu erzählen und ich konnte es kaum erwarten, die von Kylo zu hören.

Meine Finger streiften die Tulpen, als ich weiter in den Garten hineinging. Die orangefarbene Sonne schien auf mein Gesicht und ich lächelte in ihrer Wärme. Schnurrend führte mich meine Wölfin tiefer in das Labyrinth aus Hecken und Blumen, bis wir aus der Gruppe verschwanden.

Meine Wölfin zog mich durch das üppige Rosa und Grün, betrachtete liebevoll die Mondblumen, die in alle Richtungen funkelten, schnupperte den süßen Duft der Tulpen, der sich mit dem der Kiefern vermischte, und ging weiter.

Als wir um eine Ecke bogen, hielt ich an. Kylo stand alleine da, starrte auf den schier endlosen Garten und schwenkte sein Getränk in der Hand, der Daumen streifte einige Blütenblätter und die Muskeln spannten sich unter seinem dünnen grauen Hemd mit Knopfleiste.

Meine Wölfin schnurrte wieder und ich hielt die Luft an.

Die ganze Zeit über hatte sie sich nicht an dem Anblick der Umgebung erfreut. Sie hatte mich zu ihm gebracht.

„Isabella", sagte Kylo, ohne sich umzudrehen, „vermisst du mich so sehr, dass du beschlossen hast, mich zu suchen?"

„Ich bin nicht deinetwegen hier", sagte ich und verschränkte die Arme vor der Brust.

Als er sich umdrehte, stockte mir der Atem. Er hatte so goldene Augen, sein braunes Haar wehte sanft im Wind, die Morgensonne schien auf sein wohlgeformtes Gesicht und er lächelte mich so aufrichtig an. „Deine Wölfin hat dich zu mir gebracht."

„Nein, hat sie nicht."

Lüge.

„Ich bin hier, weil ich Antworten auf meine Fragen brauche."

Als er auf mich zukam, wich ich zurück, aus Angst, dass meine Wölfin zu unterwürfig auf ihn reagieren würde. Sie war schon einmal zu oft in seiner Anwesenheit in eine kleine Trance geraten und ich würde nicht noch einmal meine Deckung fallen lassen. Nicht nach Romans Warnung, dass er die Blume hatte, die mich töten konnte.

„Hast du jetzt Angst vor mir?", fragte er mit gerunzelter Stirn.

„Ich habe keine Angst vor dir." Ich spannte meinen Kiefer an und verengte meine Augen. „Ich bin wütend, dass du mir die Wolfsblume vorenthältst, die mich innerhalb von Sekunden töten kann. Hattest du vor, mir nahezukommen, damit du mich damit töten kannst?"

„Hat Roman dir gesagt, dass ich sie bei dir benutzen werde?" Nachdem er mir mein Glas aus der Hand genommen und beide Gläser auf eine Steinbank gestellt hatte, verschränkte er seine riesigen Arme vor der Brust. „Wenn ich deinen Tod gewollt hätte, hätte ich dich selbst umgebracht. Es gab viele Gelegenheiten, bei denen ich dich an der Kehle hätte packen", er griff mit einer großen, schwieligen Hand nach meiner Kehle, „und sie dir hätte herausreißen können." Er drückte leicht zu, wodurch ich mich so benommen und doch so … so … berauscht, fühlte.

„Du hast also die Blume."

Er strich mit dem Daumen über mein Kinn. „Natürlich habe ich die Blume. Ich werde nicht zulassen, dass Roman mich damit umbringt. Er weiß nicht, wie mächtig sie wirklich ist, dass sie dich in Stücke reißen kann, wenn du sie nur falsch anfasst."

Mit zusammengebissenen Zähnen drückte ich meine Hände gegen seine Brust, stieß ihn aber nicht weg.

Berühre ihn mehr, sagte meine Wölfin. *Berühre alles von ihm.*

„Ich habe sie für dich mitgebracht", sagte Kylo.

„Um zu versuchen, mich in Stücke zu reißen?", fragte ich und kompensierte so das angeborene Verlangen, das meine Wölfin für ihn empfand. Es ging nicht darum, dass ich ihm nicht vertrauen wollte. Es ging darum, dass er mich nicht dazu bringen sollte, so zu fühlen. Ich mochte es nicht und ich wollte mich auf keinen Fall blindlings austricksen lassen, wie Ryker es mit mir getan hatte.

„Es gibt angenehmere Wege, dich zu zerstören."

„Mir die Kehle herausreißen?", fragte ich.

Er knurrte. „Wie dich gegen diese Steinbank zu stoßen und jeden verdammten Zentimeter deines Körpers zu nehmen, Prinzessin." Er keuchte in mein Ohr und ich erschauderte. „Wie deine Beine zu spreizen und mein verdammtes Frühstück zu genießen." Er presste seine Nase gegen meinen Kiefer. „Wie meine Zähne in deinem Hals zu versenken und dich zu markieren."

Mein Herz raste bei diesem Gedanken.

Mich markieren? Mich markieren? Nein.

Er sollte so etwas nicht einmal andeuten. Vielleicht wollte er es, weil es Roman wehtun würde, wenn er ihm die Partnerin wegnehmen würde. Partnerin um Partnerin, genau wie Auge um Auge, Zahn um Zahn.

Nein, sagte meine Wölfin, *er will Roman nicht verletzen. Er verlangt nach uns. Er hat immer nach uns verlangt.*

Ich stieß ihn von mir weg und in meinem Kopf schwirrte etwas herum, dass mir wie eine Erinnerung an unsere gemeinsame Zeit vorkam.

Wir wollen ihn nicht, sagte ich meiner Wölfin, aber das war eine Lüge. *Wir haben ihn nie gewollt.*

Plötzlich verdunkelte sich der Himmel für einen Moment, und ein heller Ball aus weißem Licht schwebte vom Himmel herab und verwandelte sich langsam in eine menschenähnliche Frau. Mir stockte der Atem, als ich sah, wie ihre braunen Locken im Wind wehten, wie ihre stechend blauen Augen mich durchbohrten und wie sie ein sanftes weißes Licht ausstrahlte.

Die Mondgöttin.

Sie schwebte in der Luft über uns und blickte auf das gesamte Anwesen herab. „Kinder", sagte sie mit engelsgleicher, zarter und doch stoischer Stimme. „Danke, dass ihr an meiner Feier für euch und eure wunderbaren Fähigkeiten teilnehmt. Da ihr unter dem Wolfsmond geboren wurdet, habt ihr alle einen besonderen Platz in meinem Herzen. Ich habe euch harte Zeiten durchleben lassen, um euch stärker zu machen, und ich habe euch die Macht gegeben, andere zu beschützen, wenn sie nicht stark genug sind, dies selbst zu tun.

Heute, morgen und Sonntag sind Tage, um euch zu feiern. Ein Wochenende unter allen, an dem ihr einmal Zeit für euch selbst habt, an dem das göttliche Gesetz in Kraft tritt und ihr euch ausruhen und verjüngen könnt … also bitte, bitte tut das. Ich freue mich darauf, bald mit euch allen zu plaudern."

Nachdem sie irgendwo im Wald auf dem Boden gelandet war, stand ich schockiert da. Es hatte Gerüchte gegeben, dass sie hier sein würde. Ich hatte nur … nicht gewusst, was ich erwartet hatte. Ich hatte immer davon geträumt, sie eines Tages zu treffen, und dieser Tag war nun endlich gekommen.

Die Mondgöttin selbst - nicht die ersten göttlichen Wölfe - feierte mit uns und ich hatte so viele Fragen, die ich beantwortet haben musste.

„Bleib mir vom Leib", zischte ich Kylo durch meine Zähne zu. Dann eilte ich durch den Garten zu den übrigen Kriegern und zu unserer Mondgöttin.

Er gluckste hinter mir, seine hinreißende Stimme tönte durch den Garten. „Du bist doch immer diejenige, die mich findet, Isabella."

15
isabella

NACHDEM ES MIR GELUNGEN WAR, Kylo für den Rest des Freitags aus dem Weg zu gehen, saß ich am Samstagabend mit einer Handvoll anderer Krieger um ein loderndes Lagerfeuer. Ich hatte gestern noch nicht einmal die Chance gehabt, mit der Mondgöttin zu sprechen, da zu viele andere ihre Aufmerksamkeit auf sich zogen und ich lieber Abstand von diesem grausamen Alphatier halten wollte, das mich von der anderen Seite des Tulpengartens aus immer wieder mit diesem Blick anstarrte.

„Mein Wolf war in letzter Zeit total angespannt", sagte Darnell, ein Wolfsmondkrieger, und scharrte mit seinem Stiefel im Dreck. Ein gequältes Stirnrunzeln zog sich über sein Gesicht und er unterdrückte ein Winseln. „Der Jahrestag des Todes meiner Familie rückt immer näher."

Ich blickte von ihm zu Kylo, der mitfühlend eine Hand auf Darnells Schulter legte. Kylo sah in meine Richtung und ich wandte mich mit einem Stirnrunzeln wieder dem Feuer zu. Es gab so viele schlimme Geschichten, die ich in den letzten anderthalb Stunden gehört hatte. Die Krieger erzählten von den härtesten, anstrengendsten Kämpfen in- und außerhalb des Waldes. Einige waren physisch, aber die meisten waren mentale Kriege.

„Die Menschen haben sie bei Vollmond getötet und uns in dieser Nacht gejagt, als wäre es ein verdammtes Spiel…", fuhr Darnell fort und schüttelte den Kopf, „Ich habe meine Partnerin und meine Kinder verloren." Er stieß einen leisen Schluchzer aus. „Zwillingsjungen. Sie waren erst sieben Monate alt."

Ich schloss die Augen, als mir eine Träne über die Wange kullerte. Gott sei Dank hatte ich nicht so eine erschütternde Geschichte. Wenn Mama, Papa oder Roman gestorben wären, wäre ich nicht in der Lage gewesen, das zu verarbeiten. Es war schon schwer genug, dass Luna Raya von einer Gruppe dreckiger Gesetzloser getötet worden war.

Nachdem Darnell alles erklärt hatte , sah ein anderer Wolfskrieger namens Connor zu Kylo hinüber. „Was ist deine Geschichte?"

Fast ungewollt lehnte ich mich vor und richtete meine ganze Aufmerksamkeit auf Kylo. Vielleicht würde mir das Aufschluss darüber geben, was zwischen ihm und Roman vorgefallen war. Was sie dazu brachte, sich zu hassen. Sicher, Roman hatte ihm seine Partnerin genommen, aber es musste doch einen Grund dafür gegeben haben, oder?

Kylo starrte ins Feuer. „Vor sieben Jahren habe ich meinen Vater getötet, weil er eine Frau vergewaltigt hat, die eigentlich seine Verbündete sein sollte." Er blickte nicht auf, zitterte nicht vor Abscheu, zeigte nicht die geringste Regung, außer dass seine Augen von Tränen glitzerten.

Kylo hatte seinen eigenen Vater getötet?

Starker Mann, sagte meine Wölfin, *beschützender Partner*.

„Ich hatte mal zu ihm aufgeschaut", fuhr Kylo fort, und in jedem Wort lag Qual. „Ich dachte, so wie er meine Mutter behandelte, würde jeder Mann seine Partnerin behandeln …" Er öffnete den Mund und schloss ihn dann wieder, als hätte er seine Meinung geändert und wollte nicht weiter über die Schrecken sprechen, die er als Kind erlebt hatte.

Jazmine, eine andere Kriegerin, stupste ihn an. „Komm schon. Niemand hier wird dich verurteilen."

Kylo holte tief Luft und spannte den Kiefer an. „Er nannte sie eine Hure, eine Schlampe, ein Flittchen, jede verdammte Beschimpfung, die man sich denken kann. Er hat sie wie Scheiße behandelt. Und die längste Zeit habe ich meine Partnerin auch so behandelt. Sie war jung und beeinflussbar, nicht einmal achtzehn. Ich dachte, so machen Männer das, und dann verließ sie mich. Etwa zur gleichen Zeit fand ich heraus, dass mein Vater Alpha Romans Mutter vergewaltigt hatte und ich drehte durch.“

Meine Augen weiteten sich, der pure Schock durchfuhr meinen Körper.

Oh, meine verdammte Göttin.

Kylos Vater hatte Luna Raya vergewaltigt.

Eine Träne glitt über Kylos Wange, während sein Kinn zitterte. Selbst aus einiger Entfernung spürte ich den unüberwindbaren Schmerz, der so schwer wog, wegen des Verlustes seiner Partnerin und dem Wissen um seinen damals so schlechten Charakter. Das muss der Grund gewesen sein, warum Roman mich von Kylo hatte fernhalten wollen.

Kylo hielt einige Augenblicke inne, presste die Lippen aufeinander und stand auf. „Das ist alles.“

Als Jazmine begann, ihre Geschichte zu erzählen, konnte ich nicht zuhören. Meine Gedanken waren zu sehr bei Kylo. Er hatte seinen eigenen Vater getötet, seine Partnerin verjagt und all diese Schande zurückgehalten.

Kylo ging allein zurück in den Wald und verließ uns.

Folge ihm, sagte meine Wölfin. *Er ist verletzt.*

Jazmine sah zwischen uns hin und her und warf mir einen Blick zu, der sagte, dass es in Ordnung sei, ihn zu trösten. Ich lächelte sie an, nickte und folgte Kylo durch den Wald in den Garten. Das Mondlicht prallte von den rosafarbenen Blütenblättern ab und verlieh dem Anwesen einen rosigen Schimmer.

„Kylo“, rief ich, „Kylo, warte.“ Ich packte sein Handgelenk und zog ihn zurück. „Halt, bitte.“

Obwohl ich nicht erwartet hatte, dass er für mich anhielt, blieb er stehen und sah mit betrübten braunen Augen zu mir hinunter.

Ich hatte ihn noch nie so verletzlich und so völlig gebrochen gesehen. Er war immer Kylo, der sexy, starke Alpha, der mich wollte.

„Es tut mir leid, dass ich es dir nicht früher gesagt habe. Ich wollte es nicht laut zugeben." Er setzte sich auf eine Steinbank. „Es tut mir leid, dass ich euer Rudel nicht vor dem Angriff des Gesetzlosen schützen konnte, der Romans Eltern getötet hat. Wenn ich nicht so wütend auf meinen Vater und meine Mutter gewesen wäre, weil sie mir nicht früher davon erzählt haben, wäre ich da gewesen, um es zu verhindern. Deine Luna wäre noch am Leben."

„Es ist nicht deine Schuld", sagte ich, setzte mich neben ihn und legte meine Hand auf sein Knie. „Es waren die Gesetzlosen, die sie getötet haben. Niemand konnte wissen, dass sie angreifen würden."

„Aber trotzdem", seine Stimme wurde leise, „ich wäre dabei gewesen."

Nach einigen Momenten des Schweigens lehnte Kylo sein Knie gegen meins und blickte über die Tausenden von Tulpen hinweg. „Du machst mir Angst", sagte er leise über das leichte Summen der Krieger am Wasserfall hinweg. „Jedes Mal, wenn ich an dich denke, spüre ich dasselbe intensive Verlangen nach dir, das ich bei Scarlett empfunden habe. Mein Wolf und ich sind gewachsen, aber ich habe immer noch Angst, dir weh zu tun, so wie ich ihr weh getan habe." Er stützte sich mit den Unterarmen auf die Knie und ballte die Fäuste. „Ich will von dir wegbleiben, aber ich kann nicht."

Ich rutschte näher an ihn heran, bis sich unsere Schenkel berührten. „Warum kannst du es nicht?", flüsterte ich.

„Obwohl es mir nicht gefällt, dass du zu den Lykanern gehörst, schätze ich deine Stärke und dein Engagement, diese Welt zu einem besseren und sichereren Ort zu machen." Er schüttelte sanft den Kopf, griff nach meinen Fingern und verschränkte sie mit seinen.

Das Mondlicht spiegelte sich in seinen schönen braunen Augen und ich wollte nur noch mit meinen Fingern seinen Hals hinauffahren und ihn näher zu mir ziehen.

Aber ich widerstand.

„Ich will dich", sagte er, während sein süßer Kiefernduft in meine Nase zog. Er rückte näher an mich heran, sein Gesicht nur Zentimeter von meinem entfernt, und strich mir eine Haarsträhne hinters Ohr. „Und ich weiß nicht, warum."

Ich gab meiner Wölfin nach und lege meine Stirn an seine. „Was machst du mit mir?", fragte ich und legte meine Finger in seinen Nacken. Scheiß darauf, mich von ihm fernzuhalten. Ich wollte ihn näher bei mir haben. So viel näher.

Er umfasste mein Gesicht mit beiden Händen, seine Daumen strichen über meine Kieferknochen. Schmetterlinge flatterten durch meinen Bauch, meinen Oberkörper hinauf, meine Arme und Beine hinunter, bis mein ganzer Körper kribbelte. So hatte ich mich nicht mehr gefühlt, seit Roman mein Partner geworden war.

„Göttin, Isabella", sagte er und hob mein Kinn an. „Ich kann mich nicht länger von dir fernhalten."

Er neigte seinen Kopf zur Seite und lehnte sich langsam vor. Ich grub die Nägel in meine Handflächen und sagte mir, dass ich Roman nicht auf diese Weise betrügen konnte. Doch meine Wölfin rief immer wieder nach seinem Wolf, flehte mich an, sie nochmals seine Lippen auf ihren spüren zu lassen.

Wieder.

Als ob es in einem früheren Leben schon einmal passiert wäre.

Als seine Lippen nur noch Millimeter von meinen entfernt waren, schnurrte ich. Nicht meine Wölfin. Ich.

Noch bevor er mich küssen konnte, erschauderte er bei dem Geräusch, sein ganzer Körper zitterte vor Lust. Ich konnte seinen Wolf unter der Oberfläche spüren, der sich verzweifelt nach draußen drängte und mich sehen wollte.

Die Partnerkette, die Roman mir geschenkt hatte, verrutschte an meinem Hals und ich erstarrte. Das war falsch. Was hat meine Wölfin sich dabei gedacht? Was dachte ich mir? Ich sollte nicht hier sein. Das durfte nicht passieren.

Kylo beugte sich näher zu mir und wollte mich gerade küssen, als ich meinen Kopf drehte. Seine Lippen landeten auf meiner rechten Wange und allein das Gefühl ließ mich vor Entzücken erschaudern. Ich wusste nicht, warum ich so stark auf ihn reagierte; ich konnte es nicht verstehen. Warum wollte ich etwas Unheilvolles? Er war nicht mein Partner.

Nachdem er seine Lippen kurz auf meiner Haut verweilen ließ, fluchte Kylo leise und zog sich zurück. Wir starrten uns schweigend an, das einzige Geräusch kam von der leisen Musik der Party am See. Ein paar Augenblicke lang wechselten seine Augen zwischen seinem Wolf und seinem Menschen hin und her, dann wandte Kylo schließlich den Blick ab.

Ich sah auf meine Füße hinunter und schlang die Arme um meinen Körper, während mich die Schuldgefühle wie ein Tsunami überrollten. Egal, wie sehr ich mich bemühte, dieses Gefühl wurde immer stärker. Und jetzt wusste ich, dass es mehr als nur Lust zwischen uns war.

Meine Wölfin sehnte sich wirklich nach einer Verbindung mit ihm.

„Wir können das nicht tun", sagte ich. „Ich kann nicht hinter Romans Rücken handeln. Ich kann Roman und mich selbst nicht so belügen. Wir sind im Unrecht."

Er blieb ruhig. „Warum belügst du dich selbst?"

Göttin, ich hasste es, das zu sagen. Ich hasste es, das zu *denken*.

„Ich mag dich", flüsterte ich und nahm seine Hand. „Ich mag dich so sehr und ich weiß nicht, wie ich es aufhalten soll."

„Warum solltest du es aufhalten?" Als er sich näher zu mir beugte, begann meine Wölfin wieder zu schnurren. „Ich weiß nur, dass es mir nicht gelingt, dich aus meinen Gedanken zu vertreiben. Jedes Mal, wenn ich meine Augen schließe. Jedes Mal, wenn ich joggen gehe. Jedes Mal, wenn ich verdammt noch mal atme, Isabella. Du bist da."

Ich sah in seine braunen Augen. „Weil ich Roman habe."

Das Heulen der anderen Wölfe hallte durch den Garten.

Ich stand auf. „Das muss aufhören, Kylo. Ich muss herausfinden, warum ich so etwas für dich empfinde." Ich führte ihn in

Richtung des Wasserfalls und folgte dem Licht der Mondgöttin. „Die Mondgöttin wird uns helfen, zu verstehen."

———

Die Mondgöttin stand am Rande des Wasserfalls und beobachtete die Wolfsmondkrieger, die im Wasser planschten. Obwohl es draußen dunkel war, war sie hell genug, um den ganzen Wald zu erleuchten. Mit durchdringend blauen Augen und Locken, die sanft hinter ihr wehten, blickte sie zu uns herüber und lächelte.

„Isabella und Kylo", sagte sie, „seid ihr bereit zu reden?"

Ich zog die Stirn in Falten. „Du hast auf uns gewartet?"

Sie lachte, ihre Stimme verlor sich im Wind, und stellte ein Glas Weißwein mit Mondblumensaft ab. „Erst seit Beginn des Wochenendes", sagte sie verspielt. „Es ist so ärgerlich, euch beiden zuzusehen, wie ihr immer und immer wieder flirtet."

Kylo sah mich mit einer hochgezogenen Augenbraue an und drückte meine Hand. Ich hatte sie noch nicht losgelassen.

Nachdem sie uns zurück in den Garten geführt hatte, wo wir ungestörter waren, sagte sie: „Meine Lieben, der Himmel und ich haben Wetten abgeschlossen, wie ihr beide enden würdet. Es ist ein solcher Segen, euch wieder zusammen zu sehen."

Wieder.

Was bedeutete das?

Wir folgten ihr durch die Gärten und ließen uns von ihr den Weg leuchten.

Und warum sollte sie auf uns wetten? Sollte sie nicht wollen, dass wir mit unseren Partnern zusammen sind – den Wölfen, die sie für uns bestimmt hat, damit wir für immer zusammen sind?

Sie setzte sich auf eine Steinbank und bewunderte ihr Licht, das von den Tulpen zurückgeworfen wurde. „Also, was genau wollt ihr wissen? Alles? Etwas Bestimmtes vielleicht?"

Kylo drückte meine Hand fester und ich ließ seine fallen. Es fühlte sich so falsch an und doch hatte ich mich ununterbrochen zu ihm hingezogen gefühlt. Die Anziehungskraft war unerträglich stark geworden.

„Ich will diese Verbindung zu Kylo nicht mehr spüren", platzte ich heraus.

Das tun wir, sagte meine Wölfin. *Wir lieben ihn.*

Nein, das taten wir nicht.

Wir lieben Kylo. Kylo war unsere erste Liebe.

Das musste aufhören.

Kylo wird immer unsere Liebe sein.

Ich presste die Lippen zusammen und versuchte, die Gedanken meiner Wölfin aus meinem Kopf zu vertreiben. Es war nicht wahr. Ich liebte ihn nicht. Er war nicht meine erste Liebe. Er war nicht einmal in mich verliebt. Meine Wölfin redete völligen Blödsinn.

„Oh, Schatz ..." Sie stand auf und strich mit ihren Fingerknöcheln über meine Wange, was meine Haut kribbeln ließ. „Diese Verbindung wird nie verschwinden. Du bist durch meine Macht gebunden, warst es schon seit Tausenden und Abertausenden von Jahren."

Mein Herz raste. *Unsere erste Liebe.*

„Wie?", fragte Kylo. „Sind wir Partner?"

Sie gluckste. „Nein."

„Verbunden durch den Wolfsmond?", bot ich an.

Sie hob eine Braue. „Fühlst du diese Verbindung mit irgendjemand anderem hier?"

„Also, was ist es?", fragte ich, während meine Finger erneut seine Finger berührten.

Nachdem sie einige Augenblicke innegehalten hatte, lächelte sie. „Ihr beide seid miteinander verbunden, weil ihr die Werwolf-Spezies vor dem Krieg retten werdet, der vor euch liegt. Es wird eine Dunkelheit kommen, eine Dunkelheit, die ich nicht aufhalten kann. Sie lässt kein göttliches Eingreifen zu, und wenn doch ... nun, meine Kräfte allein sind viel zu schwach."

Sie strich mit ihren Fingern über die lykanische Tätowierung in der Mitte meines Rückens. „Ihr zwei seid meine stärksten Krieger. Ihr beide habt euch auf die bestmögliche Weise für die bevorstehende Reise vorbereitet. Du, Isabella, du hast die Lykaner." Sie blickte Kylo an und ich sah, wie ihr Licht in seinen Augen tanzte. „Und du, Kylo, du hast das hier."

Sie streckte ihre Hand aus und die Blume, die jeden Wolfsmondkrieger innerhalb von Sekunden töten konnte, erschien in einem kleinen Gefäß. Vorsichtig nahm er sie ihr ab.

„Die Wolfsblume wurde von vielen prophezeit, um der Dunkelheit ein Ende zu bereiten."

So viele Fragen schwirrten mir im Kopf herum. Welche Dunkelheit? Wie sah sie aus? Warum waren wir die Einzigen, die sie aufhalten konnten?

Aber da ich nun mal ich war, fragte ich: „Deshalb fühle ich mich also zu ihm hingezogen? Weil wir die Welt retten werden?"

Sie legte uns beiden die Hände auf die Schultern und schüttelte den Kopf. „Nicht ganz. Ich habe nichts mit deinem Wunsch zu tun, dich Kylo hinzugeben. Obwohl Partnerschaften die heiligsten Verbindungen sind, die ich schmieden kann, geht eure Verbindung…", sie blickte zwischen uns hin und her, „weit darüber hinaus."

Kylo strich wieder mit seinen Fingern über meine und ließ Funken über meine Arme sprühen. Was sie sagte, ergab für mich keinen Sinn. Ich wollte, dass mein Partner meine einzige Verbindung war, nicht jemand anderes.

Wir wollen Kylo und Roman, sagte meine gierige kleine Wölfin.

„Ich werde mich nicht zwischen euch stellen, denn wahre Liebe liegt nicht in meiner Hand."

Ich starrte die Mondgöttin an, blinzelte nur und versuchte zu verstehen, was sie gerade gesagt hatte. „Willst du damit sagen, dass ich, selbst wenn ich Kylo zurückweise und mir schwöre, ihn nie wiederzusehen, immer noch Gefühle für ihn haben werde?"

„Richtig."

„Bist du nicht die Mondgöttin? Kannst du nicht …"

Kylo legte eine Hand auf meine Taille und rieb kleine Kreise auf meiner Haut, um mich zu beruhigen.

„Tut mir leid", sagte ich.

„Es ist in Ordnung, mein Kind. Ich weiß, dass du verwirrt bist. Lass es mich erklären." Sie lächelte. „Das einzige Mal, dass ich eine Verbindung wie die deine gesehen habe, war zwischen den göttlichen Wölfen - meinen ersten Schöpfungen und den stärksten Kreaturen, die je gelebt haben. Sie starben vor Jahrtausenden, aber ihre Seelen haben, wie du es nennen würdest, einen freien Willen. Sie haben sich in den letzten siebentausend Jahren immer wieder in die stärksten Werwolf-Körper reinkarniert und erscheinen nur, wenn sie spüren, dass Gefahr droht. Gemeinsam verteidigen sie die Welt und dann sterben sie." Sie strich mit ihren Fingern über unsere beiden Wangen und schaute zwischen uns hin und her. „Und sie haben euch beide auserwählt, meine Kinder, um die Dunkelheit zu besiegen, die vor uns liegt."

„Das bedeutet, dass …"

Sie nickte. „Dass ihr die göttlichen Wölfe seid."

Die göttlichen Wölfe? Die scheiß göttlichen Wölfe?

Ich trat zurück und schüttelte den Kopf, Tränen füllten meine Augen. Alles, was Roman und ich durchgemacht hatten … war das alles umsonst gewesen? Hatten wir uns gestritten, uns fast getrennt und wieder zusammengefunden, nur um unsere Verbindung zu verlieren? Oder war es schon immer unser Schicksal gewesen, uns zu trennen? Was würde mit uns geschehen?

Kylo stand derselbe schockierte Ausdruck ins Gesicht geschrieben.

Ich schlang meine Arme um mich. „Wusstest du, wer wir sein sollten, als du uns für verschiedene Partner ausgewählt hast?", fragte ich, während die Wut in mir hochkocht, denn Roman war im Haupthaus und wartete darauf, dass ich nach Hause kam, allein. Aber nach heute Abend würde ich mit Kylo nach Hause kommen, dem Mann, den Roman am meisten hasste, dem Mann, dessen Vater seine Mutter vergewaltigt hatte.

Er würde mich dafür hassen.

Er würde ausrasten.

Er wäre so verdammt verletzt.

Die Mondgöttin schüttelte den Kopf. „Wenn ich gewusst hätte, dass die göttlichen Wölfe eure Körper wählen würden, hätte ich euch als Partner ausgewählt." Sie streckte die Hand aus und ergriff meine. „Sie sind mächtige Wesen – fast so mächtig wie ich – und haben die Freiheit, zu tun, was sie wollen. Nachdem sie die letzte Gefahr besiegt hatten, verschwanden sie für Jahrhunderte. Ich hätte nie gedacht, dass sie zurückkehren würden. Nach dem letzten Mal dachte ich, sie wären für immer verschwunden."

Nachdem sie eine verirrte Träne weggewischt hatte, nahm sie unsere Gesichter in jeweils eine Hand und lächelte sanft. „Ich hätte nie gedacht, dass ich einen von euch wiedersehen würde", sagte sie.

Meine Wölfin heulte in mir und rollte sich in ihrer Berührung zusammen, um sie als unsere Schöpferin, als unsere erste Mutter, als unsere einzige wahre Göttin anzuerkennen.

Weitere Tränen flossen aus ihren Augen und ich hatte den Drang, sie zu trösten. Aber sie wich von uns zurück und blickte zwischen Kylo und mir hin und her. Kylo lächelte mich an, als ob auch er die Verbindung spürte, aber ich lächelte nicht zurück.

„Was ist los?", fragte er mit zusammengezogenen Brauen.

Alles, was meine Wölfin wollte, war, ihm in die Arme zu fallen und ihm zu sagen, dass alles in Ordnung war, jetzt, da wir uns gefunden hatten. Aber etwas war falsch. Irgendetwas war furchtbar falsch.

„Roman", flüsterte ich. Ich strich mit den Fingern über die Halskette meines Partners und hielt sie in der Hand, als wäre sie mein wertvollster Besitz – denn das war sie. Roman bedeutete mir mehr als all das hier, als ein Lykaner zu sein, als die Mondgöttin zu sehen, als die Wahrheit herauszufinden.

Aber es war nicht zu leugnen, dass da etwas zwischen Kylo und mir war.

„Was wird mit Roman passieren? Muss ich aufhören, ihn zu lieben? Muss ich ihn … *zurückweisen*?", fragte ich, kaum fähig, das Wort auszusprechen. Der Gedanke, Roman zu verletzen, war die reine Folter. Ich liebte ihn mehr als mich selbst, auch wenn es manchmal nicht so schien.

Kylo runzelte die Stirn.

Wie könnte ich mich zwischen meinem Schicksalspartner und meiner besseren Hälfte entscheiden?

Die Mondgöttin trat vor. „Nur wenn du ihn zurückweisen willst …"

„Nein, ich möchte ihn niemals zurückweisen."

„Du kannst immer noch mit ihm zusammen sein", bestätigte sie. „Tatsächlich könnt ihr beide noch mit eurem Partner oder eurer Partnerin zusammen sein …" Sie unterbrach sich und sah Kylo mit einem traurigen Gesichtsausdruck an.

Kylo starrte auf seine Füße hinunter, sein Schmerz war so stark, dass es auch meiner Wölfin körperlich wehtat. Es war ein Schmerz, der vom Herzschmerz seiner Partnerin herrührte, davon, dass er seine Partnerin mit Roman gesehen und sie all die Jahre schlecht behandelt hatte.

Nachdem sie schwer geschluckt hatte, sah mich die Mondgöttin direkt an. „Du kannst Roman immer noch als deinen Partner haben, Isabella. Und Kylo darf sich aussuchen, was ich für ihn tun soll, da er jetzt von der Verbindung zwischen euch beiden weiß."

Kylo öffnete seine Lippen und presste sie dann wieder aufeinander. „Ich kann … wählen?"

„Ob du eine zweite Chance haben willst, ob du ohne Partnerin sein willst, ob du dein Leben mit deiner anderen Hälfte fortsetzen willst, kannst du wählen", sagte sie.

Einen Moment lang blickte er zwischen uns hin und her, dann wandte er sich ab. Ich wusste nicht, was ich von ihm hören wollte. Vielleicht wollte ich, dass er mich wählte. Vielleicht wollte ich, dass er sich für Scarlett entschied, um sie von Roman loszueisen. Vielleicht wollte ich, dass er glücklich war – und wenn das bedeutete, dass er sich für eine Andere entschied, dann würde er eine andere Partnerin bekommen.

„Ich möchte, dass Isabella glücklich ist", sagte Kylo schließlich.

„Nun", sagte die Mondgöttin, „ich lasse euch allein, damit ihr zusammen glücklich seid. Ihr habt hier noch einen Tag für euch. Genießt ihn."

16
kylo

ALS DIE MONDGÖTTIN den Garten verließ, war es bereits nach drei Uhr morgens. Die Glut des Lagerfeuers schwelte noch an den Unterseiten der Äste, andere Wölfe zogen sich für die Nacht in ihre Hütten zurück und Isabella ging mit mir durch die Hunderten von Blumen. Mit demselben schockierten Gesichtsausdruck, den ich wohl auch aufgesetzt hatte.

Meine Mutter hatte immer nur von den Mythen der ersten beiden göttlichen Wölfe erzählt, von ihrer den Göttern gleichenden Kraft und den düsteren Geschichten über ihren Abschied von dieser Welt. Zwei Wölfe, die dazu bestimmt waren, zusammen zu sein, und die durch das Böse und den Tod getrennt wurden.

Ich hatte nie geglaubt, dass es wahr sei.

Bevor wir Isabellas Hütte erreichten, ergriff ich ihre Hand und zog sie in Richtung des Wasserfalls. Heute Nacht war die erste Nacht, die wir wirklich zusammen verbringen konnten. Und nach dem, was die Mondgöttin uns gesagt hatte, wollte ich sie nicht vergeuden.

„Kylo", sagte sie und zog an meinem Arm. Wenn sie sich wirklich aus meinem Griff befreien wollte, konnte sie das. Aber sie tat es nicht. „Kylo, ich kann nicht."

„Lass mich noch etwas Zeit mit dir verbringen, bevor wir

morgen abreisen." Ich drückte ihre Hand fester, mein Wolf liebte das Gefühl ihrer Haut auf meiner und ging weiter in Richtung See. „Ich weiß nicht, wann oder ob Roman mich jemals lassen wird."

Als wir den Wasserfall erreichten, zog ich mein Hemd und meine Hose aus. Ich musste lächeln, als sie einen Moment lang an meinem Körper hinunterschaute. Ich tauchte in den See, das kalte Wasser weckte meine Sinne.

Dies ist unsere einzige Chance, unsere Liebe zu sehen, unsere erste, sagte mein Wolf zu mir. *Vermassle das nicht.*

Nach Luft schnappend, schwamm ich zurück zum Rand. „Komm zu mir."

Isabella verschränkte die Arme vor der Brust und knabberte an der Innenseite ihrer Lippe. Schuldgefühle plagten ihr Herz – mein Wolf konnte spüren, wie sie von ihrer Loyalität zu Roman zurückgehalten wurde.

Beruhige sie, sagte mein Wolf, der sie unbedingt in seinen Armen halten wollte.

„Bitte", flüsterte ich und streckte meine Hand aus. „Ich werde dir nichts tun."

Sie starrte mich an und ihre Augen flackerten in der goldenen Farbe ihrer Wölfin. Nachdem sie ihre verschränkten Arme gelöst hatte, schälte sie sich aus ihren Kleidern und sprang mit mir ins Wasser. Weiße Blasen trieben ein paar Meter entfernt an die Wasseroberfläche und schäumten unter einigen Seerosenblättern.

Obwohl sie näher zu mir schwamm, hielt sie Abstand.

Diese Augen, ihr Duft und mein Wolf waren eine verruchte Mischung.

Ich packte ihr Handgelenk und zog sie an meine Brust, das Wasser kräuselte sich zwischen uns. Als ich neben ihr schwamm, nahm ich zum ersten Mal alles in mich auf. Jede einzelne Goldlinie in ihren Augen. Wie ihr Haar im Mondlicht schimmerte. Die intensiven Gefühle, die durch meinen Körper schossen, als sie mich berührte.

Ich wollte sie nur noch näher an mich heranziehen, aber sie hielt mich zurück.

Stattdessen lehnte ich meine Stirn an ihre und lauschte ihren unregelmäßigen Atemzügen und dem schnellen Rhythmus ihres Herzens, bis sie schließlich sagte: „Was wirst du tun?"

Ich runzelte die Stirn. „Was meinst du?"

Sie starrte mich eine Weile an und kaute auf ihrer Unterlippe. „Was wirst du wegen … deiner Partnerin tun?"

Mein Atem blieb stehen und ich wusste nicht, was sie von mir hören wollte. Mein Wolf wollte sie lieben. Die ganze Zeit über hatte er es für sich behalten, weil er nicht wollte, dass die Dinge mit Roman und Isabella noch weiter aus dem Ruder liefen. Aber jetzt … ich konnte nicht aufhören, darüber nachzudenken, wie ein Leben mit ihr aussehen könnte.

Ich griff nach ihrem Kinn, zog sie näher zu mir heran und ließ meine Nase über ihre streifen. „Ich habe der Mondgöttin gesagt, dass ich dich glücklich machen will", sagte ich ehrlich.

Aber Roman war zu kontrollierend, zu sehr Alpha, um sie mit mir zu teilen. Das brach mir das Herz.

Ich würde Isabella nie wirklich für mich haben.

Sie schloss ihre großen blauen Augen und holte tief Luft. Als sie ihre Augen wieder öffnete, waren sie ein Wirrwarr aus Gold und Blau, wie Stränge miteinander verflochten, sie und ihre Wölfin eins. „Wünschst du dir keine Partnerin? Wünschst du dir nicht, dass du wieder jemanden lieben kannst? Denkst du nicht, dass …"

Ohne nachzudenken, presste ich meine Lippen auf ihre. Mein Wolf übernahm die Kontrolle über mich, während sich meine Finger in ihre Taille krallten, um sie näher zu mir zu ziehen. Ich war hungrig und sehnte mich danach, sie wieder zu berühren. Es kam mir vor, als wäre es Jahrhunderte her, seit ich sie das letzte Mal gekostet hatte.

Sie legte ihre Hände auf meine Brust und küsste mich sanft zurück. Ein Kribbeln lief mir die Wirbelsäule rauf und runter. So etwas Intensives hatte ich schon lange nicht mehr erlebt, vielleicht noch nie in diesem Leben.

Nach ein paar Augenblicken löste ich mich von ihr und fragte: „Was hast du gefühlt?"

Ein Ausdruck von purer Verwirrung lag auf ihrem Gesicht. „Ich liebe Roman. Ich liebe Roman so sehr."

Schmerz. Liebeskummer. Ungewissheit. Hat sie nicht gefühlt, was ich fühlte?

„Das habe ich nicht gefragt", sagte ich. Ich hob ihr Kinn an, sodass ihre Augen die meinen trafen. „Wie hast du dich bei dem Kuss gefühlt?"

„Ich darf das nicht fühlen", sagte sie und ihre Finger gruben sich in meine Brust. „Nein, das darf ich nicht."

„Sei ehrlich zu dir selbst, Prinzessin."

Zögernd schlang sie ihre Arme um meine Schultern. „Es hat mir gefallen", flüsterte sie.

„Okay", sagte ich, fest entschlossen.

„Okay?", fragte sie, „Was soll das heißen?"

„Es bedeutet, dass ich nicht nach einer anderen Partnerin fragen werde. Ich brauche keine."

„Kylo, wir können nicht …"

„Ich weiß, dass du Roman hast und dass wir im Moment andere Dinge zu tun haben. Ich brauche keine andere Frau." Ich straffte meine Schultern. Ich hatte schon seit Jahren keine andere Partnerin mehr gebraucht. „Und außerdem kann ich mich in deiner Nähe gut beherrschen."

Sie hob eine Braue. „Ist das so?"

Ich schlang meine Arme um ihre Taille und zog sie zum Wasserfall. „Manchmal."

17
roman

MEINE PARTNERMARKIERUNG ZISCHTE und zischte in meinem Ohr wie eine giftige Schlange, die mich warnte, dass meine Partnerin mit einem anderen Mann zusammen war. Es war halb vier Uhr morgens und der Schmerz hatte seit mindestens einer halben Stunde nicht mehr aufgehört. Ich lief in meinem dunklen Zimmer umher und drückte meine Hand auf meine Haut, in der Hoffnung, sie zu kühlen.

Isabella musste bei Kylo sein und Gott weiß was mit ihm machen.

Flirten? Küssen? Ficken, vermutlich.

Ich schlug mit der Faust gegen die Wand unseres Schlafzimmers, die Mondblumen auf der Fensterbank erbebten leicht. Das Licht, das von ihnen ausging, war schwächer als in den Nächten, in denen Isabella hier bei mir war.

Wie konnte Isabella all die offensichtlichen Lügen von Kylo glauben? Wie konnte sie glauben, dass da etwas zwischen ihnen war, wo ich doch ihr Partner war? Wie konnte ich zulassen, dass er sie mir langsam wegnahm?

Als ich aufwuchs, hatte meine Mutter mir immer gesagt, dass ich meine Partnerin vor allen Übeln der Welt beschützen müsse. Aber wie sollte ich jemanden beschützen, der nicht nur stärker war als ich, sondern auch noch trotzig? Es schien, als würde mir jeder, den ich jemals geliebt hatte, weggenommen werden.

Meine Mutter war von Gesetzlosen getötet worden. Papa war Minuten später gestorben. Dann hatte sich Jane mit Raj verpartnert.

Jetzt hatte meine eigene Partnerin eine *Verbindung* zu meinem ehemals besten Freund, der *praktischerweise* die Wolfsblume hatte, die Isabella töten und die Lykaner für immer auslöschen konnte. Das muss die ganze Zeit sein verdammter Plan gewesen sein.

Mein Handy summte und ich stürmte hinüber, in der Hoffnung, dass es Isabella war.

Unbekannte Nummer: *Ich habe Informationen über die Wolfsblume.*

Ich runzelte die Stirn und starrte auf das Telefon.

Ich: *Wer ist das?*

Unbekannte Nummer: *Romie, es gibt nur wenige Menschen, die von der Wolfsblume und deiner Partnerin wissen ;)*

Ich verdrehte die Augen und ließ mich auf das Bett fallen, den Kopf in den Händen. Natürlich war es die verdammte Scarlett. Sie hatte eine fast humorvolle Art, sich in jedes Drama einzumischen, das sie finden konnte. Und wenn die Gerüchte über das Chaos in ihrem Rudel stimmten, war sie verzweifelt auf der Suche nach Sicherheit. Vielleicht hatte sie gute Informationen für mich.

Plötzlich stürmte Vanessa in den Raum, ohne anzuklopfen. „Geh nicht ran, Roman."

Ich starrte sie mit großen Augen an. „Was machst du denn hier?"

Sie schnappte sich mein Handy und steckte es in ihre hintere Jeanstasche. „Ich habe zufällig gehört, wie Scarlett im Night Raider's Café davon sprach, dich zu kontaktieren, um wieder mit dir zusammenzukommen. Geh ihr nicht in die Falle und verletze Isabella nicht", sagte sie mit weicher Stimme und voller Sorge.

Vanessa hatte sich nie um Isabella geschert, bevor sie eine Lykanerin wurde. Es passte nicht zusammen, dass Vanessa jetzt eng mit ihr befreundet sein wollte und ebenso wenig, dass Scarlett wieder mit ihr befreundet sein wollte. Ich hatte ihr einmal nein gesagt und meine Antwort würde sich niemals ändern.

„Gib mir mein Handy zurück", sagte ich mit zusammengebissenen Zähnen.

Scarlett konnte Informationen darüber haben, wann Kylo die Blume benutzen würde, um Isabella zu ….

Ich brach mitten im Gedanken ab, weil ich mich so dumm anhörte. Scarlett war egoistisch. Es war ihr egal, wer lebte und wer starb, wer wuchs und wer verletzt wurde. Sie hatte ihren eigenen Partner verraten und würde nicht zweimal darüber nachdenken, auch mich aus irgendeinem Grund zu verraten.

Diese Nachricht war eine Falle. Das musste sie sein.

Vanessa verschränkte die Arme vor der Brust. „Nein, ich kümmere mich selbst um Scarlett." Sie kam drohend auf mich zu und zeigte mit einem scharfen, manikürtem Finger auf mich. „Ich weiß, dass du unser Gespräch neulich Abend mitgehört hast. Du weißt, wie sehr Isabella dich liebt. Bring sie nicht dazu, dir zu misstrauen, indem du Scarlett schreibst."

„Warum bist du so besessen von ihr?", fragte ich, atmete tief durch und setzte mich wieder auf das Bett.

Sosehr ich es auch hasste, es zuzugeben, Vanessa hatte recht. Was auch immer zwischen Isabella und Kylo war, es würde sich hoffentlich an diesem Wochenende klären. Und Isabella würde mir alles erzählen.

Meine Markierung brannte heißer und ich presste meine Hand darauf.

Das sollte sie auch besser.

Vanessa verschränkte die Arme vor der Brust. „Weil sie meine Freundin ist."

„Du hast sie in der Schule gehasst."

Zum ersten Mal überhaupt knurrte Vanessa mich an. „Weil ich sie verdammt noch mal mag, Roman, okay? Göttin, warum stellst du so viele Fragen?" Kaum waren die Worte über ihre Lippen gekommen, weiteten sich ihre Augen. Sie schlug sich eine Hand vor den Mund.

Vanessa mochte Isabella? War das der Grund, warum sie sich jeden Tag über sie lustig gemacht hatte, warum sie endlos mit jedem Kerl geflirtet hatte, dem Isabella in der Schule Aufmerksamkeit schenkte – um von ihr beachtet zu werden?

„Weißt du was? Es ist mir egal, dass du es weißt. Ich will nur, dass Isabella glücklich ist." Vanessa ließ ihre Hand fallen. „Sieh zu, dass du sie und ihre Stärke zu schätzen lernst, sonst wird es jemand anderes tun", drohte sie und ging hinaus.

18
isabella

SANFTES ORANGEFARBENES SONNENLICHT legte sich um die Äste der Bäume, reflektierte auf dem kleinen See in der Nähe des rauschenden Wasserfalls und traf direkt auf meine geschlossenen Augen. Ich grummelte vor mich hin, drehte mich auf die Seite und rollte mich an Romans muskulöse Brust, um mich vor der Sonne zu verstecken.

Mit seinen starken Armen um mich herum und seinen Fingern, die sanft meinen Rücken streichelten, zog er mich näher heran und hauchte gegen meinen Hals. Ich drückte mich noch enger an seine nackte Brust und atmete seinen Kiefernduft ein. *So gut. Er roch so verdammt gut.*

Wie jeden Morgen griff ich nach seiner Partnerkette, aber sie war nicht da.

Sein Hals war nackt. Völlig nackt. Ohne Partnerkette und ohne Markierung.

Ich riss die Augen auf und starrte Kylo an, der sich im Sand auf den Bauch drehte und seine Zehen in den plätschernden See eintauchen ließ. Im Handumdrehen löste ich mich von ihm, umklammerte das nächstgelegene feuchte Kleidungsstück, das ich finden konnte, und zog es an meinen Körper, um mich zu verstecken.

Oh Mondgöttin. Nein, nein, nein, nein, nein, nein, nein.

Das Letzte, woran ich mich erinnerte, war, dass ich mit ihm zu den Sternen hinauf starrte und mich fragte, warum wir die beiden heiligsten und am meisten bewunderten göttlichen Wölfe waren. Wir mussten einfach eingeschlafen sein. Kein Sex. Gott sei Dank, kein Sex. Der Kuss gestern Abend hatte für das ganze Wochenende gereicht.

Mehr, schnurrte meine Wölfin. *Wir brauchen noch einen Kuss.*

„Kylo!", flüsterte ich und stieß ihn an die muskulöse Schulter. „Wach auf!"

Nachdem er vor sich hingemurmelt hatte, öffnete er langsam seine müden Augen und blickte zu mir auf. Er drehte sich auf den Rücken und lag dort nackt in seiner ganzen Pracht, ohne sich auch nur einen Moment lang darum zu kümmern, dass sein ganzes Gehänge für alle sichtbar war.

Bevor ich reagieren konnte, packte er mein Handgelenk und zog mich zurück an seine Brust. „Ich bin noch nie mit dir aufgewacht", sagte er sanft gegen meine Wange. Er holte tief Luft, sein Brustkorb hob und senkte sich. „Ich bin seit Jahren nicht mehr neben einer Frau aufgewacht."

„Kylo, bitte."

Ich rutschte in seinen Armen hin und her, aber er hielt mich fest. „Lass mich dich genießen, Isabella. Ich möchte diesen Moment genießen und all die kleinen Dinge, die mit dir am Morgen einhergehen. Ich weiß nicht, wann Roman mich dich wiedersehen lassen wird."

Mein Körper entspannte sich an ihm und ich schloss die Augen. *Genieße den Moment, denn es könnte sein, dass wir keinen weiteren bekommen.* Es fühlte sich so falsch an, aber meine Wölfin schnurrte weiter und ich wollte, dass sie zufrieden war. Sie hatte sich das schon so lange gewünscht.

„Nenne mir eine Sache, die dich glücklich macht", sagte er nach kurzem Schweigen.

Roman, dachte ich, *und du.*

Etwas in meiner Brust zog sich zusammen, ich lächelte und

strich ihm ein paar Haare aus der Stirn. „Ich liebe Mondblumen. Wir haben Tonnen von ihnen in Töpfen auf unserer Fensterbank. Sie leuchten zu jeder Stunde der Nacht", drehte ich mich auf den Rücken und grinste noch breiter. „Und manchmal erwische ich Roman dabei, wie er sie anlächelt."

Kylo krallte seine Finger in meine Seite, sodass ich mich wieder zu ihm umdrehte. „Ich habe einen Garten von ihnen in meinem Rudel. Ich habe sie für Luna Raya gepflanzt, nachdem sie gestorben war. Sie hat sie auch geliebt, nicht wahr?"

Mir wurde warm ums Herz und ich nickte. „Das hat sie", flüsterte ich.

Gerade als Kylo sprechen wollte, heulten in der Ferne Wölfe.

Kylo ergriff meine Hand und zerrte mich auf die Beine. „Morgendliche Abreise, Treffen mit der Mondgöttin", sagte er und zog sein schmutziges Hemd aus dem Sand. „Wir dürfen nicht zu spät kommen."

Nach einem kurzen Spaziergang zum Garten unter dem Zwitschern und Pfeifen der Vögel erreichten wir die Gruppe von Kriegern, die sich um die Mondgöttin scharten. Sie stand mitten unter ihnen, ihre Haut war weicher und weniger hell als letzte Nacht und sie blickte sich um, bis sie unseren Blicken begegnete. Wir standen im hinteren Teil der Gruppe, Schulter an Schulter – mein Bedürfnis, ihm nahe zu sein, wurde mit jedem Moment stärker – und hörten ihr zu, wie sie über die Dunkelheit sprach, die bald die ganze Welt heimsuchen würde, wenn wir sie nicht aufhalten würden.

„Die Verwüstung wird sich ausbreiten und die Werwolf-Spezies stärker bedrohen als jede Epidemie, Krankheit oder Manie, die jemals ausgebrochen ist. Es wird etwas sein, was ihr zu euren Lebzeiten noch nciht gesehen habt. Menschen werden sterben." Sie sah uns an. „Menschen, die ihr liebt, werden sterben."

Als die Krieger in ein Getuschel und Gemurmel ausbrachen, hob sie die Hand, um alle zur Ruhe zu bringen. „Bitte, bleibt ruhig und stellt eure Fragen."

„Was ist das für eine Dunkelheit?", fragte jemand aus der Menge.

„Sein Name ist Dolus, Gott der Verderbnis. Während ich ihn in der göttlichen Sphäre bekämpfe, hat er Krieger auf dem Boden, die langsam versuchen, den Verstand der Menschen zu verderben." Sie gestikulierte in meine Richtung. „Ryker, der frühere Anführer der Lykaner, war einer von denen, die er manipuliert hat. Nachdem er Michelle markiert hatte, war er verwundbar und ein leichtes Ziel."

Ryker? Dieser Mann war so schwer zu Fall zu bringen gewesen. Wenn es mehr Leute wie ihn gäbe ...

„Es gibt noch andere, mit denen ihr sicher schon in Kontakt wart. Ich kann nicht genau sagen, wen er bereits verdorben hat, denn die Verderbnis hat viele Formen, die dem normalen Verhalten der Sterblichen ähnlich sind. Manche Menschen sind hinterhältig, neidisch oder einfach nur böse."

Wolken schoben sich über die Sonne und verhinderten jegliches Licht, außer dem ihren.

Sie hielt inne und schüttelte den Kopf, ein düsterer Ausdruck ging über ihr Gesicht. „Ich bemühe mich nach Kräften, aber ich kann nicht alles allein bewältigen. Jedes Mal, wenn er einen Geist verdorben hat, wird er stärker und schwerer aufzuhalten. Hat er erst einmal ein Drittel der Bevölkerung manipuliert, werde ich ihn nicht mehr zurückhalten können. Er wird auf diese schöne Erde kommen und die Hölle über sie bringen. Ich benötige eure Hilfe, um unsere Spezies vor dem Verderbnis zu bewahren."

Die Menge flüsterte weiter, doch diesmal war es nicht die Angst vor dem Unbekannten, die die Worte der Anwesenden plagte. Es war das Gefühl von Beschützen, Macht, dem Wunsch und der Notwendigkeit, unsere Spezies zu retten. Die Krieger richteten sich auf, Eckzähne traten unter ihren Lippen hervor und die Nägel wurden zu Krallen.

Die Wolfsmondkrieger waren bereit zum Kampf.

„Ihr werdet von den beiden reinkarnierten göttlichen Wölfen geführt. Bitte tut, was sie euch sagen, denn sie tragen das Wissen von siebentausend Jahren Krieg in ihren Geistern und Muskeln." Sie lächelte uns an. „Isabella und Kylo werden euch zum Sieg führen."

Als sich alle zu uns umdrehten, hob Kylo unbeholfen eine Hand und ich schluckte nervös.

Während sich die Lykaner darauf verließen, dass ich die richtigen Entscheidungen traf, um die Menschen vor Gesetzlosen zu schützen, musste ich nun Entscheidungen treffen, die das Überleben unserer Spezies betreffen würden. Das war angsteinflößend.

„Ihr seid entlassen.", sagte die Mondgöttin, „Macht mich stolz."

Nachdem sie in den Wäldern verschwunden war, blieben Kylo und ich zurück, bis alle das Anwesen verlassen hatten. Wir hatten so viele Krieger auf unserer Seite, die gemeinsam so viel Erfahrung hatten. Wir hatten die Kontrolle und wir würden alles zerstören, was sich uns in den Weg stellte.

Als der letzte Krieger, Darnell, gegangen war, ergriff Kylo meine Hand und führte mich zum Ausgang. Mein Herz pochte in meiner Brust und ich verschränkte meine Finger mit seinen. Egal, ob wir in einem früheren Leben ein Liebespaar waren, Freunde in einem anderen oder eingeschworene Feinde – wie Roman es in diesem Leben sein wollte – wir mussten ein Team sein, um die Verderbnis zu besiegen.

„Ich muss Roman von uns erzählen", sagte ich und trat auf die andere Seite der Steintore. „Aber du musst dabei sein, wenn ich das tue. Er muss verstehen, was du für mich bist und dass wir nicht mehr kämpfen können. Bitte warne dein Rudel, bringe alles in Ordnung, was du musst und komm heute Abend zu Romans Haupthaus."

Er nahm mein Gesicht in seine Hände und strich mit seinen Daumen über meine Wangen. „Was immer du brauchst, Isabella." Er legte seine Lippen auf meine Wange, verwandelte sich in seinen Wolf und verschwand im Wald.

———

Als ich bei unserem Rudel ankam, wartete Roman an der Grenze auf mich, mit dunklen Ringen unter den Augen, einem schwachen Lächeln im Gesicht und einer Mondblume in der Hand. „Isabella", flüsterte er, reichte mir die Blume und studierte jeden Zentimeter meines Körpers, als ob er ihn zum ersten Mal sehen würde. Er strich mir mit den Fingerknöcheln über die Wange und lächelte mich an. „Meine liebe Isabella."

Nachdem er tief eingeatmet hatte, spannte er sich für einen kurzen Moment an – wahrscheinlich, weil er Kylo an mir roch – und entspannte sich dann wieder so gut er konnte. Ich schlang meine Arme um seine Schultern und zog ihn in eine Umarmung, ich brauchte seine Nähe. Als ich mein Gesicht an seine Brust lehnte, direkt über dem Herzen, das nur für mich schlug, ließ ich die Schultern nach vorn sinken während eine Träne über meine Wange lief.

Es waren nur zwei Tage gewesen. Wir waren schon länger getrennt gewesen. Aber ich war noch nie so weit von ihm entfernt gewesen – weder mental noch emotional.

Wieder in seinen Armen zu liegen, fühlte sich besser an, als ich es mir vorgestellt hatte.

Ich ergriff seine Hand und zerrte ihn zum Haupthaus. Kylo mag die erste Liebe meiner Wölfin gewesen sein, aber Roman war meine. Wir wollten reden, aber zuerst wollte ich ihm zeigen, dass er der einzige Mensch war, den *ich* brauchte.

Ich führte ihn in unser Schlafzimmer, schob ihn aufs Bett, kroch auf ihn und küsste ihn auf die Lippen. Seit wir als Kinder in seinem Garten herumgejagt waren und mit roten Buntstiften kleine Bilder von Kriegerwölfen an die Wände gemalt hatten, war Roman alles für mich gewesen.

Das würde er immer sein.

Roman rollte sich auf mich, küsste meinen Hals bis zu seiner Markierung und schälte uns langsam aus unserer Kleidung. Der Moment war nicht überstürzt, sondern leidenschaftlich langsam. Er schob sich zwischen meine Beine, lächelte auf mich herab und strich mir ein paar Haare hinters Ohr.

„Ich bin bereit, dass du uns anführst", sagte er und küsste meine Markierung. „Ich weiß, dass Kylo dir als Krieger mehr Respekt gezollt hat, als ich es je getan habe." Er küsste mein Kinn, zog sich dann zurück und sah mir direkt in die Augen. „Aber ich möchte, dass du weißt, dass du alles für mich bist. Du bist stark und mächtig und eine so wunderbarere Anführerin." Er strich mit seinen Fingern über meine Lippen. „Ich hoffe, ich bin nicht zu spät."

All diese vertrauten kleinen Schmetterlinge flatterten in meinem Bauch herum. Mein Herz schwoll an und ich fühlte mich, als wären wir wieder zwei dumme Kinder, die sich um nichts in der Welt kümmern und sich einfach so lieben wollten, wie sie sind.

„Es ist noch nicht zu spät, Roman", murmelte ich gegen seine Lippen, „ich gehöre immer noch dir." Ich zog ihn näher an mich heran, drückte meine Nase gegen seine und schloss die Augen. „Und du gehörst immer noch mir."

Ich wollte ihn einfach nur lieben.

Keine Missverständnisse mehr. Keine Geheimnisse mehr. Keine Lügen mehr.

Er legte eine Hand in meinen Nacken, zog mich näher an sich heran, presste seine Lippen fest auf meine und küsste mich mit allem, was er hatte. Und als wir beide atemlos waren, arbeitete er sich über mein Kinn, meinen Hals, meine Brust und meinen Bauch hinunter, bis er mein Höschen erreichte.

Nachdem er zwei Finger in den schwarzen Stoff gehakt hatte, zog er es mir herunter und bewunderte jeden Zentimeter meiner Beine, während er an ihnen herunterglitt. Ich wand mich unter seinem Blick, es kribbelte.. Er fuhr mit seiner Nase an der Innenseite meines rechten Oberschenkels entlang, bis er meine Mitte traf. Er spreizte meine Beine und presste seinen heißen Mund auf meinen Kitzler.

Anstatt mich zu winden und zu widersprechen, wie ich es normalerweise tat, lag ich da und genoss es.

Mein Rücken wölbte sich. Meine Finger krümmten sich in seinem Haar. Meine Augen blieben auf seinen, als er mich liebte.

„Ich liebe dich, Isabella", murmelte er auf mir.

Vor lauter Emotionen konnte ich die Tränen nicht zurückhalten, die sich in meinen Augen bildeten. Ich krallte meine Finger in seine Schulter und ließ mich weiter in die Kissen sinken. Er fuhr fort, über meine Perle zu lecken, seine Zunge bewegte sich hin und her.

„Ich möchte nie aufhören, dich zu lieben", sagte er.

Eine Träne kullerte mir über die Wange. Trotz allem, was wir erlebt hatten und was wir gemeinsam erleben *würden*, liebte ich diesen Mann und würde auch nie aufhören, ihn zu lieben. Er würde bis an meinen Lebensabend bei mir sein.

Langsam küsste er sich meinen Bauch hinauf und hinterließ eine Spur des Kribbelns auf meinem Körper. Er strich mit seinen Fingern sanft über meine Wange, um eine einzelne Träne wegzuschieben. Aber das führte nur dazu, dass noch mehr davon kullerten.

Als er seine Lippen auf meine presste, drang er in mich ein. Ich zog mich um seinen Schwanz zusammen und formte mich ganz natürlich nach ihm. Er glitt langsam in mich hinein und flüsterte mir dabei leise und beruhigend: *„Ich liebe dich"*, ins Ohr.

„Meine liebe Isabella", murmelte er, legte seine Stirn an meine und fuhr mit seinen Fingern beruhigend um meine Brustwarze, „ich will, dass du kommst."

Ich zog die Stirn in Falten und stöhnte.

„Kannst du das für mich tun?"

Ich nickte, mein Herz klopfte wie wild. „Ja, Roman."

Er strich mit zwei Fingern über meinen Kitzler und rieb mich in kleinen Kreisen. „Komm für mich."

Ich umschloss seinen Schwanz, blickte mit tränenverschleierten Augen zu ihm auf und ließ meine Beine um ihn zittern, als ich mich für ihn löste.

19
roman

NACHDEM ICH MIT Isabella geschlafen hatte, legte sie sich auf meine Brust, zeichnete Kreise auf meinem Bauch und sagte mir, dass Kylo heute Abend zum Reden vorbeikommen würde. Ich verkrampfte mich und atmete seinen Duft ein, der an ihrem Haar haftete.

Sie war dieses Wochenende bei ihm gewesen – das *ganze* Wochenende.

Von dem Moment an, als ich ihn zum ersten Mal an ihr gerochen hatte – im Haupthaus der Lykaner -, hatte ich gewusst, dass etwas zwischen ihnen laufen würde. Ich wusste, dass er versuchen würde, sie anzubaggern oder sogar mit dieser Blume zu töten, aber ich wollte einfach nicht glauben, dass Isabella von ihm mitgerissen werden könnte. Besonders nach allem, was wir durchgemacht hatten.

Während der ganzen Zeit, in der wir heute Nacht zusammen gelegen hatten, hatte sie so viele Tränen geweint. Ich dachte, es wären Tränen der Freude, der Liebe und der Leidenschaft ... aber der böse, unsichere Teil in mir schrie, dass es Tränen des Liebeskummers waren. Alles, woran ich denken konnte, war, dass Isabella mich heute Abend für ihn verlassen würde, dass sie sich ihre Partnerkette abreißen und sie nach mir werfen würde, sobald er hier wäre.

So viele Gedanken schossen mir durch den Kopf. Ich musste unbedingt wissen, was diese gottverdammte Verbindung zwischen ihnen war. Das ganze Wochenende über hatte ich mich auf das Schlimmste vorbereitet – dass sie mich als ihren Partner zurückweisen würde. Meine Unsicherheiten sagten mir, dass es jeden Tag so weit sein würde. Dass sie mich zurückweisen würde, um mit Kylo zusammen zu sein, so wie Scarlett Kylo zurückgewiesen hatte, um mit mir zusammen zu sein.

Die Wachen warnten mich über die Gedankenverbindung, dass Kylo hier war. Ich nahm Isabella auf meine Arme, zog sie an und ging mit ihrer kleinen Hand in meiner die Treppe zum Vordereingang des Haupthauses hinunter.

Ich konnte sie nicht mit ihm gehen lassen und ich würde es auch nicht tun, wenn er deswegen hier wäre.

Kylo stand im Vorgarten und seine braunen Augen leuchteten auf, als er sie sah. Sie umklammerte meine Hand fester und weigerte sich, mir ins Gesicht zu sehen, doch ich bemerkte, wie ihre Augen fast so hell funkelten wie in der Nacht, in der sie entdeckt hatte, dass wir zusammengehörten.

Mein Herz pochte in meiner Brust und die Eckzähne traten unter meinen Lippen hervor. Das war es also. Ich würde auch sie verlieren, so wie ich jeden anderen verloren hatte, der mir etwas bedeutete. Und wenn Kylo sie endlich hatte ...

Ich schüttelte den Kopf, weil ich nicht wusste, wie sich das entwickeln würde.

Wenn er sie hätte töten wollen, hätte er sie an diesem Wochenende mit der Blume töten können. Doch er hatte es nicht getan.

Anstatt nach ihm zu greifen, wie ich es erwartet hatte, trat Isabella von uns beiden weg, räusperte sich und richtete ihre Aufmerksamkeit auf mich. „Wir müssen dir etwas sagen."

Jedes Quäntchen Schmerz, das durch ihren Körper raste, raste auch durch meinen. Ich ballte meine Hände zu Fäusten, um meine

Krallen zu verbergen. Mein Wolf blieb nervös und blickte zwischen Kylo und Isabella hin und her.

Sie schloss ihre Augen und öffnete sie unter Tränen wieder. „Kylo und ich …"

„Hast du mich betrogen?", platzte ich heraus, weil ich alles auf den Tisch packen wollte.

Noch eine Sekunde zu warten, würde mich umbringen.

„Roman, ich … wir … wir hatten keinen Sex, wenn du das wissen willst." Tränen liefen ihr über die roten Wangen. „Ich habe eine Verbindung zu ihm." Sie schlang ihre Arme um sich, um sich kleiner zu machen. „Er ist der erste Partner meiner Wölfin."

Als die Worte aus ihrem Mund kamen, zerbrach ich. Feurige Qualen breiteten sich in meinem Körper aus, als ob jeder Teil von mir mit Benzin übergossen worden wäre. Ich schüttelte den Kopf, wollte es nicht glauben. Wie konnte das verdammt noch mal wahr sein?

Ich war ihr Partner. Ich war für sie geschaffen worden.

„W… was?", fragte ich so leise, dass ich mich selbst kaum hörte. „Ihr zwei seid Partner?"

„Das ist nicht der Versuch, mich an dir für das zu rächen, was du mit Scarlett gemacht hast, Roman", sagte Kylo und richtete sich auf. Das Licht des Mondes leuchtete hinter ihm und ließ sein Gesicht dunkel und bedrohlich erscheinen. „Ich schwöre bei der Göttin, dass es nicht so ist."

„Was soll das heißen, ihr seid Partner?" Ich knurrte und ignorierte ihn.

Der ganze Wald war still, nicht einmal Waschbären huschten die Bäume hinauf oder Fledermäuse quietschten.

„Nicht so wie wir." Isabella legte ihre Hände auf meine Brust. Ein vertrautes Kribbeln lief meine Arme rauf und runter, als sie näher an mich herantrat. „Kylo und ich haben eine andere Verbindung durch unsere Wölfe." Als sie stehen blieb, nickte er ihr zu und forderte sie auf, fortzufahren. „Unsere Wölfe sind göttlich, die ersten beiden Wölfe, die jemals die Kräfte der Verwandlung besaßen und seit Tausenden von Jahren reinkarniert sind", sagte sie zu mir. „Und die Mondgöttin sagte, dass wir gemeinsam die Welt retten müssen."

Ich zog mich von ihr zurück. Das gefiel mir nicht. Das gefiel mir verdammt noch mal überhaupt nicht.

Sie starrte mich mit diesen großen, schönen, glänzenden Augen an, die Brauen leicht zusammengezogen, und runzelte die Stirn. „Es tut mir leid, Roman. Es tut mir leid, dass ich so eifersüchtig auf Scarlett war, während … während ich nicht aufhören konnte, diese Gefühle für Kylo zu haben."

Kylo sah mich mit verletzten Augen an – mit denselben verletzten Augen, die ich verursacht hatte, als ich anfing, mit seiner Partnerin auszugehen. Wir hatten es beide vermasselt, aber das ging zu weit.

Ich verabscheute das mehr als den Gedanken, dass sie mich für ihn verlassen würde, einfach so.

Am liebsten hätte ich meine Hände um seine Kehle geschlungen und fest zugedrückt, bis er unter mir zusammengebrochen wäre. Bei dem Gedanken, dass ihre Wölfin seit Tausenden von Jahren in Kylo verliebt war, fühlte ich mich so verdammt beschissen.

Liebte ihre Wölfin mich nicht? Schnurrte ihre Wölfin nicht jede Nacht für mich, wenn wir zusammen im Bett lagen? War das alles nur gespielt?

Sie nahm meine Hand in eine ihrer Hände und umfasste mit der anderen mein Kinn. „Roman, bitte sag etwas", flehte sie mit ihrer sanften und leisen Stimme. Jedes Wort, das sie sprach, war voller Schmerz und Verzweiflung.

Ich wollte ihre Wölfin dafür hassen, aber verdammt, ich liebte sie. Ich hatte sie und ihre Wölfin geliebt, seit wir als Welpen im Wald gespielt hatten, seit wir uns in die Höhle geschlichen und stundenlang dumme kleine Bilder an die Wände gemalt hatten, seit wir nach Hause gerannt sind, wenn die Glühwürmchen zu Bett gegangen sind und die Sonne über den Bäumen aufgegangen war.

Ich blickte stirnrunzelnd auf meine Füße und löste mich von

ihr. „Warum hast du mir nicht schon früher gesagt, dass du so viel für ihn empfindest?", fragte ich und versuchte, mich unter Kontrolle zu halten. Sie nicht umzudrehen, gegen den nächsten Baum zu stoßen und vor dem Mann, der sie mir wegnahm, zu beanspruchen.

„Ich habe versucht, es zu ignorieren", flüsterte sie und hielt meine Hand fest umklammert. „Ich habe versucht, unsere Verbindung zu verdrängen, aber meine Wölfin hat mich immer wieder zu ihm zurückgeführt. Alles, was ich gefühlt habe, war so viel Schuld und Kummer und Traurigkeit, weil", sie hatte einen Schluckauf, „ich dich so sehr liebe und dich nicht verlieren will."

Ich schluckte all meinen Schmerz hinunter. „Was wäre, wenn du mich verlieren würdest?"

Weitere Tränen liefen über ihre Wangen. „R…R…Rom…" Sie konnte nicht einmal meinen Namen aussprechen.

Sie litt innerlich, ich konnte es spüren. Es brachte mich um.

Aber ihn jede Nacht an ihr zu riechen, würde mir noch mehr wehtun.

Als sie wieder nach meiner Hand griff, zog ich sie weg von ihr. „Isabella", sagte ich und hob ihr Kinn an, damit sie mir direkt ins Gesicht sehen konnte. „Was wäre, wenn du mich verlieren würdest? Sag mir, wie du dich fühlen würdest."

Sie drückte die Augen zu und schlang die Arme um ihren Körper.

„Öffne deine Augen", forderte ich, „sieh mich an, wenn du es sagst."

Nachdem sie ihre Augen geöffnet hatte, wechselten sie zwischen Gold und Blau hin und her. „Ich … ich würde mich innerlich so zerstört fühlen. Ich würde mich so schrecklich fühlen. Ich würde mich selbst hassen. Du bist alles, was ich kenne. Du bist alles, was ich je gekannt habe." Sie legte ihre Hände auf meine und hielt sie fest. „Ich liebe dich, mit allem, was ich habe. Ich habe meine Partnerkette nicht mehr abgelegt, seit du sie mir umgelegt hast. Ich habe keinen anderen Mann so geliebt wie dich."

Obwohl mir das Herz weh tat, hielt ich meine Tränen zurück.

Ich wollte so heftig weinen, weil ich sie verdammt noch mal zu sehr liebte. Sie könnte mich immer und immer wieder ruinieren und ich würde immer noch jeden Zentimeter ihres Körpers, ihres Geistes und ihrer Seele anbeten wollen.

„Und was, wenn du Kylo verlieren würdest?", fragte ich, wobei ich meine Zähne zusammenbiss, damit sie mein Kinn nicht zittern sah. Allein die Frage zu stellen, machte mich fertig, denn ich kannte die Antwort bereits, aber ich war nicht sicher, ob ich bereit war, dass sie es aussprach.

Kylo starrte sie mit gerunzelter Stirn an und wartete auf ihre Antwort. Seine Reaktion auf ihre Antwort würde alles sein, was ich brauchte, um zu wissen, dass das alles kein großes Schauspiel von ihm war, dass das, was zwischen ihnen war, wahrhaftig war und nicht etwas, das er ihr erzählt hatte, um sie anzulocken.

Isabella öffnete ihre Lippen und schloss sie dann wieder.

Ich packte ihr Kinn etwas fester und nickte. „Wie würdest du dich fühlen, meine liebe Isabella? Ehrlich?"

Sie schloss für einen kurzen Moment die Augen und öffnete sie dann wieder. „Meine Wölfin wäre untröstlich. Sie würde schwach sein. Sie würde mich hassen, weil ich ihn von ihr weggestoßen habe. Sie liebt ihn."

„Ich habe nicht gefragt, wie sich deine Wölfin fühlen würde. Ich habe gefragt, wie du dich fühlen würdest."

Sie zog erneut die Brauen zusammen und runzelte die Stirn. „Auch ich würde mich gebrochen fühlen."

20
isabella

GEBROCHEN. Ich würde mich ohne Kylo gebrochen und unvollständig fühlen und das hasste ich so sehr.

Roman legte sanft mein Gesicht in seine Hände und strich mit seinen Daumen über meine Wangen. Seine Augen wechselten zwischen hundert verschiedenen Goldschattierungen, bis sie schließlich bei ihrer satten Haselnussfarbe blieben. Und alles, was ich in ihnen sehen konnte, war derselbe Ausdruck des Versagens und der Trauer, den ich in ihnen gesehen hatte, als ich ihm sagte, dass ich zu den Lykanern gehen musste.

Als er seinen Mund öffnete, machte ich mich auf die schlimmste Ablehnung gefasst, die ich je erfahren würde. Wir waren Partner. Er hatte mich markiert. Ich hatte ihn markiert. Wir trugen die Partnerketten des anderen wie eine zweite Haut. Und ich wusste, dass er mir sagen würde, dass er nicht mit einer Frau zusammen sein konnte, die ihn für einen anderen Mann verlassen würde.

Wenn er das täte, würde ich mich nicht einmal mit ihm streiten. Ich hatte es verdient. Ich war egoistisch, weil ich zwei Partner brauchte.

„Das ist meine größte Angst", sagte Roman schließlich und sah erst mich und dann Kylo an. „Dass mir meine eigene Partnerin weggenommen wird und sich in so große Gefahr begibt, dass ich sie verlieren könnte, während sie versucht, die Welt zu retten."

Kylo trat vor. „Ich werde ihr nicht wehtun."

„Kylo, bitte", flüsterte ich.

Ich wollte nicht, dass jemand einen Streit anfängt. Wenn Roman mich zurückweisen würde, wollte ich, dass er es jetzt hinter sich brachte. Ich konnte diese verdammte Spannung nicht ertragen.

Roman ging zu den Mondblumenbüschen hinüber und strich mit den Fingern über die Blütenblätter. „Was hat die Mondgöttin zu dir gesagt, warum du die Welt retten sollst?", fragte er, anstatt mich gleich zurückzuweisen. „Was kommt denn auf uns zu?"

„Es ist nicht auf dem Weg", sagte Kylo und räusperte sich, „die Verderbnis ist bereits hier."

Ich starrte Kylo an, mein Herz klopfte bei dem Gedanken an eine Dunkelheit, die unsere Spezies heimsuchte. „Es gibt eine Dunkelheit in dieser Welt, die sich ziemlich schnell unter den Werwölfen ausbreitet. Sein Name ist Dolus. Er manipuliert den Geist seiner Opfer, verdirbt sie, um sie zu kontrollieren und in die Dunkelheit zu führen. Die Mondgöttin hält ihn derzeit noch zurück, aber sobald seine Verderbnis mindestens ein Drittel der Bevölkerung erreicht hat, wird er wirklich entfesselt."

„Ryker?", fragte er.

„Ryker war einer der Verdorbenen."

Nachdem er sich mit vor der Brust verschränkten Armen auf den Fersen zurückgewippt hatte, wandte er sich von mir ab. „Wer ist in Gefahr?"

Ich sah ihn stirnrunzelnd an und blickte auf meine Füße. In diesem Moment konnte er in Gefahr sein, weil er verletzt und schwach war. Er konnte wegen meiner Verbindung zu Kylo verdorben worden sein.

Als ich nichts sagte, griff er nach meinem Handgelenk. „Ich? Ich bin jemand, der in Gefahr ist, nicht wahr?"

Ich nahm sein Gesicht in meine Hände und strich mit den

Daumen über seine Wangenknochen. „Dein Geist ist stark, Roman. Du bist stark. So stark. Ja, es besteht die Möglichkeit, dass du verdorben sein könntest … aber ich werde nicht zulassen, dass er dir wehtut – niemals."

Kylo trat einen Schritt vor und schaute Roman direkt in die Augen. „Das werde ich auch nicht."

Roman presste seine Zähne zusammen und löste sie dann wieder. Er sah mich an und umklammerte meine Hand fester. Ein Windhauch wehte einige Strähnen seines hellbraunen Haares über seine Stirn. „Was musst du tun?", fragte er.

„Die Mondgöttin sagte mir, dass ich die Lykaner nutzen muss und Kylo die Wolfsblume, um die Dunkelheit zu besiegen. Ich erwarte, dass es eine schwierige Reise wird, denn Dolus ist ein Gott, ein trügerischer Gott."

„Wir ziehen also in den Krieg?", fragte Roman.

„Wir ziehen in den Krieg", bestätigte ich.

Roman sah wieder zu Kylo. „Isabella, ich muss mit Kylo unter vier Augen sprechen."

„Moment, ihr wollt, dass ich gehe?", fragte ich und blickte zwischen den beiden Männern hin und her, um herauszufinden, ob sie einander umbringen würden, wenn ich ginge.

Obwohl Roman mit Adrenalin vollgepumpt war, wirkte er relativ ruhig – zu ruhig.

„Okay. Ich gehe heute Abend zu Vanessa rüber." Ich knabberte an der Innenseite meiner Lippen. „Kann … kann ich einen Gutenachtkuss bekommen?"

Roman packte meine Hüften, zog mich näher an sich heran und presste seine Lippen auf meine. Es dauerte nicht lange, nur ein paar Augenblicke, aber es war genauso leidenschaftlich wie der Kuss, den er mir vorhin im Bett gegeben hatte. „Ich schreibe dir, wenn wir fertig sind."

Nachdem ich zögernd genickt hatte, holte ich ein paar Dinge aus unserem Schlafzimmer und ging zu Vanessa. Ich wollte bleiben, um zu sehen, worüber sie redeten, aber ich musste darauf vertrauen, dass sie sich nicht zerfleischen würden. Sie mussten sich vertragen – oder zumindest so tun, als ob sie es täten - denn die Welt ging den Bach herunter und ich wusste nicht, ob wir alle das überleben würden.

21
kylo

ROMAN ÖFFNETE zwei Bierflaschen und reichte mir eine. „Lass uns eines klarstellen", sagte er und ging auf das lodernde Lagerfeuer in seinem Garten zu. „Wir sind keine Freunde."

Ich setzte mich ihm gegenüber auf einen feuchten Baumstamm und nippte an meinem Getränk. „Wir müssen keine Freunde sein."

Mit der Hand fest um die Flasche geklammert, beugte er sich zum Feuer vor. „Ich akzeptiere das nicht. Ich mag das nicht. Ich hasse diese Sache zwischen dir und meiner Partnerin", sagte er und die orangefarbenen Flammen spiegelten sich in seinen bittergoldenen Augen.

Nachdem ich einen weiteren Schluck genommen hatte, nickte ich. „Ich weiß, dass du das tust."

„Ich habe zu viel Scheiße gebaut und so sehr versucht, Isabella zurückzubekommen. Ich habe nicht vor, sie wieder zu verlieren." Er stellte sein Getränk zurück. „Ich werde sie *nicht noch einmal* verlieren."

Da ich nicht wusste, was er von mir hören wollte, entschied ich mich für die Wahrheit. „Naja, ich mag sie."

Zwischen unseren jüngeren Ichs waren mehr als genug Lügen aufgetischt worden. Wir waren jetzt beide Männer. Roman musste vielleicht schneller erwachsen werden, aber er hatte noch einen langen Weg vor sich, um wirklich zu verstehen, was Liebe ist und was nicht, wie er sich in einer Beziehung mit seiner Partnerin verhalten sollte und wie nicht.

„Du *liebst* sie", korrigierte Roman, als hätte er schon so lange über diese Worte nachgedacht, dass sie ihm auf der Zunge zergingen. „Du liebst, was mir gehört, so wie ich geliebt habe, was dir gehörte."

Das Feuer knisterte.

Ich stellte meinen Stiefel auf den Baumstamm, auf dem er saß, wobei etwas Dreck in der leichten Brise davon wehte, und beugte mich vor. „Nur hast du Scarlett nie geliebt. Du kannst Isabella erzählen, dass du sie geliebt hast, aber du hast nie ihre wahre Seite gesehen. Es hätte dir nicht gefallen, wie sie schrie und weinte und mich anflehte, sie zu lieben, als du deine Partnerin gefunden hattest. Es hätte dir nicht gefallen, wenn sie dich spät in der Nacht verlassen hätte, um ihre eigenen Abenteuer zu erleben, tief in den Wäldern mit den Gesetzlosen. Es hätte dir nicht gefallen, wenn sie dir gesagt hätte, dass du der tollste Mensch auf der ganzen Welt bist und dich dann jede Nacht weinend im Bett liegen ließ, dich fragend, ob du genug bist. Dir hätte der seelische Schaden nicht gefallen, den sie hinterlassen hätte, wenn du lange genug bei ihr geblieben wärst."

Damals war es schwer zu erkennen, aber Scarlett und ich hatten uns beide gegenseitig missbraucht. Vielleicht war das der Grund, warum ich mich nach ihr geweigert hatte, mit jemandem zusammen zu sein. Ich hatte Angst, dass ich eine andere Frau und dass sie mich auch so verletzen würde.

Roman nippte an seinem Bier und seufzte. „Du hast recht. Hätte ich wahrscheinlich nicht."

In den vergangenen vier Jahren war dies das erste bisschen Verständnis füreinander.

„Ich liebe Isabella wirklich", sagte ich nach einem weiteren Schluck.

Sie hatte Fehler. Die hatte jeder. Aber sie war besser für mich, als Scarlett es je gewesen war. Sie war stark, selbstbewusst, fast stoisch. Und etwas an ihr brachte mich immer zum Lächeln.

„Die Art, wie der Mond auf ihrer Haut reflektiert. Wie ihr Lachen spät in der Nacht durch den Wald hallt."

„Ihr Lächeln … ihr verdammt atemberaubendes Lächeln." Roman starrte lächelnd ins Feuer. „Und ihr Blick so voller Leidenschaft für die Menschen und die Dinge, die sie am meisten liebt."

„Ihre Anmut."

„Ihre Willenskraft."

„Ihre Dominanz. Göttin, ich liebe ihre Dominanz."

Roman gluckste. „Das würde dir im Schlafzimmer nicht gefallen."

„Es ist nichts falsch daran, wenn eine Frau im Schlafzimmer dominant ist."

„Isabella ist nicht dominant im Schlafzimmer. Sie würde dir den letzten Nerv rauben." Roman grinste, während er ins Feuer starrte und aussah, als wäre er gedanklich in seiner eigenen kleinen Welt. „Auf die abgefuckteste, unwiderstehlichste Art und Weise, die möglich ist." Er hielt inne, plötzlich angespannt, und sah mir direkt in die Augen. „Als du auf der Party warst, haben du und sie …"

„Nein", sagte ich ehrlich, „haben wir nicht."

Er vergrub sein Gesicht in den Händen, seufzte tief und ließ die Schultern nach vorn sacken.

Ich wusste nicht, was ich sagen sollte, aber ich wusste, dass ich mich entschuldigen und reinen Tisch zwischen uns machen musste – um die Sache zu überstehen und ihm bei der Erkenntnis zu helfen, dass Isabella mich genauso brauchte wie sie ihn. Wir waren einmal beste Freunde gewesen und jetzt waren wir erbitterte Feinde. So konnte es nicht mehr weitergehen, egal, wie sehr jeder von uns es wollte.

„Hör zu, Roman." Ich stellte mein Bier auf den Boden, stützte meine Unterarme auf die Knie und beugte mich vor. „Es tut mir leid, dass ich nicht für dich da war, als deine Eltern getötet wurden. Ich hätte versuchen können, es zu verhindern, aber ich habe es nicht getan. Ich habe mich in der Situation mit Scarlett unreif verhalten und ich entschuldige mich aufrichtig für alles, was ich getan habe und was mein Vater dir und deiner Familie angetan hat."

Roman sah zu mir hoch, verzog das Gesicht und nickte. „Ich kann es dir nicht verdenken." Er hielt inne. „Ich hätte dir Scarlett nicht wegnehmen dürfen. Das war eine beschissene Sache, vorallem gegenüber einer meiner besten Freunde. Ich war wütend und aufgebracht, nachdem ich erfahren hatte, was mit meiner Mutter passiert war."

„Scarlett ist jetzt weg." Ich schüttelte den Kopf. „Wir sind beide besser dran ohne sie."

Ein weiteres peinliches Schweigen brach aus, bis Roman schließlich das Wort ergriff. „Isabella liebt dich", sagte er. „Ich kann es in ihren Augen sehen und in ihrer Stimme hören." Er sah mich an. „Und ich brauche dein Wort, dass du alles tun wirst, um sie zu beschützen, dass du bereit bist, dein Leben zu geben, um meine Isabella genauso zu beschützen wie ich."

Ich sah ihm direkt in die Augen. „Ich würde für sie sterben, Roman."

22
isabella

ICH LAG auf Vanessas Wohnzimmerboden in einem ihrer plüschigen rosa Bademäntel, nahm mir eine Erdbeere aus der Schale zwischen uns und starrte auf den Deckenventilator, der sich im Kreis drehte. Alles, woran ich seit meiner Ankunft denken konnte, waren Roman und Kylo, allein, im Haupthaus.

„Also", sagte Vanessa und schenkte sich noch etwas Weißwein ein. Bekleidet mit einem seidigen schwarzen Bademantel legte sie sich wieder neben mich und lehnte ihren Kopf an meine Schulter. „Was ist ein Geheimnis, das du noch nie jemandem erzählt hast, nicht einmal Roman?"

Der Wein stieg mir schnell in den Kopf und machte mich ein wenig benommen. „Ich habe nicht viele Geheimnisse."

Sie drehte sich auf den Bauch. „Ach, komm schon. Ich bin sicher, dass du etwas hast."

„Da ist nichts." Ich drehte mich ebenfalls herum und nippte an meinem Wein. „Nichts."

Vanessa wickelte einen Finger um eine Strähne meines braunen Haares, ließ sie los und sah zu, wie sie hüpfte. „Nichts?", fragte sie und wippte mit den Beinen hin und her. „Glaub ich nicht."

„Okay, gut. Aber du darfst es niemandem erzählen."

Mit großen Augen beugte sie sich vor. „Sag es mir!"

„Ich weiß noch, als Roman anfing, mit Scarlett auszugehen. Er war dreizehn, vierzehn vielleicht. Und ich hasste sie, ich hasste sie wirklich – als ich dich damals gehasst habe. Ich hasste sie so sehr, dass ich Derek dazu gebracht habe, ihre Handtasche zu stehlen und reinzufurzen."

Sie brach in Gelächter aus, Tränen liefen ihr übers Gesicht. „Oh Göttin, das hast du nicht."

Ich musste bei der Erinnerung daran ebenfalls so sehr loslachen, dass ich mir den Bauch hielt. „Sie öffnete sie, um ihren Kirsch-Lipgloss herauszuholen und … und … oh meine Göttin …" Alles, woran ich mich erinnern konnte, war der geschockte Ausdruck auf ihrem Gesicht. „Derek und ich sahen von den Bäumen aus zu und konnten es bis dorthin riechen."

Nachdem sie sich ein paar Tränen von den Wangen gewischt hatte, kicherte sie noch ein wenig. „Ach, Mist. Ich glaube nicht, dass ich etwas habe, was das übertreffen könnte."

Ich nahm noch einen Schluck von meinem Wein und stupste sie an. „Es muss nicht lustig sein, nur ein Geheimnis."

„Ich …", sagte sie und holte tief Luft, „ich habe ein Geheimnis, das ich noch niemandem wirklich erzählt habe."

„Nicht einmal Jane?"

„Nicht einmal Jane."

„Nun, erzähl schon. Was ist es?", fragte ich und schlenkerte mit den Beinen in der Luft.

Sie presste die Lippen aufeinander und runzelte die Stirn. „Ich mag …", sie biss sich auf die rote Lippe, „Ich mag … Ich mag es, gefälschte Marken zu kaufen, anstatt Designer."

Oh. Das war nicht das, was ich erwartet hatte, aber da ich wusste, dass sie alles von Designern hatte, war es überraschend.

Sie schenkte mir ein breites Grinsen, doch ihre Augen lächelten nicht, dann drehte sie sich auf den Rücken und seufzte tief.

„Danke, Vanessa", sagte ich nach ein paar Augenblicken. „Das habe ich wirklich gebraucht."

Sie lehnte ihren Kopf an meine Schulter und holte Luft. „Jederzeit."

———

Haupthaus. Mittags. Mittagessen mit Kylo.

Ich hob eine Augenbraue bei Romans Textnachricht und setzte mich auf meinen Platz im Night Raider's Café, um mit Raj zu plaudern. Es fiel mir schwer zu glauben, dass sie zivilisiert sein und so tun konnten, als ob sie sich nicht gegenseitig in Stücke reißen wollten. Ein Teil von mir erwartete, dass Roman auf einem der Küchenstühle sitzend, mit Kylos Kopf auf einem Teller zum Mittagessen warten würde.

Vanessa schlenderte in einem knappen weißen Tank-Top und einer engen schwarzen Jeans mit ihrem Eiskaffee an unseren Tisch heran. „Sollten wir also davon ausgehen, dass jeder, der mit Ryker und den Gesetzlosen in Kontakt war, von der Dunkelheit infiziert ist oder auf irgendeine Art und Weise von der Dunkelheit beeinflusst wird, mehr als ein Wolf, der keinen Kontakt hatte?", fragte sie und setzte sich neben Raj.

„Ich bin mir nicht sicher und ich glaube, die Mondgöttin weiß es auch nicht." Ich ließ mein Knie auf und ab wippen und schaute zu Raj hinüber. „Aber das sind eine Menge Leute – jeder einzelne Lykaner, jeder in Romans Rudel."

Raj schluckte schwer. „Jane."

„Wie geht es Jane?", fragte ich und brach einen Muffin in zwei Stücke. „Ich habe sie nicht gesehen."

Vanessa runzelte die Stirn. „Ich auch nicht."

„Sie benimmt sich in letzter Zeit seltsam. Sie hat Albträume, in denen die Gesetzlosen sie und mich gefangen nehmen und in ihr Versteck bringen; jeden Morgen wacht sie schweißgebadet auf", erzählte Raj und rieb sich mit der Hand über das Gesicht. „Sie hat mir erzählt, dass sie seit dem Tod ihrer Eltern schlechte Träume hat."

Vanessa umschloss den Strohhalm mit ihren roten Lippen und trank einen Schluck. „Soweit ich weiß, hatte sie noch nie Albträume, nicht einmal nach dem Tod ihrer Eltern."

„Roman hat manchmal Albträume", gab ich zu. „Manchmal,

wenn er wach ist, starrt er ins Leere und fängt an zu hyperventilieren. Ich habe das nur einmal gesehen, aber er hat mir gesagt, dass das öfter passiert, als ich denke."

Raj schüttelte den Kopf. „Diese Albträume sind nicht normal. Sie sind verdammt beängstigend, sogar für mich. Letzte Nacht hat sie sich die Lunge aus dem Leib geschrien und dann fast eine Stunde lang völligen Unsinn gemurmelt. Als sie aufwachte, konnte sie sich an nichts mehr erinnern."

Vanessa trommelte mit den Fingern auf ihrer blauen Kaffeetasse herum. „Ich möchte zu ihr, aber sie ist immer beschäftigt."

Ich öffnete die Notizen-App auf meinem Handy und tippte Janes Namen ein. „Sie könnte manipuliert worden sein."

„Wer noch?", fragte Vanessa.

„Hat jemand Derek gesehen?", fragte ich.

Seit ich von meinem Wochenendausflug zurückgekommen war, hatte ich keine Gelegenheit gehabt, nach ihm zu sehen. Wir hatten uns auseinandergelebt, seit ich Anführerin der Lykaner geworden war und es brach mir das Herz, meinen besten Freund nicht mehr um mich zu haben.

Vanessa schüttelte den Kopf. „Er ist gestern Morgen nicht zum Training erschienen. Und … er verhält sich immer aggressiver, wenn du mich fragst. Neulich Abend hat er sich in meine Angelegenheiten eingemischt." Sie rümpfte die Nase und sah mich an. „Also, sexuell."

Ich hob die Brauen. „Hattest du Sex mit ihm?"

„Oh, nein! Ekelhaft. Er ist nicht einmal mein Typ und …" Sie senkte ihre Stimme und sah weg. „Igitt, Männer."

Schwer seufzend tippte ich Dereks Namen ein und runzelte die Stirn bei dem Gedanken, dass mein bester Freund von Dolus manipuliert worden war. „Wie können wir das eindämmen?", flüsterte ich mehr zu mir selbst als zu ihnen.

„Wir müssen jedes einzelne Rudel kontaktieren und sie nach jedem ihrer Rudelmitglieder fragen.

„Das kann Wochen dauern", sagte Vanessa.

Und so viel Zeit hatten wir nicht.

„Das muss schneller gehen. Wir können nicht zulassen, dass sich die Verderbnis ausbreitet", sagte ich.

Die Lykaner waren stark, aber wir allein waren nicht stark genug gegen diesen Feind. Wir kämpften gegen Gesetzlose, nicht gegen Götter, nicht gegen diese göttliche Verderbnis. Wir brauchten Leute, die nicht so leicht manipuliert werden konnten, Krieger, die diese Art von Angriffen gegen die Werwolf-Spezies und unsere Göttin überstehen konnten.

„Wir brauchen Menschen", sagte ich. „Welche, die stark sind und uns helfen können."

„Wie genau würde eine menschliche Allianz uns in diesem Krieg helfen?", fragte Vanessa.

„Die Mondgöttin erwähnte nur, dass Werwölfe verdorben sind, nicht die Menschen. Wenn wir welche finden, die uns helfen, haben wir, wenn die Zeit gekommen ist, vielleicht eine Chance, an Dolus heranzukommen und ihn zu töten." Ich runzelte die Stirn und seufzte, denn ich wusste, dass es kaum funktionieren würde, Menschen einzusetzen. „Das ist nur ein Gedankenspiel."

Raj stahl ein Stück meines Muffins. „Ich kenne da jemanden. Sie kennt sich mit der Spezies der Werwölfe aus und hat an der Seite des Rudels von Alpha Ming im Süden trainiert. Wenn wir sie richtig trainieren – sowohl körperlich als auch geistig – könnte sie so stark wie eine Lykanerin werden."

„Wer ist sie?", fragte ich.

„Ihr Name ist Naomi."

Raj blickte auf sein Handy, als eine Nachricht von Jane auf dem Bildschirm erschien. „Ming leitet jeden Morgen um zehn Uhr das Training. Wenn wir jetzt loslaufen, könnten wir ihr beim Training zuschauen und mit ihr reden."

Es würde etwa eine Stunde dauern, um zu seinem Rudel zu laufen, und eine Stunde, um zurückkommen, was die Zeit bis zum Mittagessen mit Roman und Kylo knapp werden ließe. Aber ich hatte im Moment dringendere Angelegenheiten zu erledigen als das Mittagessen. Ich musste so viele Menschen und so viele starke Wölfe wie möglich zusammentrommeln, damit sie sich den Lykanern anschlossen, bevor sich die Verderbnis wie ein Lauffeuer ausbreitete.

Rajs Telefon klingelte. „Ich muss das annehmen, um sicher zu sein, dass es ihr gut geht", sagte er. „Ich treffe dich so schnell wie möglich dort." Er glitt aus der Sitzecke und hielt sich das Telefon ans Ohr. „Was ist los, Jane?"

Vanessa nickte zur Tür. „Ich komme mit dir."

„Bist du sicher, dass Roman dich nicht im Haupthaus braucht?"

„Nein", sagte sie und rümpfte die Nase, „Derek und ich sind gerade dabei, die potenziellen neuen Rekruten für den kommenden Abschlussjahrgang durchzugehen, sie zu prüfen und ihnen vorher ein Training anzubieten, um das Rudel zu stärken." Sie stieß einen Seufzer aus. „Aber Derek flirtet viel zu viel. Ich brauche eine Pause von ihm."

Nachdem ich meinen Muffin in den Müll geworfen hatte, verwandelten wir uns in unsere Wölfinnen und rannten zu Alpha Mings Rudel. Mein Magen zog sich zusammen, als ich an die Dunkelheit dachte, die sich in Derek einschleichen könnte, die in seinen Verstand einsickern und ihn langsam zerstören könnte.

Wenn Derek manipuliert worden wäre, würde mich das umbringen. Auch wenn wir nicht mehr jeden Tag, sondern nur noch einmal in der Woche miteinander sprachen, war er immer noch mein bester Freund und ich liebte ihn und seine Familie. Und ich könnte es nicht ertragen, ihn oder sie verletzt zu sehen. Aber die Dunkelheit kümmerte sich nicht darum, wer mein bester Freund war. Sie versenkte ihre Krallen und wurde langsam ein Teil von jemandem.

23
roman

„ISABELLA", sagte ich durch die Gedankenverbindung und trommelte mit dem Finger auf dem Eichenschreibtisch.

Kylo saß mir gegenüber und scrollte durch die alten Nachrichten und Fotos, die wir gemacht hatten, bevor Scarlett uns auseinanderriss. Ich hätte nicht gedacht, dass er diese Nachrichten noch hatte. Verdammt, ich habe alle meine Chats mit ihm gelöscht. Aber Kylo war schon immer sentimentaler gewesen als ich – denn auch wenn er mich irgendwann einmal umbringen wollte, waren wir doch schon so lange befreundet.

Gestern Abend hatten Kylo und ich über Scarlett, Mama und Isabella gesprochen, bis der Regen die letzte Glut des Lagerfeuers ertränkt hatte. Obwohl es verdammt peinlich war, war es doch nicht so übel, wie ich gedacht hatte, nachdem ich erfuhr, dass er und Isabella in ihren früheren Leben Partner gewesen waren. Ich versuchte immerzu etwas Falsches oder Trügerisches an ihm zu finden, aber da war nichts.

Alles, was er über seine Gefühle für Isabella sagte, war absolut wahr.

Isabella meldete sich auf der anderen Seite der Gedankenverbindung.

„Sag Derek, er soll aufhören, eine Nutte zu sein und mit Vanessa zu

flirten. Ich bin jetzt bei Alpha Mings Rudel. Ich kann nicht reden. Wir sehen uns gleich."

Ich schaute auf die Uhr an der Wand, direkt über dem Fenster.

„Komm nicht zu spät zum Mittagessen."

Sie blieb lange Zeit still.

„Werde ich", sagte sie mit spielerischem Unterton.

Meine Lippen verzogen sich zu einem sanften Lächeln. Ich schaute aus dem Fenster, als der Wind die Äste der Bäume gegen das Fenster blies. Regen prasselte vom grauen Himmel herab und schlug in einem gleichmäßigen Rhythmus gegen das Glas.

Nachdem ich die Liste mit den Namen der Personen in meinem Rudel, die manipuliert worden sein könnten, in die Mitte des Tisches geschoben hatte, sah ich zu Kylo.

„Weißt du noch, als wir zusammen trainiert haben?", fragte Kylo und schob sein Handy über den Schreibtisch.

Auf dem Bildschirm war ein Bild von uns zu sehen, ich mit vierzehn, mein Arm um seine Schultern gelegt, ein breites Grinsen auf unseren Gesichtern. Zwei Alphas, die nicht wussten, dass eines Tages ein böses Mädchen sie auseinanderreißen und eine starke Luna sie wieder zusammenführen würde.

„War das vor Scarlett?", fragte ich.

„Du warst damals mit ihr zusammen", sagte Kylo und nahm das Handy wieder an sich. „Ich habe alle Bilder von mir und ihr gelöscht, nachdem ich sie zurückgewiesen hatte. Ich konnte es nicht ertragen, ihr Gesicht auf jedem Foto zu sehen, das meine Mutter in ihrem Haus aufgehangen hatte."

Ich nickte. „Ich habe alle Bilder mit ihr verbrannt, nachdem ich erfahren hatte, dass Isabella meine Partnerin ist."

Kylo hielt einen langen Moment inne und holte schließlich tief Luft. „Stehst du immer noch … darauf?"

„Worauf?", fragte ich und ließ meinen Blick wieder zum Fenster schweifen. „Jemanden zuschauen zu lassen?"

Er zuckte leicht mit den Schultern und sah dann wieder auf sein Handy, als ob er die Frage bereute. Ich beobachtete, wie eine ganze Reihe von Emotionen über sein Gesicht huschte, bis es schließlich ein Ausdruck von Schmerz annahm, er seine Brauen zusammenzog und seine Lippen aufeinanderpresste.

Ich rieb meine Handfläche an meiner Jeans und blickte auf den Schreibtisch hinunter. Isabellas Wölfin war auch Kylos Partnerin und ich hatte ihm bereits die Chance auf ein glückliches Leben mit Scarlett versaut. Selbst wenn Isabella mir gehörte, wie konnte ich ihm etwas so Wertvolles verweigern, ohne mich ein weiteres Mal wie ein Stück Scheiße zu fühlen?

„Du hast doch gesehen, wie ich sie im Flur in den Hals gefickt habe, oder?", fragte ich ihn.

Kylo sah mich mit großen Augen an. „Du wusstest, dass ich da bin?"

„Natürlich wusste ich das, verdammt. Dein voyeuristischer Arsch hat sich wahrscheinlich auch daran aufgegeilt", stichelte ich.

Statt zu antworten, rieb sich Kylo die Stoppeln auf seiner Wange. „Und Isabella?", fragte er.

„Planst du zuzusehen, wie ich sie ficke?", fragte ich und krümmte meine Finger. Meine Jeans wurde bei dem bloßen Gedanken enger, Kylo dabei zusehen zu lassen, wie ich Isabellas triefende kleine Muschi berührte. „Mittagessen. Beim Essen werden wir sehen, ob sie es will."

24
isabella

REGEN NIESELTE aus dem grau-weißen Himmel über dem Trainingsplatz von Alpha Ming. Ich verschränkte meine Arme vor der Brust und beobachtete die raue und ruppige Art, mit der jeder Krieger in seiner menschlichen Gestalt gegen den anderen kämpfte, Muskel gegen Muskel, Kraft gegen Kraft, Härte gegen Härte.

Und obwohl alle mit solcher Inbrunst kämpften, sah nicht einer von ihnen aus wie ein Mensch.

„Luna Isabella!"

Alpha Ming joggte zu mir herüber, seine Brust war mit einer Schicht aus Regenwasser und Schweiß bedeckt. Er pfiff, wies alle an, eine Pause zu machen und nickte in meine Richtung. „Also, was führt dich hierher?"

„Ich suche nach Naomi."

Er hob die Augenbrauen, die braunen Augen weiteten sich. „Warum suchst du sie? Hat sie etwas angestellt? Sie ist ein nettes Mädchen. Sie …"

„Sie hat nichts falsch gemacht", sagte ich. „Ich muss sie vielleicht für die Lykaner rekrutieren, also sollte ich sie beim Training beobachten." Ich trat näher an ihn heran und senkte meine Stimme. „Es gibt einen Krieg gegen unsere Spezies."

Ming wischte sich mit einem Handtuch einige Schweißperlen ab. „Mit Alpha Kylo? Hat er die anderen Alphas schon gegen dich aufgehetzt? Es ist erst eine Woche her, dass sich die Alphas getroffen haben."

Seit diesem Treffen hatte sich so viel verändert. Damals waren Kylo und ich Fremde. Jetzt waren wir jahrtausendealte Partner. Es waren weniger als sieben Tage vergangen und meine Wölfin fühlte eine tausendjährige Liebe zu diesem Mann.

„Nein", sagte ich zu ihm, „es geht gegen den Gott der Verderbnis, der unserer Werwolf-Spezies schadet. Wir müssen ihn aufhalten und dazu müssen wir so viele Menschen wie möglich zusammentrommeln – denn die sind vielleicht nicht für seine Magie empfänglich – und sie als Lykaner rekrutieren."

Nach ein paar Augenblicken nickte er und rief dann Naomis Namen. Eine kleine, zierliche Frau mit langem, weichem, braunem Haar joggte zu uns herüber, ihre Wangen waren vom langen Training gerötet. „Ja, Alpha Ming?"

Meine Augen weiteten sich leicht. Wie konnte jemand von ihrer Größe gegen Werwölfe antreten, die doppelt so groß und mindestens doppelt so stark waren wie sie? Sie muss gut sein, wirklich verdammt gut, um Rajs Aufmerksamkeit zu erregen.

Ming legte mir eine Hand auf die Schulter. „Das ist Isabella, Luna vom Silverclaw-Rudel und Anführerin der Lykaner. Sie ist gekommen, um dich beim Training zu beurteilen. Sie könnte dich und deine Fähigkeiten für eine Mission brauchen."

Sie starrte mich mit großen braunen Augen an und fragte: „Mich?"

Ich lächelte. „Ja."

„Okay, ähm …", antwortete sie und rieb sich den Nacken. „Ja! Sicher. Warte, ist alles in Ordnung? Ich bin nur ein Mensch. Ich bin nicht sicher, ob ich gut genug bin, um mit den Lykanern für eine Mission zu trainieren."

„Es gibt einen Krieg", wiederholte ich ihr gegenüber. Raj joggte auf das Grundstück, verwandelte sich in einen Menschen und schnappte sich das Hemd von jemandem am Rande des Feldes. „Wir haben nicht viel Zeit. Zeig mir, was du draufhast."

Als sie alle auf das Trainingsfeld zurückjoggten, wippte Raj auf seinen Fersen neben Vanessa vor und zurück. Wir sahen zu, wie Naomi jedes Mal wieder aufstand, nachdem jemand sie zu Boden gestoßen hatte, wie sie jemanden überlistete, bevor dieser sie überlisten konnte, wie sie ihn in den Boden drückte und dort festhielt, bevor jemand die Chance hatte, sie auch nur zu berühren.

Obwohl sie klein war, verfügte sie über außergewöhnliche Kraft, Verstand und Intelligenz.

Für mich schrie etwas an ihr nach den Lykanern.

Alpha Ming verschränkte die Arme vor der Brust. „Was denkst du?"

„Sie trainiert seit einem Jahr mit eurem Rudel?", fragte Raj, die Hände in die Hüften gestemmt.

Ming nickte. „Sie ist schnell zu einer der stärksten und klügsten Personen geworden, die ich je ausgebildet habe", sagte er stolz.

Naomi hob einen der Männer vom Boden auf, hob ihn auf ihre Schultern und warf ihn auf den Boden, wo er liegenblieb. Er zappelte unter ihr und versuchte, sich zu befreien, aber sie hielt mit enormer Kraft ihre Position.

„Wo hast du sie gefunden?", fragte Vanessa. „Und woher weiß sie von Werwölfen?"

„Sie ging mit meiner Schwester zur Schule und rannte eines Tages in sie, während sie sich verwandelte."

„Hat sie einen Partner?", fragte ich. Vielleicht war sie eine Luna oder war an jemanden gebunden, der stark war. Obwohl es heutzutage nicht mehr viele Werwölfe gab, die sich mit Menschen paarten, wählte die Mondgöttin einige wenige willensstarke Menschen für Werwölfe aus.

Ming schüttelte den Kopf. „Nicht, dass ich wüsste."

Nachdem ich zu Raj hinüber gesehen hatte, nickte ich, während der Regen um uns herum weiter nieselte. „Wir brauchen sie", sagte ich und sah Ming an. „Und jeden anderen Menschen, den du kennst, der so stark ist wie sie."

„Ich werde ein paar andere Rudel fragen, um zu sehen, ob es noch jemanden gibt. Aber ich bin mir da nicht so sicher. Nicht viele Menschen wissen über Werwölfe Bescheid und wenn doch, dann mögen sie uns wahrscheinlich nicht besonders", sagte Ming.

Als wir das Gespräch mit Ming beendet hatten, ging ich zu Naomi hinüber, die sich mit einem Handtuch den Schweiß von der Stirn wischte. „Naomi, wenn du bereit bist, möchte ich dich bitten, eine Lykanerin zu werden."

Ihre Augen weiteten sich und ich fuhr fort: „Aber du musst so schnell wie möglich mit dem Training beginnen. Schon morgen, wenn es geht."

Sie sah zu ihren Rudelmitgliedern hinüber. „Ich weiß nicht, was ich sagen soll."

Raj wippte auf seinen Fersen. „Sag ja", flüsterte er.

„Aber natürlich! Das würde ich gerne!" Sie grinste und drehte sich in die andere Richtung. „Oje … ich muss packen."

„Packe, was du brauchst. Raj", ich zeigte auf Raj, „wird dir helfen."

Nachdem ich den Rest von Mings Kriegern gewarnt und sie gebeten hatte, sich auf den Krieg vorzubereiten, runzelte ich die Stirn und ging durch die Wälder in Richtung Heimat. Obwohl alle Krieger von Ming stark und widerstandsfähig waren, konnten einige von ihnen infiziert sein. Ich knabberte an der Innenseite meiner Lippe.

Wir wussten nichts über diese Verderbnis. Woher sollten wir wissen, wer es wirklich hatte? Ich könnte sie bereits haben und nichts davon wissen. Vanessa könnte verdorben sein. Und Roman …

Wann würde es sich in unserem Rudel ausbreiten? In fünf Tagen? Zwei Wochen? Vielleicht *vor* drei Wochen? Es ging nicht nur darum, wer, sondern auch darum, wann und wie sich die Verderbnis ausbreitete und wie man sie überhaupt erkennen konnte.

25

isabella

WENN DAS MITTAGESSEN mit Roman und Kylo so schlimm werden würde, wie ich dachte, wäre ich am Arsch. Nachdem ich sie gestern Abend verlassen hatte und nach allem, was zwischen ihnen passiert war, konnte ich mir nicht vorstellen, dass sie zivilisiert miteinander umgehen würden.

„Roman?", rief ich, als ich die Treppe hinaufging, um sie zu suchen. „Kylo?"

Keine Antwort.

Ich ging ins Schlafzimmer – der einzige Ort im ganzen Haus, den ich noch nicht durchsucht hatte – und fand einen Zettel auf der Mitte des Bettes und ein schwarzes Seidenkleid daneben. Der Zettel war in Romans unsauberer Handschrift gekritzelt und lautete: *Triff uns im The Cave zum Mittagessen. Sei nicht später als 12:30 Uhr da oder es wird Konsequenzen haben.*

Konsequenzen.

Romans Konsequenzen waren die schlimmsten. Wenn sie auch noch Kylo einbezogen … Göttin, das wäre schrecklich. Nachdem ich mir Luft zugefächelt hatte, versuchte ich verzweifelt, mich nicht zu sehr zu erregen. Roman würde das niemals tun – auch nicht mit dieser voyeuristischen Neigung. Wenn er wüsste, dass Kylo mir dabei zugesehen hat, wie ich ihm im Haupthaus der

Lykaner einen geblasen hatte, würde er ausrasten, nur weil es Kylo war.

Nachdem ich geduscht hatte, zog ich mich um und sprintete zum Auto. Als ich am Restaurant ankam, sprang ich aus dem Auto und glättete das Kleid. Mein Magen zog sich zusammen bei dem Gedanken, die nächste Stunde zu überstehen, während Roman und Kylo sich finster anschauten.

Das Cave war ein Restaurant mit Dresscode, Anzug und Krawatte, direkt am Pier. Die Boote schaukelten an den Docks und die Leute gingen am Wasser spazieren und schauten auf den See hinaus. Ich betrat das Gebäude und ließ meinen Blick über die glänzenden Holztische schweifen, die von Männern und Frauen in ihren besten Ausgehkleidern besetzt waren.

In der Mitte des Raumes hing ein Kronleuchter, mit Hunderten Glasstücken verziert und helles weißes Licht in alle Richtungen ausstrahlend. Ich schlenderte die Gänge entlang und entdeckte Roman und Kylo, die an einem Tisch im hinteren Teil des Restaurants saßen, mit einer halb vollen Flasche Wein zwischen ihnen.

Lächeln. Lachen. Sie redeten, als hätten sie nie aufgehört, beste Freunde zu sein. Ich starrte sie verblüfft an und fragte mich, was gestern Abend passiert war, nachdem ich zu Vanessa gegangen war. Sie benahmen sich nicht so, wie ich sie verlassen hatte.

Roman hob seine Nase in die Luft, schnupperte und drehte sich in meine Richtung. Als er mich sah, verwandelte sich sein Lächeln in ein angespanntes Stirnrunzeln. Er tippte auf die Uhr an seinem Handgelenk und formte lautlos das Wort „Konsequenzen" mit seinen Lippen.

Ich nahm all meinen Mut zusammen und ging direkt auf sie zu.

Heute sollte alles gut gehen. Nichts würde passieren. Das Mittagessen mit diesen beiden besitzergreifenden, dominanten Alphas würde kein völliges Desaster werden.

Roman zog den Stuhl neben sich zurück, ließ seinen Blick an meinem Körper herabschweifen und stieß ein leises, sinnliches Knurren aus. Ich setzte mich neben ihn, küsste ihn auf die Wange und legte meine Hand auf seinen Oberschenkel, um ihn zu beruhigen. Oder vielleicht war es, um mich selbst zu beruhigen.

Er packte mich sanft am Kinn und sagte: „Ich habe dir gesagt, du sollst um zwölf Uhr dreißig hier sein. Du bist zu spät."

Dieses überwältigende Gefühl der Dominanz und des alten Romans war wieder da und es war stärker als je zuvor.

Ich riss meinen Blick von ihm los, spürte diesen angeborenen Trotz in mir aufkeimen und sah auf meine Speisekarte hinunter. „Jetzt bin ich ja da."

Alles, woran ich denken konnte, war, ihm zu trotzen, bis er mich zwang, mich ihm zu unterwerfen.

„Du hast mich und Kylo warten lassen", fuhr Roman fort.

Zum ersten Mal heute sah ich Kylo in die Augen. Ein dunkles, sündiges Geheimnis lag so stark in seinen goldenen Augen, dass ich den Blick abwenden musste.

Ohne einem der beiden einen zweiten Blick zu schenken, hob ich eine Augenbraue und sah wieder nach unten. „Ihr musstet ganze fünf Minuten auf mich warten. Ich werde mich nicht dafür entschuldigen."

Das würde Roman verärgern und ich liebte es, ihn zu verärgern.

Roman legte seine Hand auf die Innenseite meines Oberschenkels und knurrte leise, der tiefe Klang machte mich feucht. Ich griff nach meinem Wasser, um mich zu beruhigen, denn ich wusste, dass ich aus dieser Situation nicht mehr herauskommen würde. Er würde nicht zulassen, dass ich so etwas vor Kylo zu ihm sage.

Berühre dich selbst, sagte er durch die Gedankenverbindung.

Ich verschluckte mich an meinem Wasser, legte eine Hand auf meine Brust und hustete. Ich presste meine Schenkel enger zusammen, damit er mich nicht anfassen konnte und blickte wieder auf die Speisekarte hinunter. Ich hatte etwas erwartet – vielleicht eine harte Strafe, wenn wir nach Hause kommen – aber nicht das.

Jetzt, Isabella. Er drückte mein Knie fester. *Oder ich werde es tun.*

Ich rückte meinen Stuhl näher an den Tisch, in der Hoffnung, dass niemand seine Berührung sehen konnte. „Also, ähm, worüber habt ihr gestern Abend gesprochen?"

Kylo hob eine Augenbraue und grinste Roman an. „Nichts, was du wissen müsstest, Prinzessin." Er lehnte sich in seinem Stuhl zurück, sein Bizeps spannte unter seinem dünnen grauen Hemd. „Was hast du am Ende gemacht? Hast du die Nacht mit einem anderen Liebhaber verbracht?"

Roman fuhr mit seinen Fingern meinen Oberschenkel hinauf und streichelte mein Höschen. Der Duft von Minze und Kiefer stieg mir in die Nase, als er seine Finger in kleinen, gewundenen Kreisen bewegte. Ich klammerte mich an den Tisch, meine Fingernägel gruben sich in das dunkle, glänzende Holz.

„Wenn du …", begann ich.

Roman fuhr mit seinen Fingern in mein dünnes, spitzenbesetztes Höschen und riss es mir vom Leib.

„Hmm?", Kylo brummte und nippte an seinem Wein.

Meine Wölfin schnurrte beim Anblick seiner Muskeln, die sich gegen sein Oberteil spannten, bei der Art und Weise, wie sich seine vollen und prallen rosa Lippen zu einem grausamen Grinsen verzogen.

„Wenn du Vanessa meine…"

Roman stützte einen Unterarm auf den Tisch und schob seine Finger so tief in mich hinein, wie es ging. Ich drückte mich an ihn und schluckte, mein Herz raste in meiner Brust.

Göttin, das konnte doch nicht wahr sein, oder?

„Deine was?", fragte Kylo erneut.

War es von Anfang an ihr Plan gewesen, mich in ein Restaurant zu bringen und mich von Roman anfassen zu lassen, während Kylo zusah?

Meine Brustwarzen verhärteten sich gegen meinen Push-up-BH.

Roman beugte sich näher zu mir, seine Lippen auf meinem Ohr. „Zieh ihn aus."

„Was ausziehen?", flüsterte ich und lenkte meine Aufmerksamkeit endlich auf ihn. Hitze kroch mir in den Nacken und meine

Wangen brannten vor Verlegenheit und Vergnügen gleichermaßen. „Du hast bereits meine Unterwäsche zerrissen."

„Zieh deinen BH aus."

Ich schüttelte den Kopf. „Nein."

„Du weißt, wenn du es nicht tust, werde ich es tun", drohte Roman.

Kylo kicherte über seinem Weinglas vor sich hin, seine Augen hatten eine gefährlich goldene Farbe. Ich schloss meinen Mund und fummelte an dem Verschluss des verdammten BHs herum. *Warum zum Teufel tat ich das schon wieder?* Bei diesem Mittagessen sollte es darum gehen, unsere Differenzen auszudiskutieren, nicht darum, sich mitten in einem schicken Restaurant auszuziehen.

Nachdem ich den BH ausgezogen hatte, legte Roman ihn über die riesige Ausbeulung in seiner Hose. „Bist du jetzt entspannt?"

„Nein!", flüsterte ich ihm zu. „Ich bin nicht entspannt! Meine Unterwäsche ist zerrissen. Ich habe meinen BH nicht mehr an. Du gibst mir diesen Ich werde dich ficken-Blick. Und ich bin …"

„Feucht", unterbrach Kylo und sah Roman an. „Sie ist feucht, nicht wahr?"

Meine Wangen erröteten und ich knurrte: „Nein, bin ich nicht."

Roman umfasste mein Kinn, seine Finger schoben sich immer noch in mich hinein und wieder heraus. „Doch bist du", sagte er.

Meine Brüste stießen gegen die Tischkante und ich stöhnte leise vor mich hin. Eine Hitzewelle durchströmte meinen Körper und wärmte mich.

Roman neigte seinen Kopf zur Seite. „Warum bist du feucht? Das soll doch eine Bestrafung für dich sein."

Er pumpte seine Finger schneller in mich hinein und ich presste meine Lippen zusammen.

„Ich habe dich etwas gefragt, meine liebe Isabella."

Gerade als ich antworten wollte, näherte sich ein Mann – mein Retter – in einem weißen Hemd, einer schwarzen Hose und einem Namensschild mit der Aufschrift *James* unserem Tisch. „Willkommen im The Cave. Mein Name ist Jimmy. Was kann ich Ihnen heute bringen?"

„Isabella, warum bestellst du nicht zuerst?", fragte Kylo.

Ich öffnete meine Lippen und presste sie dann etwa zwanzigmal wieder zusammen. Roman schob seine Finger weiter in mich hinein und traf dabei fast jedes Mal meinen G-Punkt. Ich berührte wieder den kühlen Tisch mit meinen Brustwarzen, die sich durch mein schwarzes Seidenkleid abzeichneten.

„Was hättest du gerne?", fragte Roman erneut und bewegte seine Finger schneller.

Mit zusammengezogenen Brauen umklammerte ich die Speisekarte fester. „Ich nehme ... das ..." Ich schluckte schwer, unfähig, mich auf irgendetwas von der Auswahl zu konzentrieren. Warum waren wir überhaupt schon wieder hier? Was machten wir in einem schönen Restaurant, alle zusammen? Damit wir reden konnten? Damit wir ...

Roman strich mit seinem Daumen über meinen Kitzler und rieb ihn in schnellen, groben Kreisen.

„Wir warten, Prinzessin", sagte Kylo und trommelte mit den Fingern gegen sein Weinglas.

„Pasta", platzte ich heraus und drückte meine Brüste gegen den Tisch. Ich zupfte sanft an meinen Brustwarzen darunter und biss mir auf die Lippe angesichts der intensiven Lust, die durch meinen Körper schoss. „Welche Sorte auch immer Sie haben. Ist mir egal."

Nachdem der Kellner Romans und Kylos Bestellungen aufgenommen hatte, ließ er mich mit den beiden teuflischen Alphas allein, die mich anstarrten, als ob sie vor Hunger vergingen und ich ihre nächste schmackhafte Mahlzeit wäre.

„Du gehörst mir, Isabella", sagte Roman durch die Gedankenverbindung. *„Jeder einzelne Teil deines Körpers gehört mir."*

Er schnellte mit den Fingern hin und her und ich hielt mich an der Tischkante fest, unfähig, an etwas anderes zu denken als an den Druck, der sich in meinem Bauch aufbaute.

Ich schaute zu Kylo hinüber und runzelte die Stirn. Er stellte sein Weinglas ab und schob seine Hand ebenfalls unter den Tisch, wahrscheinlich streichelte er seinen Schwanz durch seine Hose. So wie er es getan hatte, als er mir beim Treffen der Alphas dabei zusah, wie ich Romans Schwanz in den Hals nahm.

Roman legte seinen Arm um meine Schultern, zog mich näher heran und legte eine Hand auf meinen Mund, in die ich laut stöhnte. Er zwang mich, ihn direkt anzustarren, während meine Muschi immer wieder um seine Finger pulsierte, bis ich kam.

Als ich von meinem Orgasmus herunterkam und mich in seinen Armen entspannte, nahm er seine Finger aus mir heraus und presste sie an meine Lippen, wobei sein Arm um meine Schultern mich festhielt. Er schob seine Finger in meinen Mund und ich saugte verzweifelt daran.

„Jeder Teil von dir gehört mir", sagte er durch die Gedankenverbindung.

Nachdem ich genickt hatte, atmete ich tief durch, strich mein Kleid glatt und setzte mich aufrecht hin.

Roman lehnte sich dicht an mich heran, seine Lippen berührten mein Ohr und seine Hand lag wieder auf meinem Oberschenkel. „Wenn du mir das nächste Mal vor Kylo nicht gehorchst, wirst du auf den Knien liegen."

Meine Muschi krampfte sich bei dem bloßen Gedanken zusammen, dass ich Roman nicht gehorchte und Kylo dabei zusah, wie er mich *wirklich* mit seinem harten und pochenden Schwanz bestrafte. Ich nippte an meinem Wasser, räusperte mich und versuchte, meine geröteten Wangen zu kühlen.

Ich war gerade mitten im Restaurant durch Romans Finger gekommen, während Kylo zusah.

„Also", ich blickte zwischen Roman und Kylo hin und her, „was ist letzte Nacht passiert?"

„Wie ich schon sagte, Prinzessin, nichts, was du wissen müsstest."

„Aber ... ihr seid ... zivilisiert ..."

Roman nickte. „Das sind wir."

Ich saugte an meiner Unterlippe. „Aber normalerweise wollt ihr euch gegenseitig die Kehle aufschlitzen."

Der Kellner Jimmy kam an den Tisch und jonglierte mit all

unseren Mahlzeiten. „Kann ich noch etwas für Sie tun?", fragte er und stellte die Teller vor uns ab.

Als er unser Schweigen als Nein verstand, lächelte er und ging zu einem anderen Tisch.

Ich drehte mich wieder zu den Alphas um und hob eine Augenbraue. „Hmm? Was ist daraus geworden, euch gegenseitig zu töten??"

„Wir haben nur geredet", sagte Kylo.

„Über mich?", fragte ich, unsicher darüber, was ich von dieser ganzen Sache hielt. Mein Herz gehörte Roman, aber die Seele meiner Wölfin gehörte seit Tausenden von Jahren Kylo.

„Du denkst immer, du bist das Gesprächsthema, Prinzessin." Kylo schüttelte den Kopf, grinste und beugte sich vor. „Weißt du, wir haben über dich geredet." Er sah zu Roman hinüber, der seine vollen Lippen schürzte. „Willst du ihr sagen, dass wir darüber gesprochen haben, wie unterwürfig sie im Bett ist?"

Roman sagte nichts, starrte mich nur neugierig an, als würde er sich fragen, wie ich auf Kylos Bemerkung reagieren würde.

„Du hast ihm gesagt, dass ich unterwürfig bin?", fragte ich mit gerunzelter Stirn.

„Ich habe ihm gesagt, dass du eine freche Göre bist", korrigierte Roman.

„Und ich habe Roman gesagt, dass du eine Frau zu sein scheinst, die gerne die Kontrolle übernimmt, Isabella." Kylo legte den Kopf schief und nippte wieder an seinem Wein. „Nicht immer immerzu kontrolliert werden will."

Wäre dies eine völlig andere Situation, würde ich mit der fiesesten, frechsten Bemerkung kontern, um zu sehen, ob er den Köder schluckt, um mich zu bestrafen … aber wir waren beim Mittagessen und mein Partner saß neben mir. Und ich genoss dieses Gespräch ein wenig zu sehr.

Kylo schnitt sein Steak auf, stach es mit der Gabel an und fragte: „Hattest du jemals die Kontrolle?"

Mein Herz pochte. Von Verwirrung geplagt, starrte ich zwischen ihnen hin und her und schüttelte den Kopf. Was zum

Teufel war mit ihnen los? Hatten sie gestern Abend, nachdem ich sie verlassen hatte, tatsächlich *so* über mich gesprochen? Und warum schaute mich Roman an, als ob es ihm nichts ausmachte, wenn Kylo so mit mir sprach? Warum wanderte seine Hand wieder meinen Oberschenkel hinauf und machte es mir schwer zu atmen?

Kylo starrte mich mit seinen schönen braunen Augen an, in denen sich goldene Flecken abzeichneten. Er stieß unter dem Tisch mit seinem Fuß gegen meinen. „Willst du die Kontrolle übernehmen?", fragte er erneut.

Ich presste meine Knie zusammen. *Verdammt noch mal, Isabella. Komm mal runter.*

Roman drückte meinen Oberschenkel und starrte mich hart an, seine Finger wanderten an der Innenseite meines Oberschenkels hinauf zu meiner noch feuchten Muschi. Er schob zwei Finger in mich hinein und ließ meine Muschi sich um sie herum zusammenziehen. „Entspann dich", sagte er zu mir und nickte dann Kylo zu. „Frag sie noch einmal."

Hitze breitete sich in meinen Bauch aus, als er einen dritten Finger in mich gleiten ließ.

„Isabella, willst du die Kontrolle übernehmen?", fragte Kylo.

Roman sah an mir runter, die Lippen zu einem Grinsen verzogen. „Oder gefällt dir der Gedanke, von deinen beiden Partnern dominiert zu werden?"

Er drehte seine Finger sanft in mir und ich verlor fast den Verstand. Meine Muschi pulsierte immer und immer wieder auf ihm. Ekstase schoss durch meinen Körper. Alles verlangsamte sich.

Ich umklammerte sein Handgelenk, mein Körper zitterte sichtlich und ich presste mein Gesicht an seine Schulter. Eine Lustwelle nach der anderen ließ meinen Körper kribbeln. Ich lehnte mich im Stuhl zurück und wartete darauf, dass mein Orgasmus aufhörte, aber das tat er minutenlang nicht.

Der Gedanke, mit meinen beiden Partnern gleichzeitig im Bett zu sein, kam mir vor wie die Sünde selbst.

26
roman

WÄHREND MEINE FINGER noch in ihr steckten, zitterte Isabella zwei ganze Minuten lang. Die Ekstase hatte sie überrollt, sobald die Worte meinen Mund verlassen hatten. Ich hätte nur die Andeutung hassen sollen, dass ich mich eines Tages alphamäßig genug fühlen könnte, um Isabella mit Kylo zu teilen. Aber sie hatte eine so starke, rohe Reaktion darauf, dass es mich verdammt hart werden ließ.

Ich wollte, dass sie wieder so kommt. Ich wollte, dass sie nie aufhörte, sich so gut zu fühlen.

Wir hatten zusammen enorm viel Schmerz durchgemacht und ich wollte ihr einfach nur das Gefühl geben, dass ihr die ganze Welt und jeder darin gehörte. Sie hatte nicht noch mehr Schmerz verdient und ich durfte nicht mehr die Ursache sein.

Als sie mein Handgelenk ergriff und meine Finger aus ihr herauszog, steckte ich sie in meinen Mund und saugte genüsslich daran, um ihre süßen Säfte zu schmecken. Kylo schloss den Mund, er schob seine Hand unter den Tisch und beobachtete, wie gut sich meine Partnerin fühlte.

Ich stöhnte und leckte den Rest von meinen Fingern. Es gefiel mir, wie es ihn anmachte, mich beim Befriedigen meiner Partnerin zu beobachten. Der unsichere Teil von mir wünschte sich, dass es falsch war, wünschte sich, dass ich wütend war und dass sie Kylo nicht wirklich mochte. Aber die Mondgöttin hatte uns zu Partnern gemacht, weil wir gemeinsam stark sein konnten und ich war Isabella jetzt, da die Welt dem Verfall preisgegeben war, noch mehr zugetan.

Und Kylo war ihr auch verpflichtet. Sie waren seit über siebentausend Jahren miteinander verbunden.

Gerade realisierte sie, was passiert war und riss die Augen auf. „Roman, ich wollte nicht wegen dem kommen, was du gesagt hast … ich … ich …", begann sie und schüttelte den Kopf.

Über unsere persönliche Gedankenverbindung hörte ich all ihre wirren Gedanken, ihre Sorge darüber, dass es falsch war, ihren Kummer darüber, dass sie dachte, ich würde wütend sein und ihren Kummer darüber, was sie für Kylo empfand.

„Es ist okay", sagte ich durch die Gedankenverbindung.

Sie starrte auf den Tisch, so unterwürfig wie ich sie noch nie gesehen hatte. „Nein, ist es nicht."

„Isabella, sieh mich an." Ich drehte ihren Kopf zu mir und brachte sie dazu, mich mit diesen großen, unschuldigen Augen anzusehen, in die ich mich schon so oft verliebt hatte. „Zu wem gehörst du?"

Sie knabberte an der Innenseite ihrer Wange und schaute zu Kylo, dann wieder zu mir. „Ich gehöre zu dir."

„Wenn ich sage, dass etwas für mich in Ordnung ist, dann ist es auch in Ordnung".

Sie zögerte zwar immer noch, aber schließlich nickte sie und griff nach ihrer Gabel. „Okay", flüsterte sie und wir saßen noch ein paar Augenblicke schweigend da, während sich die sexuelle Spannung zwischen uns langsam auflöste.

„Wir müssen etwas gegen Dolus unternehmen", sagte Isabella nach fünf Minuten. „Ich habe angefangen, Menschen für die Lykaner zu rekrutieren." Isabella wischte sich mit einer Serviette die Soße von den Lippen und legte sie auf den Tisch. „Ich hoffe, ihr beide habt darüber gesprochen, was ihr tun wollt."

„Mein Rudel ist bereit", sagte Kylo. „Ich bin bereit, euch auf jede Weise zu helfen, die ihr brauchen könnt."

„Du weißt, dass unser Rudel immer bereit ist, dir zu folgen", sagte ich.

Isabella nickte knapp. „Raj hat mir erzählt, dass Jane Albträume hat und ihn durch ihre Schreie aufweckt. Sie erinnert sich nicht an die Albträume, wenn sie aufwacht", sagte sie und nippte an ihrem Wein.

Ich presste die Lippen zusammen und runzelte die Stirn. „Jane hat Albträume? Warum habe ich davon nichts gewusst?"

Jane war die einzige unmittelbare Familienangehörige, die ich noch hatte und ich musste sie beschützen. Wenn sie Albträume hatte – anders als die, die ich von Mamas Tod hatte – dann war sie wahrscheinlich anfälliger für die Verderbnis, als ich ursprünglich gedacht hatte.

Nachdem ich Derek getextet hatte, dass er Jane im Auge behalten sollte, steckte ich mein Handy in die Tasche und aß auf. Isabella streifte unter dem Tisch immer wieder ihren Fuß gegen meinen, ihre Finger tanzten über meine Innenschenkel. Sie hatte ihre Knie zusammengepresst dennoch roch ich das Dessert was mich zu hause erwartete.

Als wir das Restaurant verließen, schlang Isabella ihre Arme um Kylo und zog ihn in eine feste Umarmung – ihre runden Brüste drückten gegen seinen Oberkörper, ihr trotziger Blick war auf mich gerichtet und ein freches Grinsen auf ihr Gesicht geklebt.

„Bye, *Babe*", sagte sie zu ihm, um mich zu verspotten.

Ihre zwei wahnsinnigen Orgasmen beim Mittagessen waren wohl noch nicht genug. Meine Isabella wollte, dass ich sie hart fickte, wenn wir nach Hause kamen, und ich wollte ihr alles geben, was sie brauchte.

27
isabella

NACH MEINER RÜCKKEHR ins Haupthaus schwang ich meine Hüften beim Hinaufgehen der Treppe hin und her, wobei ich Roman unter mein Kleid schauen ließ. Beim Mittagessen war er durch seine graue Anzughose so unerträglich hart gewesen, sein Schwanz drückte gegen den engen Stoff, sodass ich ihn einfach anstarren musste.

Ich wette, er konnte es kaum erwarten, mich allein zu erwischen.

Als wir oben an der Treppe ankamen, drückte mich Roman gegen die nächstgelegene Wand. „Willst du mir auf die Nerven gehen, Isabella?", fragte er, während seine weichen Lippen über die Markierung an meinem Hals strichen. „Ich habe dir gesagt, dass du das nächste Mal, wenn du mich vor Kylo nicht respektierst, vor ihm auf die Knie gehst."

Ich zog eine Augenbraue hoch und drückte meine Hüften gegen seine, um seinen Steifen an meinem Hintern zu spüren. „Nun, *Roman*, Kylo ist nicht hier." Ich legte eine Hand auf seine Beule und streichelte ihn langsam. „Es gibt nur dich und mich."

Er legte eine Hand um meinen Hals und die andere auf meinen Rücken, zog und schob mich in Richtung unseres Schlafzimmers.

„Ist es das, was du willst?", fragte er, schlug die Tür zu und schob mich in Richtung des offenen Fensters.

Als ich dorthin stolperte, hielt ich mich an der Fensterbank fest – meine Mondblumen funkelten neben Luna Rayas Schlüsselbund. Mein Blick schweifte von den Blütenblättern zum Wald heraus und ich verkrampfte mich. Kylo könnte irgendwo da draußen sein und uns und alles, was jetzt passieren würde, beobachten.

Roman packte mich am Handgelenk, zerrte mich vor den Ganzkörperspiegel in unserem Schlafzimmer und stellte sich hinter mich. Nachdem er mir die Träger meines Kleides heruntergezogen und meine Brüste herausfallen lassen hatte, schob Roman mein Kleid herunter und starrte mich mit seinen teuflisch goldenen Augen durch den Spiegel an.

„Auf die Knie."

Ich spürte, wie sich meine Lippen zu einem Grinsen verzogen. „Nein."

Sein Kiefer zuckte. „Auf die Knie, Isabella, jetzt."

„Zwing mich." Ich kniff meine Augen zusammen. „Das schaffst du nicht."

Er packte mich an den Haaren und zog mich zu sich heran. „Oh, das werde ich, Isabella", stichelte er, während er eine meiner Titten schlug. Meine Brust kribbelte und färbte sich leicht rosa. Er knurrte mir ins Ohr, seine Eckzähne streiften meinen Nacken: „Du wirst jedem meiner verdammten Befehle gehorchen. Hast du mich verstanden?"

„Nein, werde ich nicht."

Nachdem er ein weiteres bösartiges Raubtierknurren ausgestoßen hatte, griff er um meinen Oberkörper herum und klemmte meine beiden Brustwarzen fest zwischen seine Finger. Ich verkrampfte mich, die Hitze strahlte in meinen Körper aus, ich umklammerte seine Handgelenke, der Schmerz schoss durch mich hindurch. Ich hielt so lange durch, wie ich konnte, der Schmerz wurde fast unerträglich, aber es machte meine Muschi so verdammt feucht für ihn.

„Gut", sagte ich, „ich werde dir gehorchen."

„Dafür ist es zu spät. Du hast deine Wahl bereits getroffen."

Er drückte meine Nippel fester und zog sie unsanft zu Boden. Ich stolperte auf die Knie, mein Gesicht direkt vor seiner Beule und starrte zu ihm hoch. Als er sie endlich losließ, wimmerte ich, fasste mir an die Brüste und rieb sie sanft, denn sie taten schon weh.

Mit einer Hand zog Roman sein Hemd über den Kopf und enthüllte seinen durchtrainierten Unterleib. Langsam schaute ich an seinem Oberkörper hinauf und bewunderte, wie muskulös und durchtrainiert sein Körper vom jahrelangen Training, Laufen und Kämpfen für sein Rudel war.

„Zieh meine Hose aus."

Ich fuhr mit meinen Fingern die Adern entlang, die von seinem Bauch zu seiner Gürtelschnalle führten und zog dann seine Hose herunter, sodass sein harter Schwanz heraussprang und mich fast direkt ins Gesicht traf. Ich nahm ihn in die Hand, atmete tief ein und erschauderte bei dem Geruch von zwei holzigen Düften.

Roman packte mich an der Kehle. „Ich habe dir nicht gesagt, dass du ihn anfassen darfst."

„Ist mir eg…"

Er schob seinen Schwanz in meinen Mund und tief in meine Kehle. „Ist es dir jetzt egal, Isabella?", fragte er herrisch.

Ich öffnete meinen Mund weiter, um zu antworten, aber es kam nur ein gurgelndes Würgen heraus.

„Was war das?"

Alles, was ich wollte, war, dass er in mich eindrang, mich nach Belieben benutzte und Kylo zeigte, wer mein Alpha wirklich war.

Nachdem er mir erneut in die Nippel gekniffen hatte, sagte er: „Nicht hocken."

Als ich mich kniend aufrichtete, den Mund immer noch vollgestopft, löste er seinen Griff um meine Brustwarzen und massierte meine Brüste. „Wirst du ein braves Mädchen für mich sein?", fragte er.

Ich stieß ein weiteres feuchtes Würgen aus und sah in das grinsende Gesicht meines Partners.

Er griff mit einer Hand in mein Haar und zwang mich, in den Spiegel zu schauen. „Sieh dich an", befahl er. Spucke lief an meinem Kinn hinunter, die Augen füllten sich mit Tränen, die Wangen waren tiefrot und ich würgte, als er mit zwei Fingern über die riesige Ausbuchtung in meinem Hals strich. „Sieh dir meinen Schwanz an, ganz tief in deinem Hals."

Als ich mit tränenverschleierten Augen zu ihm aufblickte und mit weit geöffnetem Mund versuchte zu atmen, zwang er mich, mich wieder dem Spiegel zuzuwenden. „Jetzt fass dich an. Steck dir zwei Finger in deine Muschi und fick sie so, wie du willst, dass ich dich ficke."

Ich sabberte aus meinem Mund, fuhr mit zwei Fingern an meinem Schlitz entlang und schob sie mit Leichtigkeit in mein feuchtes Loch. Meine Muschi krampfte sich sofort um sie, als hätte sie seit dem Mittagessen darauf gewartet, wieder gefüllt zu werden. Durch die Reflexion des Spiegels sah ich, wie ich meine Finger langsam rein- und rausschob, bis ich den Druck nicht mehr aushalten konnte. Ich stieß sie wild in mich hinein, während meine Säfte auf den Boden unseres Schlafzimmers tropften.

Als ich für einen kurzen Moment die Augen schloss, griff Roman fester in mein Haar. „Ich habe dir gesagt, du sollst dich ansehen", sagte er.

Ich blickte wieder in den Spiegel und stellte fest, dass ich völlig ruiniert aussah.

Roman knurrte leise und starrte mich aufmerksam an: „Ich möchte, dass du genau siehst, wie du für Kylo ausgesehen hast, als ich dir beim Alphatreffen meinen Schwanz in den Hals gesteckt habe."

Meine Augen weiteten sich, doch ich hörte nicht auf, meine Finger in mich hineinzustoßen. Stattdessen stieß ich sie schneller, härter und verzweifelter. Roman hatte gewusst, dass Kylo die ganze Zeit zugesehen hatte? Er hatte mich mit Gewalt vor ihm auf die Knie gezwungen, um seine Dominanz und meine Unterlegenheit zu demonstrieren.

„Dachtest du, ich wüsste das nicht?", fragte er, legte den Kopf schief und sah spöttisch auf mich herab. „Ich habe dich auf die Knie gezwungen und dir meinen Schwanz in den Hals geschoben", er schob sich weiter in meinen Hals, „nicht, weil ich wollte, dass er weiß, dass du mir gehörst, sondern weil ich wollte, dass du es weißt."

Noch mehr Spucke tropfte an meinem Kinn herunter und ich ertappte mich dabei, wie ich bereitwillig meinen Kopf hin und her wippte und an ihm würgte, bis ich kaum noch atmen konnte. Gott, das fühlte sich so viel besser an, als ich es mir vorgestellt hatte.

„Jeder kann davon träumen, sich in deinen hübschen kleinen Mund zu schieben", er betastete meine Brüste, „oder zwischen diese schönen Titten", sein Blick wanderte zwischen meine Beine zu meiner glitzernden Muschi, „oder in deine enge Muschi … aber nur ich kann es tun."

Er ergriff meine freie Hand und legte sie um meine eigene Kehle. „Drück zu", befahl er.

Ich umschloss seinen Schwanz in mir fester – damit er spüren konnte, wie eng ich für ihn war – und ließ zu, dass er mich hart ins Gesicht fickte, wobei sich seine Hände in meinem Haar vergruben und seine Hüften gegen meine Lippen stießen.

Als ich meine Finger hart in mich hineinstieß, traf meine Handfläche jedes Mal meinen Kitzler. Ich starrte hinauf in seine goldenen Augen und ließ mich von meinem Alpha dominieren. Wie er wollte, wo er wollte, wann immer er wollte, ich würde mich von ihm nehmen lassen.

Ich gehörte ihm.

Als seine Stöße zu stark wurden, grub ich meine Krallen in seine Oberschenkel. Er zog sich fast sofort aus mir zurück, zerrte mich auf die Beine, befahl mir, meine Hände auf den Spiegel zu legen und stieß von hinten in mich hinein.

„Roman!" Ich schrie, als er mich ausfüllte.

Er machte sich nicht die Mühe, anzuhalten oder langsamer zu werden, sondern krallte seine Finger in meine Hüften. Das braune Haar fiel ihm in die Stirn, der Schweiß tropfte ihm über die muskulöse Brust, die Eckzähne entblößten sich vor meinem Spiegelbild und er stieß ein wildes Knurren aus. Meine Muschi zog sich um seinen Schwanz zusammen und ich schaute aus dem Fenster.

Direkt vor unserem Schlafzimmerfenster stand Kylo als großer brauner Wolf und sah zu, wie mein Partner meine klatschnasse Muschi zerstörte. Zwei goldene Augen leuchteten in der Dunkelheit des Waldes, so wie sie es in den letzten siebentausend Jahren getan haben mussten.

Ich krallte meine Finger in den hölzernen Spiegelrahmen. „Fester, Roman."

Roman schaute aus dem Fenster, hob eines meiner Beine in die Luft, um Kylo zu zeigen, wie er seinen Schwanz in meine nasse, blanke Muschi rammte, und rieb dann heftig meinen Kitzler. Ich klammerte mich fester an den Spiegel.

„Bitte, komm in mir", flehte ich. „Bitte, ich brauche es."

„Ich bin noch nicht fertig mit dir. Ich werde diese Muschi ficken, bis ich bereit bin zu kommen. Das verstehst du doch, oder, Isabella?", fragte er.

Ich wimmerte, nickte aber.

Er griff wieder nach einer Handvoll meiner Haare. „Du antwortest mit ‚*Ja, Alpha*'".

„Ja, Alpha", sagte ich mit einem rasselnden Atemzug. Während er mich weiter fickte und seine Finger sich schneller um meinen Kitzler bewegten, starrte ich aus dem Fenster, weil ich den Druck nicht mehr aushalten konnte. „Willst du nicht vor Kylo einfordern, was dir gehört?", fragte ich. „Willst du nicht in mir kommen und ihn dabei zusehen lassen, damit er weiß, wem ich gehöre?"

Roman stöhnte in mein Ohr, sein ganzer Körper erbebte hinter mir und verlangsamte seine Stöße. „Isabella, du stellst mich auf die Probe."

„Er soll zusehen, wie du mich mit deinem ganzen Sperma füllst."

„Isabella."

„Willst du, dass ich deinen Namen schreie, wenn du es tust?"

Er umfasste meine Hüften und stieß ein letztes Mal hart und

tief in mich hinein. Ich hielt mich am Spiegel fest, beobachtete, wie er fast instinktiv seine Lippen öffnete, als er kam, und stöhnte auf, als eine Lustwelle nach der anderen mich durchflutete.

Unsere rasselnden und röchelnden Atemzüge erfüllten die Luft. Roman zog sich aus mir zurück, nahm mich hoch und legte mich auf dem Bett auf seine Brust. Ich legte meinen Kopf direkt über Romans Herz und zeichnete Muster auf seinen Bauch, um mein rasendes Herz zu beruhigen.

„Geht es dir gut?", fragte Roman nach ein paar ruhigen Momenten und rieb mir sanft den Hals. „Ich habe dir doch nicht wehgetan, oder?"

Meine Lippen verzogen sich zu einem Lächeln. „Nein", sagte ich leise. „Du hast mir nicht wehgetan."

Er legte einen Arm um meine Schultern, zog mich zu sich heran und küsste meine Nase. „Warum bist du dann so still? Du hast immer etwas zu sagen mit deinem frechen Mundwerk."

Ich strich ihm eine Haarsträhne aus der Stirn und mein Magen zog sich zusammen. „Ist es dir recht, dass Kylo zusieht?", fragte ich. Sicher, ich wusste, dass er darauf stand, dass Leute uns beim Sex zusahen, aber ich hätte nicht gedacht, dass er jemals wollen würde, dass Kylo bei dem Spaß mitmachte.

„Gefällt es dir nicht?", fragte er und zog sich leicht zurück, um mich anzuschauen. „Ich dachte, es würde dir gefallen."

„Oh nein, ich habe es geliebt! Ich … es ist Kylo", sagte ich und flüsterte die letzten Worte.

Nach einem zögerlichen Atemzug schenkte Roman mir ein halbes Lächeln. „Du weißt, dass Kylo und ich das schon mal gemacht haben, als wir jünger waren. Wir haben gestern Abend über Scarlett, meine Mutter und dich gesprochen …"

„Du hast mir nie erzählt, dass Kylos Vater das mit deiner Mutter gemacht hat …"

Er fuhr sich mit der Hand über das Gesicht, setzte sich auf, lehnte sich gegen das Kopfteil und starrte hinaus in den nun trostlosen Wald. „Er hat es getan und ich habe Kylo die Schuld dafür gegeben, ihm die Partnerin weggenommen und dafür gesorgt, dass er sich wie Scheiße fühlt. Ich hätte es nicht tun sollen, aber ich hatte zu der Zeit niemanden an meiner Seite. Jane war immer bei Vanessa und ich musste meinen Mann stehen, das Rudel anführen, bevor die Gesetzlosen uns alle umbrachten. Ich war dumm und habe einen Band gebrochen, der niemals ersetzt werden kann. Ich habe mich nie entschuldigt oder überhaupt mit ihm gesprochen, bis gestern. Hör zu, ich werde nicht lügen und sagen, dass ich mit dieser ganzen Sache zwischen dir und ihm einverstanden bin – denn das bin ich noch nicht. Aber ich habe ihm die Chance auf seine erste Partnerin genommen und du und deine Wölfin bedeuten mir so viel. Ich möchte, dass ihr beide glücklich seid."

Ich presste meine Lippen aufeinander und spürte, wie sich die Wärme in meinem Körper ausbreitete.

Das Mondlicht flutete durch das Fenster und spiegelte sich in Romans goldenen Augen wider. „Aber", begann er und nahm mein Kinn, „solltest du jemals Kylos Namen stöhnen, wenn du mit mir zusammen bist, so wie du es mit Cayden getan hast, werde ich dich in dieses Schlafzimmer sperren, dich ficken, bis du meine Welpen trägst und ihn töten."

Ich wusste zwar, dass Roman es todernst meinte, aber alles, woran ich denken konnte, war: „Welpen?"

„Welpen", wiederholte er diesmal leiser. Das Wort hörte sich so befriedigend an, wenn es aus seinem Mund kam. Er verschränkte unsere Finger und zog unsere Hände an seine Brust. „Ich will Welpen. Willst du?"

Welpen! Meine Wölfin schnurrte. *Partner will Welpen!*

Es war das erste Mal seit der Begegnung mit Kylo, dass meine Wölfin sich entschloss, über Roman zu sprechen.

Wir wollen Welpen!

Will ich Welpen haben?, fragte ich mich.

In den letzten Wochen war ich zu sehr in die Angelegenheiten der Lykaner vertieft gewesen, um überhaupt an unsere Zukunft zu denken. Und das war ein Fehler, denn angesichts des bevorstehenden Krieges wusste ich nicht, wie lange wir noch zusammen sein würden. Nichts in dieser Welt war sicher.

Schmetterlinge stiegen in meinem Bauch auf. Ich sprang ihm in die Arme. „Ich will ein ganzes Rudel davon."

Ich konnte mir nur vorstellen, wie Roman über das Grundstück rannte, die Kinder durch den Wald jagte, sie über seine Schulter warf und mich anschaute, wenn sie in seinen Armen einschliefen.

Aber wo würde Kylo hineinpassen? Wie würde er hineinpassen? Würde er überhaupt in meine Zukunft passen?

Roman drückte mich fest an sich. „Ich verspreche, dich und unsere Welpen immer zu beschützen. Was auch immer für Schwierigkeiten auf uns zukommen, Isabella", er hob mein Kinn gerade so weit an, dass ich ihm in die Augen sehen konnte, „Ich werde dich mit meinem Leben beschützen."

Ich vergrub meinen Kopf in seiner Brust und hielt mich an ihm fest, denn vielleicht brauchte nicht ich den Schutz vor der Verderbnis, die sich uns in den Weg stellte, sondern er brauchte ihn.

28
isabella

ROMAN SPANNTE SICH AN, setzte sich sofort in unserem Bett auf und riss uns die grauen Decken vom Leib. „Scheiße, ich wollte heute nach Jane sehen." Er zerrte an seinem grünen Hemd, das seine haselnussbraunen Augen betonte.

Ich setzte mich geistesabwesend ebenfalls auf und zog mir mein Kleid über den Kopf. „Ich kann mich mit Raj in Gedanken verbinden, wenn du das willst", sagte ich und strich mit den Fingern die Knoten in meinem Haar aus.

Das Mondlicht fiel durch das Fenster herein und ließ die Blütenblätter der Mondblumen leuchten. Ich strich mit den Fingern über ihre weichen Ränder und starrte hinaus in den unheimlichen Wald. Obwohl einige Wölfe heulten und durch den Wald rannten, schien alles ein wenig zu ruhig da draußen.

„Es ist spät", sagte ich zu ihm. „Sie und Raj schlafen wahrscheinlich schon."

„Trotzdem muss ich sichergehen, dass es ihr gut geht. Ich sehe jeden Tag nach ihr."

„Ich dachte, du hättest beim Mittagessen gesagt, dass du Derek beauftragt hast, nach ihr zu sehen, nachdem du von Dolus erfahren hast?", fragte ich und folgte ihm zur Tür. „Würde er nicht eine Gedankenverbindung zu dir herstellen, wenn etwas nicht stimmen würde?" Als er aus dem Zimmer ging, folgte ich ihm. „Schon gut. Lass uns einfach gehen."

Als er sich umdrehte, griff er nach meiner Hand und hielt inne. Anstatt mir zu sagen, ich solle hierbleiben und dass er alles unter Kontrolle habe, wie so oft, lächelte er. „Danke."

Meine Brust zog sich zusammen, Schmetterlinge flatterten in meinem Bauch herum. Was auch immer in den vergangenen Tagen passiert war, als ich gegangen war und Roman und Kylo miteinander gesprochen hatten, musste Roman wirklich verändert haben. Anstatt wütend zu werden und mir zu sagen, was ich tun soll, redete Roman jetzt tatsächlich mit mir.

Ich war nicht mehr nur eine Belastung für ihn. Ich war seine Luna.

Nachdem wir uns in unsere Wölfe verwandelt hatten, liefen wir zu Janes Haus, um festzustellen, dass alle Lichter im Obergeschoss brannten und Rajs Auto nicht vor dem Haus stand, wie es normalerweise um diese Zeit der Fall war. Vielleicht war Raj immer noch dabei, Naomi bei den Lykanern einzuquartieren … aber ich hatte ihn schon vor Stunden dort zurückgelassen. Er hätte längst zu Hause sein müssen.

Roman reckte seine Nase in die Luft und schnupperte. „Derek ist nicht hier. Ich habe ihm gesagt, er soll auf sie aufpassen, wenn Raj nicht da ist." Er klopfte an die Haustür.

Niemand antwortete.

Als er mit der Faust stärker klopfte, riss Jane ein Fenster im Obergeschoss auf. „Was zum Teufel?"

Wir traten von der Tür weg und schauten zum Fenster hinauf.

„Mach die Tür auf, Jane", sagte Roman.

Sie zog ihren kastanienbraunen Seidenmantel fester um ihren Körper. „Was willst du? Es ist fast Mitternacht und ich war kurz davor einzuschlafen."

„Ich muss dich sehen", sagte Roman.

„Und wo ist Raj?", fügte ich hinzu.

Nachdem sie die Augen verdreht hatte, schlug sie das Fenster zu und erschien wenige Augenblicke später an der Haustür. Ich folgte Roman ins Haus und schaute mich nach allem um, was fehl am Platze zu sein schien. Raj verschwand nicht einfach und Derek befolgte immer seine Befehle.

„Ist Derek vorbeigekommen?", fragte Roman Jane, wobei sein Blick den Raum durchwanderte und dann auf der Treppe verweilte. Er wusste, dass Derek nicht hier war. Es war fast offensichtlich, denn das Haus roch nur nach Parfüm und Janes Duft.

Jane zeigte auf die Treppe. Ich eilte an ihr vorbei, mein Herz raste bei dem Gedanken, dass Derek möglicherweise weg war, und stieß jede Tür im zweiten Stock auf, um ein Zeichen von ihm zu finden. Doch da war nichts, außer einer Tasche mit Dereks Kleidung und ein paar seiner Tagebücher, die auf dem Bett verstreut lagen, als wären sie durchsucht worden.

Typisch Derek, alles durcheinanderzubringen, aber ... irgendetwas schien trotzdem nicht zu stimmen.

Derek hat immer Befehle befolgt. Er würde nicht einfach gehen, ohne es Roman *oder* Jane zu sagen.

„Derek", sagte ich durch die Gedankenverbindung. Doch ich erhielt keine Antwort.

Unbehagen machte sich in meiner Magengrube breit. Derek konnte nicht weg sein. Er war nur ausgegangen. Er musste ausgegangen sein. Vielleicht war er beim Laufen im Wald oder zu Hause, um Unterwäsche oder etwas anderes zu holen, das er vergessen hatte.

Als ich wieder die Treppe hinunterlief, sah Jane Roman mit verschränkten Armen finster an. „Kannst du dich einmal nicht in mein Leben einmischen?", fauchte sie ihn an. „Ich habe keine Albträume. Du musst dir keine Sorgen um mich machen. Das ist die Aufgabe meines Partners."

Bevor Roman etwas Bissiges erwidern konnte, legte ich meine Hand auf seinen Unterarm. „Wo ist Derek?", fragte ich sie und dachte nur an das Schlimmste. Was, wenn Dolus ihn mitgenommen oder bereits verdorben hatte? Vanessa hatte gesagt, dass er sich seltsam verhielt.

„Er ist oben", sagte Jane und wanderte mit dem Daumen in Richtung Treppe zurück. „Ich habe ihm vor einer halben Stunde gesagt, dass ich ins Bett gehe. Er hat geantwortet, dass er nirgendwo hingeht, weil jemand", sie blickte Roman an, „ihm gesagt hat, dass ich beobachtet werden muss."

Meine Krallen gruben sich in Romans Haut und ich schüttelte den Kopf, um sie nicht bösartig anzuknurren. „Nun, er ist nicht hier", sagte ich mit zusammengebissenen Zähnen.

Derek war mein bester Freund und Jane schien sich einen Dreck darum zu scheren, dass er aus ihrem eigenen Haus verschwunden war.

Roman rieb mir sanft die Schulter. *Beruhige dich. Wir werden ihn finden.*

Aber ich konnte mich nicht einfach beruhigen. Er wäre nicht gegangen. Irgendetwas stimmte nicht.

„Er wirkte ein wenig", Jane tippte sich mit dem Zeigefinger auf die Lippen, „seltsam."

„Isabella", sagte Raj plötzlich durch die Gedankenverbindung.

„Wo bist du?", fragte ich verärgert über die Verbindung, *„I…"*

„Wir haben ein Problem", unterbrach er mich.

Ich stürmte von Jane und Roman weg, aus dem Haus und ließ die Tür ziemlich unsanft hinter mir zuschlagen. *„Was zum Teufel meinst du? Derek ist weg, und Jane war allein hier. Wo bist du?"*

Cranberry-Sträucher an der Seite des Hauses raschelten. Ich fuhr meine Krallen aus und machte mich bereit, denjenigen anzugreifen, der sich in ihnen versteckt hatte. Ein Waschbär steckte seinen Kopf aus dem Busch und huschte mit drei Cranberrys in seinen kleinen Pfoten in den Wald.

„Derek war weg, als ich nach Hause kam", sagte Raj durch die Verbindung, schwer atmend, als ob er sprinten würde. *„Ich ging los, um ihn zu suchen, während Jane schlief. Ich nahm seine Fährte auf, die von Romans Grundstück wegführte. Und …"*, er hielt inne, *„… warte mal."*

Die Gedankenverbindung verstummte und ich betete zur Mondgöttin, dass Derek, wohin er auch gegangen war, in Sicherheit war. Aber tief in mir drin wusste ich, dass er es nicht war. Ein zurechnungsfähiger Derek hätte das Grundstück nicht verlassen, ohne es jemandem zu sagen.

„Wir treffen uns im Rudelhaus, Raj", sagte ich durch die Gedankenverbindung. Tränen stiegen mir in die Augen.

Von Angst und Sorge geplagt, rannte ich zurück zum Haupthaus, ohne Roman etwas zu sagen.

Und als ich in seinem Büro ankam, setzte ich mich auf seinen Stuhl und fuhr mir mit den Händen durch die Haare. *„Roman, bleib bei Jane. Ich bin zurück zum Haupthaus gelaufen. Wir treffen uns hier in einer Stunde mit allen Informationen, die du aus Jane über Dereks Verschwinden herausholen kannst."*

Als ich mein Handy einschaltete, um Derek eine Nachricht zu schreiben, stürmte Raj ins Zimmer und schloss die Tür. Raj fuhr sich mit der Hand durch sein dichtes schwarzes Haar und lief hin und her. „Das ergibt keinen Sinn. Ich habe Naomi bei den Lykanern untergebracht und bin nach Hause gekommen, wo ich Jane im Wohnzimmer fand. Sie sagte, dass Derek eingeschlafen sei, aber … irgendetwas stimmte nicht. Ich konnte es einfach spüren. Ich brachte Jane ins Bett, weil ich wollte, dass sie heute Nacht gut schläft, und sah nach Derek." Er hielt für einen langen Moment inne. „Er war nicht da."

Mir drehte sich der Magen um. „Warum hast du mir das nicht gesagt, als du es bemerkt hast?"

Raj rieb sich mit einer Hand über das Gesicht. „Ich dachte, dass er rausging, um sich zu verwandeln oder um zu laufen, also habe ich ihn gesucht."

„Und?"

„Und seine Spur führte mich zur Grenze. Ich sprach mit einigen Wächtern, die mir sagten, sie hätten ihn mit einer Frau weggehen sehen." Er atmete schwer. „Keiner von ihnen hat das Gesicht der Frau gesehen."

Ich schüttelte den Kopf, ging zum Fenster und starrte hinaus in den unendlich großen Wald. „Du weißt, dass Derek nicht einfach gehen und sich Romans Anweisungen widersetzen würde. Roman würde ihn fertig machen, wenn Jane etwas zustoßen würde."

Wenn Derek seine Partnerin in Janes Haus nicht gefunden haben sollte, musste dies das Werk von Dolus sein.

Plötzlich wurde die Bürotür aufgerissen.

Vanessa stürzte herein und warf sich in meine Arme. „Göttin, ich bin so froh, dass du in Sicherheit bist." Sie zog mich fest an ihre Brust und streichelte mir den Rücken. „Es tut mir leid. Roman hat mir erzählt, was passiert ist."

Vor lauter Angst atmete ich tief ein, roch ihren Duft und entspannte mich etwas. „Es ist okay, Vanessa."

„Geht es dir gut?", fragte sie.

„Mir geht es gut", log ich.

Wer zum Teufel war die Frau, mit der Derek zusammen gewesen war? Warum konnte man ihr Gesicht nicht sehen? Wo hatte sie ihn hingebracht? Sie hatte keinen wiedererkennbaren Geruch, also konnte sie nicht zu diesem Rudel gehören oder jemand sein, die Raj schon einmal getroffen hatte.

So viele Szenarien rasten mir durch den Kopf.

Raj lehnte an Romans Schreibtisch und starrte auf den Boden, als ob er tief in Gedanken versunken wäre. „Was willst du tun?", fragte er.

Ich drückte Vanessas Hände fester. Wenn das Dolus war, musste unsere Göttin in Schwierigkeiten und dies der Beginn eines langen, beschwerlichen Krieges sein. Ich hatte nicht gedacht, dass er so schnell hier sein würde. Ich hatte geglaubt, wir hätten noch etwas Zeit – und wenn es nur ein paar Tage wären.

„Wir bereiten uns auf den Krieg vor", sagte ich, richtete meinen Rücken auf, löste meine Hände aus Vanessas Händen und verschränkte meine Arme. „Ich will, dass fünf unserer besten Fährtenleser da draußen nach jeder Spur von Derek und dieser Frau suchen."

„Wir haben Fährtenleser", sagte Vanessa.

„Ich will nur Fährtenleser von den Lykanern. Alles, was von

hier an geschieht, muss von uns überwacht werden. Ich weiß, wie jeder der Krieger in meinem Team handelt. Wenn etwas mit ihnen nicht stimmt, werde ich es bemerken. Verdorbene Krieger, die ich nicht kenne, kann ich nicht im Auge behalten."

Und wenn etwas passieren würde, wäre es meine Schuld.

29
roman

DEREK WAR ISABELLAS BESTER FREUND, einer meiner besten Krieger und meinetwegen verschwunden. Nachdem ich von Dolus erfahren hatte und davon, dass Jane Albträume hatte, an die sie sich nicht erinnern konnte, hatte ich ihn mit Janes ständiger Bewachung beauftragt. Ich hätte nicht gedacht, dass so etwas passieren konnte.

Vor dreißig Minuten hatte Raj mir gesagt, er würde bis zum Morgen auf Jane aufpassen, damit ich arbeiten konnte. Aber alles, was ich jetzt tat, war, panisch in meinem Büro herumzulaufen, während Isabella und Kylo draußen angespannt redeten. Ich fuhr mir mit einer gefühllosen Hand über das Gesicht und schüttelte den Kopf.

Scheiße. Fuck. Fuck. Verdammte Scheiße. Fuck! Fuck! Fuck!

Das durfte nicht passieren. Nicht in meinem Rudel. Nicht so früh.

Als ich Derek das letzte Mal gesehen hatte, war er völlig in Ordnung gewesen. Nichts schien an ihm auszusetzen zu sein.

Als mein Handy in der Tasche summte, zog ich es heraus, ohne die Nummer zu prüfen, und hielt es an mein Ohr. „Hast du etwas gefunden?", fragte ich und hoffte bei der Mondgöttin, dass Cayden etwas gefunden hatte.

Einige Augenblicke lang war es still in der Leitung, nur das gleichmäßige und leise Atmen war zu hören.

„Roman", säuselte Scarlett am anderen Ende der Leitung. „Roman, vermisst du mich?"

Mein Atem ging stoßweise und ich verkrampfte mich. „Scarlett, was hast du getan?"

Sie kicherte. „Ich habe nichts getan."

„Ich spiele keine Spielchen mit dir."

„Das solltest du aber, Roman. Ich weiß, wie gerne du immer mit mir gespielt hast", sagte sie.

Erinnerungen an uns, die ich verzweifelt zu verdrängen versuchte, schossen mir durch den Kopf. Ich habe nicht versucht, sie zu verdrängen, weil sie mir immer noch etwas bedeutete und ich mich um sie sorgte, sondern weil ich mich dafür hasste, mich überhaupt mit ihr eingelassen zu haben.

Ich hasste es, dass ich nicht auf Isabella gewartet hatte, weil mein erstes Mal etwas Besonderes sein sollte.

Ich hasste es, wie Scarlett mich ausgenutzt hatte, während ich verletzt war.

Ich hasste es, dass ich eine Barriere zwischen Kylo und seiner Partnerin geschaffen hatte.

„Was auch immer du tust", sagte ich, „es muss aufhören. Wo ist Derek?"

„Denkst du denn nie an all die Spiele, die wir beide gespielt haben? An all die späten Nächte, in denen wir uns rausgeschlichen und in Kylos Bett gefickt haben?", fragte sie neckisch. Sie verheimlichte etwas und wartete auf den richtigen Moment, um es zu sagen; ich konnte es in ihrer piepsigen Tonlage hören.

Ich knurrte.

Scarlett kicherte durch das Telefon. „Ich habe gehört, dass Kylo jetzt mit deiner Partnerin herumschleicht, so wie wir früher auch. Was ist das für ein Gefühl, wenn man weiß, dass deine Isabella deinen ehemals besten Freund ficken will?"

Draußen vor meinem Fenster strich Kylo Isabella sanft über den Rücken, während sie sich mit einer Hand durch ihr langes braunes Haar fuhr. Mit zusammengezogenen Augenbrauen starrte sie ihn an, mit so viel Schmerz, Herzschmerz und sogar Liebe in ihren Augen.

„Ihre Beziehung geht dich nichts an, Scarlett".

„Es gefällt dir nicht, oder?"

Während Scarlett alles daran setzte, mich zu brechen, würde ich das nicht zulassen. Das würde ich *nie* wieder zulassen. Ich liebte Isabella und wollte nicht, dass sie verletzt würde, wenn sie Derek tot auffände. Ich würde alles tun, um ihn für sie zurückzuholen und sie vor Scarletts Zorn zu schützen.

Scarlett antwortete sich selbst mit einem Lachen. „Das habe ich auch nicht geglaubt. Deshalb rufe ich ja auch an. Ich wollte dir eine Chance geben, dich ihr gegenüber zu beweisen, eine Chance, Derek zu finden und wieder Isabellas Held zu werden, damit sie ihre dreckigen Hände von meinem Kylo lässt."

Ich schlug mit der Faust gegen die Wand und riss ein faustgroßes Loch in die Trockenbauwand neben meinem Bücherregal. „Kylo gehört dir nicht mehr, Scarlett", zischte ich durch die Zähne.

Wenn Scarlett dachte, sie könnte gleich wiederkommen, als wäre nie etwas zwischen uns passiert und Kylo diesmal von Isabella wegreißen, dabei *meine* Isabella verletzen, dann hatte sie sich verdammt noch mal geschnitten.

Außerdem war bei Scarlett nichts so einfach. Ich wette, sie wollte, dass ich wegen Kylo wütend wurde, damit sie mich brechen und kontrollieren konnte. Aber wenn das nötig war, um Derek für Isabella zurückzubekommen, dann würde ich mich auch so verhalten.

Nachdem ich laut geatmet hatte, knurrte ich: „Aber ich hasse diesen verdammten Hurensohn".

Scarlett lachte wieder kehlig. „Ich dachte mir, dass du das sagen würdest. Triff mich heute Abend in Galsop und ich gebe dir alle Informationen, die ich über Derek habe."

Galsop war Stunden entfernt.

„Das werde ich nicht bis zum Sonnenaufgang schaffen", sagte ich. *Und ich würde Isabella allein lassen müssen …*

„Wir sollten uns beeilen", sagte Scarlett und legte den Hörer auf.

Wutentbrannt schleuderte ich mein Handy gegen die Wand. Sie wollte wieder dieses kranke Spiel spielen, so wie sie es vor Jahren getan hatte, aber dieses Mal würde ich es ihr heimzahlen. Diesmal würde ich mich nicht zum Narren machen.

Ich riss die Tür zum Haupthaus auf, nahm Isabellas Hand und gab Kylo ein Zeichen, uns ins Haus zu folgen, damit uns niemand hören konnte. Damit Derek so einfach entführt werden konnte, musste es einen Maulwurf in diesem Rudel geben. Jemand muss Scarlett geholfen haben.

„Was ist los?", fragte Isabella und starrte mich mit großen, angsterfüllten Augen an. „Hast du Derek gefunden? Ist er … ist er tot?"

Ich ergriff ihre Hände und drückte meine Lippen auf ihre Knöchel. „Ich muss mich mit Scarlett treffen."

Sie zog ihre Hände von meinen weg und blickte auf mein Handy, das in Stücken auf dem Boden lag. „Du hast mit Scarlett gesprochen?", flüsterte sie mit brüchiger Stimme.

„Scarlett?", fragte Kylo und starrte mich mit diesem *Ziehst du das ernsthaft in Erwägung* Blick an.

„Sie hat mich angerufen und mir Informationen über Derek gegeben. Sie spielt Spielchen", sagte ich und hoffte, dass sie mir zutrauen würde, die Sache selbst in die Hand zu nehmen. Isabella war stark und klug, aber Scarlett war die Verderbnis in Person. Das war sie schon immer gewesen. „Wenn ich mich mit ihr treffe, kann ich alle Informationen bekommen, die sie über Derek hat."

Isabella zog mich am Handgelenk zu sich heran. „Ich werde mit dir gehen. Ich werde nicht zulassen, dass sie …, dass sie dich beeinflusst." Sie schüttelte den Kopf und blickte auf den abgewetzten Holzboden zwischen uns. „Ich kann dich nicht verlieren."

Ich nahm ihr Gesicht in meine Hände und ließ sie zu mir aufblicken. „Ich liebe dich, Isabella. Und du weißt, dass ich weiß, dass du stark bist, dass du kämpfen und mich sogar beschützen kannst, aber ich muss allein gehen. Wenn du mitkommst, wird sie versuchen, dich zu töten und sie wird mir sicher keine Informationen über Derek geben. Wir würden wieder am Anfang stehen."

„Nein", sagte sie und schüttelte den Kopf. „Ich lasse dich nicht allein gehen."

„Hör mir zu, Isabella. Ich weiß nicht, wie lang ich weg sein werde. Du musst hierbleiben. Du musst dich um die Lykaner kümmern und dich auf einen Krieg vorbereiten. Wenn du mit mir kommst und Dolus hier auftaucht, wirst du es bereuen." Ich strich ihr mit den Fingerknöcheln über die Wange. „Vertrau mir, dass ich das hinbekomme, so wie ich gelernt habe, dir zu vertrauen."

Sie schluckte schwer, Tränen füllten ihre Augen. „Ich will dich nicht verlieren", sagte sie leise.

Ich küsste ihre Lippen und lehnte meine Stirn an ihre. „Du wirst mich nicht verlieren. Ich bin so schnell wie möglich wieder zu Hause. Aber", ich blickte zu Kylo hinüber, der mit verschränkten Armen an der Tür stand, „während ich weg bin, wirst du bei Kylo bleiben."

Kylo richtete sich auf und seine Augen weiteten sich.

Isabella spannte sich an und starrte zu mir hoch. „Kylo?", fragte sie. Ohne den Blickkontakt mit mir zu unterbrechen, sagte sie: „Kylo, ich muss mit Roman allein sprechen."

Ohne ein weiteres Wort ging Kylo aus dem Haupthaus und schloss die Tür hinter sich. Bevor sie mir widersprechen konnte, legte ich ihr einen Finger auf den Mund und lächelte, als sie die Lippen zusammenpresste. Sie liebte es, mir zu trotzen, und ich liebte es, wenn sie es tat … aber etwas daran, dass sie sich unterwarf, wenn sie es musste, kriegte mich jedes Mal.

„Ja, ich möchte, dass du bei Kylo bleibst", sagte ich. „Nur dieses eine Mal."

„Aber …"

„Ich vertraue dir, Isabella. Ich weiß, dass deine Wölfin mit ihm zusammen sein will. Und ich werde mich mit unserer Situation nie ganz wohlfühlen", gab ich zu. „Aber ich weiß, dass du und deine Wölfin genauso mit ihm, wie mit mir zusammen sein müssen, um stark zu sein."

Vom Stirnrunzeln bis zu ihrer Art zu schlucken, war ihr das Zögern ins Gesicht geschrieben. „Roman, meine Wölfin kann sich in seiner Nähe nicht beherrschen", flüsterte sie und brach den Blickkontakt zu mir ab, um aus dem Fenster auf ihn zu starren. „Ich versuche schon so lange, sie zu kontrollieren, aber sie wehrt sich immer mehr gegen mich. Was wäre, wenn …"

„Ich habe eine Regel und nur eine Regel, wenn du bei ihm bleibst", sagte ich, holte tief Luft und wollte gar nicht daran denken, dass das passieren könnte – schon gar nicht, wenn ich weg war. „Kein Sex." Ich packte ihr Kinn und zwang sie, zu mir hochzuschauen. „Kein Sex, Isabella", wiederholte ich mehr für mich selbst als für sie. „Er steckt seinen Schwanz nicht in dich hinein." Ich umfasste ihren Hintern mit meiner Hand. „Nicht hier." Ich strich mit den Fingern über ihre Muschi in der Hose. „Nicht hier." Ich fuhr mit ihnen über ihre Körpermitte zu ihren Lippen und steckte ihr einen meiner Finger in den Mund. „Und schon gar nicht hier."

Sie starrte mich mit diesen großen blauen Augen an und schloss ihre Lippen um meinen Finger. Göttin, wenn es ein besserer Zeitpunkt wäre, würde ich sie gleich hier nehmen.

Stattdessen zog ich meinen Finger aus ihrem Mund und fragte: „Habe ich mich klar ausgedrückt?"

Nach einigen stillen Momenten nickte sie mit dem Kopf. „Ich verspreche es, Roman."

30
isabella

WEDER KYLO noch ich sprachen auf unserem Weg zu seinem Haus ein Wort miteinander. In meinem Kopf schwirrten die Gedanken, wie ich die Lykaner zum Sieg führen könnte; ob Roman durch Scarlett verdorben nach Hause kommen würde und wann ich mich auf Kylo stürzen könnte und ...

Nein, sagte ich zu meiner Wölfin und schimpfte mit ihr, weil sie mich so sündige Dinge über Kylo denken ließ. Es war die erste Nacht, in der ich mit Romans Erlaubnis mit ihm zusammen sein würde, aber das bedeutete nicht, dass sie mich die ganze Nacht über kontrollieren würde. *Das werden wir nicht mit Kylo tun.*

Bitte?

Nein. Wir bleiben bei ihm, bis Roman zurückkommt, und das war's.

Nachdem sie mich angebrummt und gemault hatte. *Das denkst du,* verschwand sie in meinem Hinterkopf. Ich folgte Kylo durch den Wald, sein Kiefernduft ließ mich relativ ruhig bleiben, obwohl sich meine schlimmsten Befürchtungen bewahrheiteten.

Ich wollte mich stärker gegen Roman wehren, aber er hatte Recht. Roman vertraute mir mit Kylo, vertraute endlich in meine Fähigkeiten. Das Mindeste, was ich tun konnte, war, ihm auch zu vertrauen. Zwischen ihm und Scarlett würde nichts passieren. Er würde tun, was er tun musste, und sie töten, nachdem er Derek gefunden hatte.

Bevor ich Romans Grundstück verließ, hatte ich einigen Lykanern den Befehl gegeben, jedes Rudel in der Gegend zu bewachen, verdächtige Wölfe zu verhören und Tests an Wölfen zu überprüfen, die im Verdacht standen, verdorben zu sein.

Als wir uns der Schlucht näherten, hielt Kylo an und stupste seine Schnauze an meine. Wir hatten noch keine Gedankenverbindung, aber ich wusste, dass er wollte, dass ich hinüberspringe. Ich ging an den Rand der Klippe, blickte auf die andere Seite und schluckte schwer.

Es war ein Weitsprung. Ich würde Anlauf brauchen. Und selbst dann wusste ich nicht, ob ich es schaffen würde.

Kylo stupste mich erneut an, ging ein paar Meter zurück und sprang darüber, um mit einem dumpfen Aufprall auf der anderen Seite zu landen. Ich knabberte an der Innenseite meiner Lippe, folgte seinen Bewegungen und schaffte es nur knapp, ebenfalls auf der anderen Seite zu landen. Ich stolperte, um das Gleichgewicht zu halten, stieß einige Steine von der Klippe und hörte, wie sie Hunderte Meter tief fielen und auf der Wasseroberfläche des Sees unter uns aufschlugen.

Nachdem er mich mit seiner Pfote gegen mein Hinterbein gepresst vom Rand weggedrückt hatte, führte mich Kylo durch Teile des Waldes, die ich vor heute Abend noch nie betreten hatte. Wir liefen fünf Minuten und näherten uns Kriegern, die stoisch an den Grenzen im nebligen Wald standen.

Gelbes Licht strahlte durch die vielen Fenster von Kylos großer Eichenhütte. Wir gingen den Stein hinauf und verwandelten uns in unsere Menschen. Kylo schnappte sich in der Nähe des Vordereingangs ein paar Kleidungsstücke und führte mich hinein.

Obwohl das Rudelhaus viel größer und prächtiger war als unseres, fühlte es sich so einsam an.

Ich sah mich im Wohnzimmer um und strich mit den Fingern über die braune Ledercouch. „Wohnst du hier allein?"

„Kylo!", rief eine Frau aus einem der anderen Räume. „Bist du das? Ist alles in Ordnung?"

Ich starrte den Korridor hinunter, mein Herz pochte in meiner Brust. Kylo hatte eine Frau bei sich wohnen? Vielleicht war sie nur seine Schwester oder eine Cousine oder …

Meine Wölfin knurrte leise und ich presste die Lippen zusammen, um mich zum Schweigen zu bringen.

„Ja?", antwortete er und starrte mich mit diesen teuflisch dunklen Augen an.

Eine ältere Frau mit grauem blondem Haar, Falten um die Augen und einem Grinsen, das dem von Kylo glich, trat auf ein Fotoalbum starrend aus dem Raum. Sie ging den ganzen Flur entlang auf uns zu, ohne mich überhaupt zu bemerken. Erst als sie von ihrem Album aufblickte, weiteten sich erstaunt ihre Augen.

„Oh, ich wusste nicht, dass du einen Gast hast", sagte sie und lächelte mich freundlich an.

Wärme breitete sich in meiner Brust aus. Sie erinnerte mich ein wenig an Luna Raya.

„Das ist Isabella", sagte Kylo und legte seine Hand auf meinen oberen Rücken.

„Isabella", wiederholte sie und drehte sich zu mir um. Sie sah ihn an und hob die Brauen. „Ich dachte, Alpha Roman wäre ihr Partner?" Plötzlich zog sie wütend die Stirn in Falten. „Was hast du mit ihm gemacht? Was hast …"

„Er hat nichts getan", versicherte ich. Als Kylos Mutter sich zu mir umdrehte, schluckte ich. „Ich … wir …"

„Es ist kompliziert, Mama."

Kompliziert. Genau so würde ich unsere Beziehung auch beschreiben. Wie sonst könnte ich meine Anziehung und Verbindung zu Kylo erklären? Es war alles andere als normal, einer der beiden ursprünglichen göttlichen Wölfe zu sein.

Nachdem sie innegehalten und genickt hatte, blickte sie wieder auf das Fotoalbum und lächelte uns an. „Ach, na ja … das kann noch eine Nacht warten, Kylo. Wir können es morgen fertig machen. Ich lasse euch beide dann allein."

Ich lächelte bei dem bloßen Gedanken, dass Kylo – der große, böse Alpha – ein süßes Fotoalbum mit seiner Mutter basteln würde. Ich griff nach ihrem Unterarm und schüttelte den Kopf. „Ich will mich nicht aufdrängen. Ändert eure Pläne nicht meinetwegen. Ich bleibe nur über Nacht in einem von Kylos Gästezimmern, das ist alles."

„Unsinn. Der Junge hat ununterbrochen von dir gesprochen." Sie hielt sich das Buch vor die Brust, während Kylos Wangen bei der Erwähnung des Geredes über mich einen leichten Rotstich bekamen. „Ich werde mich nicht in die einzige Nacht einmischen, die ihr zusammen verbringen könnt."

Bevor Kylo seine Mutter zur Tür hinausbegleiten konnte, drehte sie sich um und zeigte ihm einen Finger auf die Brust. „Tu ihr bloß nicht weh", sagte sie zu ihm. „Und benimm dich keine Sekunde lang so, wie dein Vater es mit Luna Raya getan hat."

Kylo senkte seine Stimme. „Du weißt, dass ich das nicht tun würde, Mama."

Sie küsste ihn auf die Wange und tätschelte ihm den Rücken. „Gut." Sie sah wieder zu mir. „Es war schön, dich kennenzulernen, meine Liebe."

Nachdem sie die Tür hinter sich geschlossen hatte, wandte sich Kylo wieder mir zu.

Ich blieb neben der Couch stehen und fuhr nervös mit dem Finger auf dem Leder herum. „Deine Mutter hätte nicht gehen müssen."

„Hast du Angst, Zeit mit mir allein zu verbringen, Prinzessin?" Kylo lehnte mit einem Fuß an der Wand, seine riesigen Arme vor der Brust verschränkt und sah mich mit diesen atemberaubenden goldenen Augen an. Er und ich wussten beide, dass die Antwort auf diese Frage ein dickes, fettes „Ja!" war.

Ich riss meinen Blick von seinen Muskeln los, die sich mit Leichtigkeit unter seinem Hemd spannten. „Nein", log ich.

Roman sagte „Kein Sex", und ich musste meine verdammte Wölfin unter Kontrolle bringen, weil sie ihm hier und jetzt einfach die Kleider vom Leib reißen wollte.

Mir stockte der Atem, als er näher an mich herantrat.

Er strich mit den Fingern über meinen Unterarm und klemmte mich zwischen sich und die Couch, sein Knie zwischen meinen Beinen. „Das solltest du auch."

Ich schluckte und starrte ihm in die Augen, versuchte, ihn nicht an mich heranzulassen – und doch kribbelte es in meinem Bauch vor Schmetterlingen.

Meine Wölfin flüsterte mir zu, *Küss ihn.*

Ich schaute auf seine prallen Lippen und fragte mich, wie weich sie sich auf meinen anfühlen würden.

Würden sie überhaupt weich sein? Oder eher rau?

Wenn sie sich leidenschaftlich auf meine pressen würden. Mein Stöhnen unterdrücken würden. Mir genau das geben würden, wonach ich mich gesehnt hatte, seit die Mondgöttin uns gesagt hatte, dass unsere Wölfe Partner waren, seit siebentausend Jahren.

„Wo schlafe ich?", fragte ich mit trockenem Mund.

Nachdem er mich einige Momente lang angestarrt hatte, nahm er meine Hand und zog mich in das Zimmer am Ende des Flurs. Mit den grauen Backsteinwänden, der schwarzen Einrichtung und einem kalifornischen Kingsize-Bett in der Mitte sah es ganz und gar nicht wie ein Gästezimmer aus.

„Zieh dir etwas von mir an, wenn du das nicht tragen willst." Er deutete auf das übergroße Hemd, das ich mir übergeworfen hatte. „Wir gehen aus."

Als ich eine Augenbraue hob, verschränkte er seine Finger mit meinen. Funken schossen durch mich wie Elektrizität; dieses Gefühl hatte ich sonst nur bei Roman. Ich wollte meine Hand wegziehen, aber er hielt sie fester.

„Du hast den ganzen Tag gearbeitet und wir haben nie Zeit für uns. Lass mich mit dir ausgehen, Prinzessin."

Nachdem ich in seine fesselnden Augen geschaut hatte, riss ich meinen Blick von ihm los und nickte. Vielleicht würde meine Wölfin zufrieden sein, wenn ich mit ihm ausginge. Und außerdem war ein nettes Abendessen oder sogar ein Drink an der Bar nötig.

Ich wusste nicht, wann ich wieder solch eine stressfreie Nacht in diesem Krieg haben würde.

Ich schloss seine Schlafzimmertür und fand in seinem Schrank eine Jeans, die ich etwa dreimal aufrollen musste, damit sie mir passte, einen Gürtel, damit die Hose nicht runterrutschte und ein enges weißes Shirt mit V-Ausschnitt. Bevor ich das Zimmer verließ, schaute ich mich um und stellte fest, wie langweilig und eintönig sein Leben ohne eine Partnerin sein musste.

Romans und mein Zimmer war mit Bildern und Mondblumen geschmückt, mit Gegenständen von unseren kleinen Abenteuern. Aber Kylo hatte nur ein Bild von sich und seiner Mutter in einem Rahmen auf dem Nachttisch und kahle Backsteinwände. Es gab nicht einmal ein paar nuttige rosa Slips, die irgendeine Tussi hiergelassen haben könnte, oder Kondome in einem der Nachttische oder irgendetwas, das mir sagte, dass er regelmäßig Leute zu Besuch hatte.

Ich frage mich, wann er das letzte Mal Sex hatte, sagte meine Wölfin zu mir, mitten in meiner Suche.

Ich schnauzte sie an und ging zur Tür. Das hatte ich nun davon, wenn ich herumschnüffelte.

Kylo stand im Wohnzimmer in einer frischen, zerrissenen Jeans und einem Hemd, das jeden seiner Muskel umspielte. Er hielt mir seine Hand hin, aber ich hakte mich bei ihm unter und hoffte, dass er heute Abend seine Hände bei sich behalten würde. Denn ich wusste nicht, ob ich dazu in der Lage sein würde.

Nach zwei Drinks und einer Nacht des unschuldigen Flirtens lag ich mit ihm in seinem Bett und zählte die Sterne durch sein großes Schlafzimmerfenster, um mich davon abzuhalten, ihn um Berührungen anzuflehen. Mein ganzer Körper fühlte sich neben seinem warm an, fast glühend heiß.

Den ganzen Abend in der Bar hatte meine Wölfin mir unaufhörlich gesagt, ich solle ihn küssen, mich auf diesen Moment vorbereitet. Ein Teil von mir wünschte sich, dass er mich jetzt endlich küssen und damit dieses Gefühl in mir verschwinden würde.

Kylo strich mir eine Haarsträhne aus dem Gesicht, seine Finger streichelten meine Haut so sanft, dass die Schmetterlinge in meinem Bauch wieder flatterten.

Ich blickte zu ihm hinüber und ertappte mich dabei, wie ich mich ihm zuwandte. „Wenn die Mondgöttin dir einen Wunsch erfüllen könnte, welcher wäre das?"

Er hielt einen langen Moment inne und starrte verträumt in die Luft zwischen uns. „Es gibt viele Dinge, die ich mir wünschen würde", sagte er.

„Nun, du hast nur einen." Ich stieß ihm in den muskulösen Bauch. „Mach was draus."

Er legte seine Hand um meine Taille und zog mich näher an sich heran. „Wenn ich in diesem Moment einen Wunsch freihätte, würde ich …" Er sah auf meine Lippen hinunter und dann wieder in meine Augen. „Ich würde mir wünschen, dass ich meinen Vater getötet hätte, bevor er Romans Mutter verletzt hat."

Meine Augen weiteten sich und ich schmiegte mich an seine Brust. Ich wusste nicht, was genau mich an seiner Antwort berührte, aber sie tat es. „Wirklich?", flüsterte ich.

„Wirklich", sagte er mit so viel purer Ehrlichkeit. „Was er gemacht hat, hat allen so weh getan. Meiner Mutter. Deinem Rudel. Meiner und Romans Freundschaft. Wenn ich es rückgängig machen könnte, würde ich es sofort tun. Ich denke jede Nacht daran."

Ich starrte den Mann an, über den ich so wenig wusste und lächelte. Irgendetwas an ihm brachte mich dazu, bis tief in die Nacht aufzubleiben, um mehr über ihn zu erfahren. Die Verbindung zwischen uns wurde immer stärker und stärker.

Er zog seinen Arm um mich fester und mich näher an sich heran, bis unsere Lippen nur noch Zentimeter voneinander entfernt waren. „Was würdest du dir wünschen? Und sei egoistisch mit deinem Wunsch", sagte er und sein Minz-Atem umspielte meine Lippen. „Sag mir, was du dir jetzt gerade wünschst. Was ist der eine Gedanke, der dir durch den Kopf geht?"

Ich schluckte nervös und konnte meinen Mund nicht öffnen, um etwas zu sagen, da ich mir zutraute, meine Lippen auf der Stelle auf seine zu pressen. Meine Wölfin schnurrte, als wir uns näherkamen. Das einzige Wort, das ich herausschreien wollte, war Dich.

Aber ich konnte mich nicht dazu durchringen, es zu sagen.

Noch nicht. Nicht, wenn Roman nicht hier war.

Also legte ich meinen Kopf an Kylos Brust und rutschte noch näher an ihn heran. An der Art, wie er seine Arme um mich schlang, konnte ich erkennen, dass er meine Antwort nicht hören musste, um zu wissen, wie sie lautete.

31
roman

ES DAUERTE DIE GANZE NACHT, um zu den verlassenen Ländereien zu laufen, die Scarlett Galsop genannt hatte. Die Läden waren mit dicken silbernen Brettern vernagelt, damit tollwütige Wölfe nicht einbrechen und alles zerstören konnten. Die Autotüren waren weit geöffnet, die Schlüssel steckten noch im Zündschloss. Graffiti war auf fast jede Wand in Sichtweite gesprüht. Und obwohl Scarletts Rudel nur ein paar Meilen von hier wohnte, konnte ich weit und breit niemanden entdecken.

Cayden und Kylo hatten erwähnt, dass in diesem Teil des Waldes Krieg herrschte, aber es hier sah noch viel schlimmer aus. Das Land in dieser Gegend war knapp und ein Wolfsrudel würde nicht einfach ein perfekt bewohnbares Dorf wegen eines Konfliktes aufgeben.

Ich holte tief Luft, ließ meine Krallen ausgefahren, falls jemand angreifen sollte, und ging weiter ins Dorf hinein, um die Umgebung abzusuchen. Scarlett musste hier irgendwo sein. Und so wie es hier aussah und roch, musste sie allein gekommen sein.

Als ich die Kneipe betrat – den einzige Ort, der nicht mit Brettern vernagelt war – atmete ich den dicken, abstoßenden Geruch von Blut ein, der von der Treppe ausging. Frisches Blut floss von der ersten Stufe und bildete eine Lache am Fuß der Treppe.

Jemand ist hier, sagte mein Wolf in meinem Kopf.

Anstatt nach Scarlett zu suchen, wie ich es hätte tun sollen, lief ich die knarrende Treppe hinauf, kippte oben angekommen um und erbrach mich in den Strom von Blut. Die Leichen lagen im Raum verstreut, die Augen aus den Höhlen gebohrt, die Hälse aufgeschlitzt, die Gliedmaßen hingen vom Deckenventilator.

„Scheiße", flüsterte ich vor mich hin und spuckte den Rest des Erbrochenen aus.

An der Rückwand standen die Worte *Die Verderbnis ist hier. Lauft um euer Leben!* mit Blut geschrieben. Ich dankte der Mondgöttin, dass Isabella freiwillig bei Kylo geblieben war, denn ich wollte nicht, dass sie etwas davon mitbekam. Zwar gefiel mir der Gedanke nicht, dass sie zusammen waren, aber er würde sie beschützen, koste es, was es wolle.

„Roman", sagte Scarlett, schob mich ins Zimmer und schloss die Tür hinter mir, „du hast es geschafft".

„Ich bin nicht hier, um herumzualbern, Scarlett. Ich bin auf der Suche nach Derek."

Sie lachte mir ins Gesicht, ihre bösen Augen starrten mich an. „Derek? Er ist der Grund?"

„Ja."

„Oh, Romie, es werden ein paar lange Tage, wenn du nur über ihn reden willst."

„Ein paar Tage?", fragte ich und entfernte mich von ihr. „Du hast eine Stunde."

Sie grinste noch breiter. „Eine Stunde deiner Zeit? Das mag alles sein, was du mir gibst, aber ich nehme mir mehr. Ich habe meine Art mit dir umzugehen, Alpha. Ich weiß, was deine Aufmerksamkeit erregt."

32
kylo

ICH DURFTE SO NICHT für Isabella empfinden.

Das Sonnenlicht flutete durch mein Schlafzimmerfenster und fiel auf Isabellas Gesicht. Blaue Vögel hockten auf den Ästen direkt vor meinem Fenster und schauten zu uns herüber, während sie wie jeden Morgen zwitscherten.

Damals war ich mit dem Plan in das Rudelhaus der Lykaner marschiert, Roman und sie auseinanderzubringen, damit er geschwächt wurde und ich ihn vernichten konnte. Es war komisch, wie das Schicksal so spielte, denn jetzt – nicht einmals zwei Wochen später – wollte ich sie.

Ich schlang meinen Arm um ihre Taille, zog sie näher an mich heran und atmete ihren überwältigenden Vanilleduft ein. Ich steckte meine Nase tiefer in ihr Haar, wollte mich an sie gewöhnen und ihren Geruch für immer in mein Gedächtnis einbrennen.

Obwohl ich annahm, dass sie noch schlief, holte sie tief Luft und ihr kleiner Körper spannte sich gegen meinen. Sie ruckelte sich zurecht, wobei ihr Hintern meinen pochenden Schwanz berührte. Ich wachte jeden Morgen mit einer Latte auf, aber ich hatte seit Jahren keine andere Frau mehr in meinem Bett gehabt, schon gar nicht so eine.

Ich atmete langsam durch die Nase aus und versuchte mich zu

beherrschen, ich wollte ihre Grenzen nicht überschreiten. Doch sie reizte mich weiter, indem sie ihren Rücken durchdrückte, als würde sie sich strecken, und ihren Hintern noch fester an mich drückte.

Mondgöttin, ich versuchte, es zu ignorieren. Das tat ich wirklich. Ich dachte an Roman, an unsere Versöhnung und daran, dass ich ihn nicht so verletzen wollte, so wie er mich verletzt hatte, wie …

Wieder drückte sie ihren Hintern gegen mich. Ich atmete den Duft ihrer süßen Muschi ein und krallte meine Finger fest in ihre Taille. Mein Wolf wollte sie berühren, sie sehen, sie beanspruchen. Und wenn ich nicht aufpasste, würde er die Kontrolle über mich übernehmen und sich Isabella auf die animalischste Art und Weise nehmen, die möglich war.

Anstatt sich zu mir umzudrehen, ergriff sie eine meiner Hände, verschränkte meine Finger mit ihren und schob sie zwischen ihre Brüste. Nachdem sie losgelassen hatte, strich ich mit dem Daumen über den dünnen Stoff des T-Shirts, das ihre Brüste bedeckte, und spürte das weiche, zarte Fleisch darunter. Mein Schwanz schwoll in meinen Shorts an und ich drückte ihn leicht gegen sie.

Ihr Atem stockte, ein gehauchtes Stöhnen drang über ihre Lippen. Ich fuhr fort, mit meinem Finger über ihre Brust zu streichen, jedes Mal näher und näher an ihre harte Brustwarze, an der ich ziehen wollte, bis sie kam.

Als sie ihre Hüften wieder gegen meine drückte, strich ich mit dem Daumen über ihren Nippel. Sie holte scharf und leise Luft und spannte sich an. Ich hielt für einen kurzen Moment inne und spürte, wie mein Wolf in mir tobte.

Kontrolle, Kylo, Kontrolle.

Aber sie wollte nicht, dass ich mich beherrsche. Sie ruckelte ihre Hüften wieder hin und her und presste ihren Hintern gegen meinen anschwellenden Schwanz. Ich nahm ihre Brust in die Hand, spürte, wie ihr harter Nippel gegen meine Handfläche drückte, und stieß meine Hüften gegen ihre, wobei ich die volle Kontrolle übernahm.

Sie stöhnte und ich tat es wieder. Ich liebte die Geräusche, die sie für mich machte.

Anstatt mich aufzuhalten, grub sie ihre Fingernägel in meinen Oberschenkel und wölbte ihren Rücken noch mehr, damit mein Schwanz gegen ihre Muschi stoßen konnte. Sogar durch ihre Unterwäsche konnte ich spüren, wie feucht sie für mich war.

Ich legte meine Stirn an ihre Schulter und machte weiter, zunächst langsam, aber als sie nicht aufhörte, beschleunigte ich mein Tempo und stieß meinen harten Schwanz gegen ihren Arsch, während ihr Stöhnen durch das leere Haupthaus schallte.

Alles, was ich wollte, war, uns beiden die Kleider vom Leib zu reißen und sie zu nehmen. Sie zu meiner zu machen.

Sie schob eine Hand zwischen ihre Beine, berührte ihren Kitzler und rieb in Kreisen drumherum. Als ich ihre Brustwarze zwischen meinen Fingern einklemmte, zuckte sie und drückte ihren Rücken durch. Ich schob meine Hand unter ihren Oberschenkel und hob eines ihrer Beine in die Luft, sodass ich besser an sie herankam.

Als sie nichts sagte, stieß ich weiter gegen sie und beobachtete über ihre Schulter, wie sie ihre empfindliche kleine Klitoris durch ihr Höschen rieb. „Fuck, *Prinzessin*", knurrte ich in ihr Ohr, „Genau so. Genieß es für mich."

Plötzlich versteifte sie sich. Ich stieß härter zu und wusste, dass sie kurz davor war zu kommen. Sie warf ihren Kopf zurück, ihre Beine zitterten und sie schlug eine Hand auf ihren Mund, um hineinzuschreien.

Ich wurde langsamer und hielt schließlich inne, mein Schwanz war so unglaublich hart. Ich brauchte eine verdammte Erlösung.

Bevor ich mich stoppen konnte, rollte ich mich aus dem Bett und murmelte ein schnelles: „Ich muss mal ins Bad". Ich eilte in das Bad, das mit meinem Schlafzimmer verbunden war. Ich schloss die Tür, stützte eine Hand gegen sie, schob die andere in die Hose und rieb meinen Schwanz.

Ich stellte mir vor, dass Isabellas Muschi ihn umschloss und nicht meine Hand.

Ich stellte mir vor, wie eng sie war, wie sie sich zusammenzog, wenn ich in sie stieß.

Ich stelle mir vor, wie sie so sehr stöhnte, dass sie nicht mehr aufhören konnte.

Ich grub meine Krallen in die Tür, schloss die Augen, kam in meine Hand und tat so, als würde mein Sperma Isabellas enges kleines Loch füllen, anstatt meine Handfläche zu bedecken. Es fühlte sich so verdammt gut an, dass ich mir ein Stöhnen nicht verkneifen konnte.

Nachdem ich mir die Hände gewaschen hatte, setzte ich mich auf die geschlossene Toilette und rieb mir die Schläfen. Mondgöttin, unsere Verbindung wurde mit jedem wachen Moment, den ich mit ihr verbrachte, intensiver. Eines Tages würde mich dieses Gefühl umbringen. Ich konnte es einfach spüren.

Isabella klopfte an die Tür und einen Moment später schoben sich ihre Finger unter der Tür durch. „Kylo", flüsterte sie.

Ich setzte mich auf meine Seite der Tür und strich ebenfalls mit den Fingern darunter hindurch, um ihre zu berühren. „Ja, Isabella?", fragte ich, während mein Herz in den Ohren pochte.

„Ich glaube, ich liebe dich."

Als die Worte aus ihrem Mund purzelten, verkrampfte ich mich. Alles verlangsamte sich und alles, worauf ich mich konzentrieren konnte, war ihr unregelmäßiger Atem auf der anderen Seite der Tür. Mein Herz schlug etwas schneller, und Hitze kroch mir den Nacken hoch. Sie log sicher.

Sie konnte mich nicht lieben.

Nachdem Scarlett mich in Stücke gerissen hatte, hatte ich nicht geglaubt, dass mich jemand lieben könnte. Doch Sekunden vergingen und Isabella hatte es noch nicht zurückgenommen.

Konnte es wirklich wahr sein? Konnte sie mich wirklich lieben, nachdem wir die Nacht zusammen verbracht haben?

Doch als sie sagte: „Aber das darf nie wieder passieren", zog sich meine Brust vor Schmerz zusammen.

Von der Toilette aus hörte ich, wie sie diese Worte immer

wieder vor sich hin flüsterte, als ob sie sich selbst überzeugen wollte.

„Heute Nacht muss ich in einem anderen Zimmer schlafen. Ich … ich kann nicht mit dir schlafen. Das darf nicht passieren."

Ich öffnete zögernd die Tür und sah Isabella auf dem Boden liegen, fast in Tränen aufgelöst. Ihre Wölfin schnurrte, nur nicht so laut wie heute Morgen in meinem Bett. Das, was wir getan hatten, schien sowohl ihren als auch meinen Wolf zu beruhigen.

Aber der Unterschied zwischen unseren Wölfen war, dass ich es wieder tun wollte.

Ich hockte mich neben sie, nahm ihr Gesicht in meine Hände und zog sie näher zu mir heran. Sie presste ihre Hände fest gegen meine Brust, um mich fernzuhalten, was sich wie eine Zurückweisung anfühlte. Doch mein Wolf konnte eine weitere Zurückweisung nicht verkraften, also tat ich so, als wäre das nicht passiert und lächelte sie an.

„Ich liebe dich auch", flüsterte ich und strich ihr eine Strähne des braunen Haares hinters Ohr. „Und wenn du nicht willst, dass das noch einmal passiert, dann …", ich schluckte, weil ich wusste, dass es verdammt schwer sein würde, sich von ihr fernzuhalten. Jetzt, wo ich es probiert hatte. „Dann respektiere ich deine Entscheidung."

Sie runzelte die Stirn, als ob sie nicht wollte, dass ich das Gesagte aussprach. Nach fünf Minuten völliger Stille lief ihr eine Träne aus dem Auge. „Das hast du nicht verdient", sagte sie schließlich. „Du verdienst es nicht, die zweite Wahl zu sein. Du verdienst jemanden, der sich immer wieder für dich entscheidet."

Ich strich mit dem Daumen über ihren Mundwinkel. „Es macht mir nichts aus, deine zweite Wahl zu sein", sagte ich, obwohl es mich innerlich umbrachte. Ich wollte einfach nicht, dass sie mich verließ, nicht nachdem sie zugegeben hatte, dass sie mich liebte.

„Aber mir." Sie nahm mein Gesicht in ihre Hände und schenkte mir ein gezwungenes, festes Lächeln. „Wenn ich dich vor Roman kennengelernt hätte, wären die Dinge vielleicht anders gelaufen, aber so muss es jetzt sein. Ich bin an Roman gebunden."

Ich legte meine Hände auf ihre kleineren und lehnte mich in ihre Berührung, öffnete meinen Mund und schloss ihn wieder. Ich wusste nicht, was ich ihr noch sagen sollte, um sie zum Bleiben zu bewegen, ohne mich zwischen sie und Roman zu stellen.

Aber ich wollte es nicht noch einmal mit jemand anderem versuchen.

„Vielleicht solltest du versuchen, eine andere Frau zu finden, die dich glücklich macht, eine …"

Ich schüttelte den Kopf. „Nein."

„Aber …"

„Wir haben bereits mit der Mondgöttin darüber gesprochen und du hast meine Antwort gehört".

„Kylo, ich … wir … das darf nicht wieder passieren."

„Ich bin glücklich, so wie es ist, Isabella."

„Aber willst du nicht eine Partnerin, mit der du dein Leben verbringen kannst?"

„Göttin, ich habe Jahrtausende mit dir verbracht."

Sie stupste mich spielerisch gegen die Brust, während ihre Wölfin für mich schnurrte. „Ich meine es ernst."

„Ich meine es auch ernst. Ich bin glücklich, so wie es ist. Ich war schon lange nicht mehr mit einer anderen Frau zusammen und ich will im Moment auch nicht unbedingt eine andere. Mein Rudel ist stark. Meine Mutter kommt mich jeden Tag besuchen. Alles ist gut." Wärme breitete sich in meinem Körper aus. „Du machst es nur besser."

„Ich mache es besser für dich?", flüsterte sie.

„Das tust du", flüsterte ich zurück, dann beugte ich mich vor und küsste sie auf ihre perfekten, weichen Lippen. „Du machst alles besser für mich."

33

isabella

MEINE WÖLFIN WANDERTE ÄNGSTLICH in meinem Kopf umher, hielt sich in der Nähe der Oberfläche auf, sprach aber kein einziges Mal mit mir. Aus der Ferne beobachtete ich Raj, der Naomi trainierte. Mein Bauch war gefühlt ein einziger verkrampfter Knoten. Dieser Morgen war nicht so verlaufen, wie ich es geplant hatte. Ich hatte Kylo nie sagen wollen, dass ich ihn liebte. Verdammt, ich wusste nicht einmal, dass ich es tat, bis es aus meinem Mund kam.

Nachdem ich heute Morgen zum fünfzehnten Mal auf mein Handy geschaut hatte, holte ich tief Luft. Roman hatte gestern Abend und heute Morgen keinen einzigen meiner Anrufe beantwortet. Immer ging die Mailbox ran und die meisten meiner Nachrichten waren nicht einmal zugestellt worden.

„Ist alles in Ordnung?", rief Raj mir von der anderen Seite des Feldes zu. Als ich nicht antwortete, pfiff er, um allen Lykanern zu signalisieren, dass sie sich etwas zu trinken holen sollten, und joggte dann zu mir hinüber. „Roman ist immer noch unterwegs und sucht nach Derek, oder?"

Ich warf das Handy in meine Tasche und verschränkte die Arme. „Er wird schon in Ordnung sein", sagte ich laut, vor allem für mich selbst. Ich ging hinüber zum Trainingsbereich, wo Naomi mit einigen anderen Lykanern sprach.

Ganz egal, was da draußen mit Roman geschah, ich hatte hier immer noch Verantwortung. Wenn wir diesen Krieg gewinnen wollten, musste ich damit beginnen, Naomi wie die Lykaner zu trainieren und ihr die Regeln beibringen, nach denen wir lebten.

Kämpfe ohne Emotionen.

Kenne deinen Feind.

Erst die Arbeit, dann das Vergnügen. Immer.

„Wie ist deine Erfahrung mit Verteidigungstechniken?", fragte ich sie, während ich mein T-Shirt auszog und in einem schwarzen Sport-BH und Leggings vor ihr stand. Es gab viele Dinge, die sie über defensive und offensive Taktiken und Schläge lernen musste.

Naomi stemmte die Hände in die Hüften. „Ich bin mehr in der Offensive. Ich mag es nicht, in Situationen zu kommen, in denen ich mich gegen jemanden verteidigen muss, der stärker ist als ich. Ich kann das, aber ich möchte den Kampf lieber früher als später beenden."

Ich schritt auf sie zu und versuchte, sie einzuschüchtern. „Und was würdest du tun, wenn dich jemand angreift?" Ich trat näher an sie heran, meine Eckzähne schoben sich unter meinen Lippen hervor. „Was würdest du dann tun?"

Sie ging zurück und analysierte meine Körperbewegungen. „Normalerweise würde ich Wolfseisenhut gegen einen stärkeren Gegner verwenden. Ich schiebe ihm eine Flasche davon direkt in den Mund und töte ihn auf der Stelle."

„Und wenn du das Wolfseisenhut nicht hast?", fragte ich, während sich meine Nägel zu Krallen verlängerten.

Bevor sie antworten konnte, stürzte ich mich auf sie, um zu sehen, wie sie reagieren würde. Zu meiner Überraschung sprang sie fast genauso schnell zurück und ging sofort in Kampfstellung, wobei sich ihre Wangen röteten. Anstatt sich auf mich zu stürzen - wie die meisten Wölfe es tun würden - blieb sie zurück und ließ ihre Augen auf meinen Hüften verweilen.

Ich stand wieder auf, beobachtete, wie sie mich nicht ein

einziges Mal aus den Augen ließ, und ging zu meiner Tasche hinüber. „Der Trick ist …", ich zog eine Halskette mit einem kleinen flaschenähnlichen Anhänger heraus, in dem sich ein paar Tropfen schwarzen Wolfseisenhuts befanden, und warf sie ihr zu, „… dass du immer Wolfseisenhut bei dir hast."

„Ist das Wolfseisenhut?", fragte sie, kippte den Anhänger zur Seite und betrachtete, wie sich die wenigen Tropfen in der Flasche bewegten. „Tötet das einen Wolf auf der Stelle? Normalerweise verwende ich mehr."

„Das Wolfseisenhut, das die meisten Rudel als Waffe benutzen, ist verdünnt, damit sie mehr davon zu einem günstigeren Preis kaufen können", sagte Raj und zeigte auf die Halskette. „Das ist das echte Zeug. Verwende es nicht bei irgendwem, es sei denn, du bist in einer Gefahr, aus der du dich anders nicht befreien kannst. Ansonsten kämpfe."

Eine kalte Sommerbrise wehte durch den Wald und ließ die Haare auf meinen Armen aufrichten. Ich sah Raj an. „Arbeite an ihrer Verteidigung für heute. In der Zwischenzeit werde ich eine Hexe finden, die eine ähnliche verdorbene Magie wie Dolus verwendet. Wir könnten sie ihre Magie gegen Naomi einsetzen lassen, damit sie ihre Widerstandskraft aufbauen kann."

Auch wir Wölfe konnten einen Teil unserer Widerstandsfähigkeit aufbauen, aber wir hatten im Vergleich zu den Menschen nicht so eine große mentale Stärke und Magie erforderte viel mentale Kapazität. Werwölfe waren zwar körperlich stark, tapfer und mutig, aber wir handelten aus animalischem Instinkt heraus. Naomi und andere Menschen wie sie konnten diesem angeborenen Drang, rücksichtslos zu töten, widerstehen und dachten stattdessen über eine Situation nach, bevor sie angriffen.

Nachdem Raj genickt hatte, setzte ich mich an den Rand des Feldes und ging meine Kontakte nach Personen durch, die möglicherweise Beziehungen zu Hexen hatten. Hin und wieder warf ich einen Blick auf die Lykaner, die gestern Abend noch nicht trainiert hatten, und sah ihnen jetzt beim Training zu. Sogar Kylo trainierte heute mit einigen der stärkeren Wölfe, doch meine Wölfin störte es nicht wirklich, wie sich jeder einzelne seiner Muskeln mit Leichtigkeit anspannte, während er erbarmungslos kämpfte.

Alles, woran sie denken konnte, war Roman.

Also rief ich ihn wieder an. Sein Handy klingelte und klingelte und klingelte und sprang dann zur Mailbox.

Ich seufzte tief, versuchte, mich nicht zu sehr aufzuregen und überprüfte weiter meine Kontakte. Hier in diesem Teil des Waldes gab es nur wenige Hexen oder Zauberer, doch ein paar musste es geben. Als ich ein paar Leute fand, die vielleicht jemanden kannten, leitete ich ihre Kontaktdaten an Raj weiter.

Was mir am meisten Angst machte, war, dass wir einen Maulwurf in Romans Rudel hatten – jemand, der geholfen hatte, Derek zu entführen – und wer auch immer es war, schien völlig gesund zu sein. Es könnte Derek selbst, Vanessa oder sogar Roman sein.

Nachdem ich anderthalb Tage lang nichts von Roman gehört hatte, saß ich Vanessa im The Night Raider's Café gegenüber. Obwohl es draußen dunkel und stürmisch war, wimmelte es im Café von Leuten, die sich Tannennadeln aus dem nassen Haar zupften und den Regen abschüttelten.

Vanessa hatte mich regelrecht hierhergeschleppt und gesagt, dass ich nicht einfach im Haus bleiben und die ganze Nacht über schmollen könne. Mein Knie wippte unter dem Tisch, während ich alle zwei Minuten auf mein Handy schaute und hoffte, dass Roman mich anrufen würde. Wir waren zu weit voneinander entfernt, als dass die Gedankenverbindung hätte funktionieren können.

Weder meiner Wölfin noch mir gefiel es, dass wir unseren Partner nicht erreichen konnten. Es erinnerte uns an all die späten Nächte, in denen wir im Haus des Lykaner-Rudels im Bett gelegen und uns gefragt hatten, ob Roman ohne uns zurechtkam – denn wir kamen ohne ihn nicht zurecht.

Mein Handy leuchtete auf. Raj.

Ich habe gerade das Training mit Naomi beendet. Es sind erst ein paar Tage, aber sie hat bedeutende Fortschritte in ihren Kampffähigkeiten gemacht. Und ich habe einige der Hexen und Zauberer kontaktiert. Ich warte auf eine Antwort und bereite sie bis dahin mental vor. Hab eine gute Nacht. Ruft mich, wenn du mich brauchst.

Ich verdrängte meine schlechten Gedanken und redete mir ein, dass Roman sich melden und um Hilfe bitten würde, wenn er in Gefahr wäre. Aber Roman war der dominante Typ von Alpha, der alles selbst machenn wollte. Ein Teil von mir glaubte, dass er meine Hilfe bei dem Versuch, seine Ex-Freundin zu besiegen und Derek zu finden, gar nicht wollte.

Vanessa wischte mir etwas Erdbeereis von den Fingern, das von meiner Waffel heruntergetropft war. „Komm schon, Isabella. Entspann dich", sagte sie zu mir. „Warum hast du dir in den letzten zwei Tagen solche Sorgen gemacht?"

Ich leckte das Eis ab. „Roman ist gegangen, um Scarlett zu suchen."

Sie schlug mit der Hand auf den Tisch, ihre Bronzeringe knallten auf das Holz. „Was zur Hölle? Ich habe ihm gesagt, er soll sich von ihr fernhalten."

„Wann hast du ihm das gesagt?"

„Vor ein paar Wochen." Sie kratzte sich im Nacken und blickte auf die flackernde Kerze zwischen uns. „Ich wollte, dass er weiß, dass sich jemand anderes um dich kümmern würde, wenn er es nicht tut." Sie ließ ihre Stimme fast zu einem Flüstern sinken. „Ich passe nur auf eine Freundin auf."

Ich stützte mich auf meine Ellbogen und ergriff ihr Handgelenk. „Danke."

Sie grinste mich an, stützte ihre Ellbogen ebenfalls auf den Tisch und lehnte sich näher an mich, während sie an ihrem Vanilleeis leckte. Ich musste lächeln bei dem Gedanken, dass sie tatsächlich nicht mehr so scheiße zu mir war. Seit ich eine Lykanerin geworden war, hatte sich so viel verändert und mit dieser Veränderung konnte ich mich anfreunden.

„Warum lächelst du so?", fragte sie und zupfte an einer meiner Haarsträhnen.

„Es fühlt sich gut an, so mit dir zusammen zu sein", sagte ich ganz ehrlich. Lachen zu können und glücklich zu sein, eine Freundin zu haben, an die ich mich anlehnen konnte, wenn ich das Gefühl hatte, dass meine Welt über mir zusammenbrach.

Plötzlich beugte sich Vanessa über den Tisch und küsste mich.

Meine Augen weiteten sich und ich verkrampfte mich, unfähig zu begreifen, was da gerade passierte. Ich riss mich von ihr los und schluckte sowohl vor Angst als auch vor Verwirrung. Hatte Vanessa mich gerade geküsst?

Vanessa zog sich mit ängstlichem Blick zurück. „Isabella, es tut mir so leid. Ich … ich wollte das nicht. Ich dachte, dass …,dass du …" Sie rieb sich mit der Hand über den Nacken, ihr Gesicht wurde knallrot.

Ich stand auf und zerquetschte versehentlich meine Eistüte in der Faust. „Ich muss gehen", sagte ich, warf das Eis in den Müll und eilte zum Ausgang des Cafés. Mein Verstand war wie vernebelt, die Gedanken schossen mir nur so durch den Kopf. „Ich muss gehen."

Der Wind peitschte den Regen durch den Wald, wie ein verdammter Tornado. Ich verwandelte mich in meine Wölfin und sprintete in den Wald, wobei meine Pfoten im Schlamm versanken. Die letzten paar Tage wurden immer verrückter. Roman war seit fast zwei Tagen weg, ich hatte ihm meine unsterbliche Liebe zu einem Mann gestanden, mit dem ich anscheinend siebentausend Jahre geteilt hatte, und Vanessa hatte mich geküsst.

Geküsst.

Bei allem, was vor sich ging, befürchtete ein Teil von mir, dass ich diejenige war, die verdorben war und langsam verrückt wurde. Ich machte mich auf den Weg zu Kylos Haupthaus, mit Tränen in den Augen bei dem Gedanken, etwas so Intimes ohne Romans Erlaubnis zu tun.

Roman hatte mir gesagt, dass ich mit Kylo alles machen könnte, nur keinen Sex … aber Vanessa?

Brauche Partner, wimmerte meine Wölfin. *Roman.*

Ich sprang über die Schlucht und brach auf der anderen Seite zusammen, wobei ich mir den Oberschenkel an einem zerklüfteten Felsen aufschürfte, der hart genug war, um Blut fließen zu lassen. Wenn ich gewusst hätte, dass Vanessa auf mich stand, hätte ich sie auch nicht anders behandelt, weil sie in letzter Zeit eine solche gute Freundin war, aber ich … wünschte, es wäre nie passiert.

Als Kylos Haupthaus in Sichtweite war, verwandelte ich mich zurück in meinen Menschen und zog mir eines seiner Hemden, die er im Schrank im Foyer verstaut hatte, über den Körper. Kylo tauchte im Flur auf, nur mit Jogginghosen bekleidet.

„Was ist los?", fragte er.

Ich eilte zu ihm und schlang meine Arme um ihn. *Was los war?* So vieles war passiert. Ich wusste nicht, wo ich anfangen sollte. Ich wollte stark sein. Ich wollte so stark sein. Aber die Zeit ohne Roman hatte mich so schwach gemacht, körperlich und geistig.

Als ich mich auf ihn stürzte, flossen mir die Tränen nur so aus den Augen.

Kylo hob mich hoch, ging zur Couch und setzte mich auf seinen Schoß. „Was ist los, Isabella?", fragte er und nahm meine Hände von meinem Gesicht. „Bitte sag es mir, damit ich weiß, wie ich es besser machen kann."

„Derek ist verschwunden. Dolus ist auf dem Weg. Vanessa hat mich gerade geküsst. Und ich vermisse Roman." Ich schluchzte in sein Hemd.

Er fuhr mir mit den Fingern durchs Haar, um mich zu beruhigen, und drückte seine Lippen auf meine Schläfe.

„Hat er dich angerufen?", fragte ich verzweifelt.

Ich brauchte ihn, um am Leben zu bleiben. Was wäre, wenn er nicht angerufen hätte, weil Scarlett ihn verdorben hatte? Was wäre, wenn er, sobald er nach Hause käme, nicht mehr derselbe wäre? Mein Herz krampfte sich zusammen. Ich wollte nur meinen Partner wieder in meinen Armen halten.

„Ich habe mehrmals versucht, ihn zu kontaktieren, aber ich habe ihn nicht erreicht.

„Glaubst du, dass es ihm gut geht? Glaubst du, dass er noch lebt?"

„Er ist am Leben, Isabella."

„Und wenn er es nicht ist?", flüsterte ich. Ich legte meinen Kopf in seine Halsbeuge und schloss die Augen, in der Hoffnung, dass der Schlaf all meine Probleme für ein paar Stunden verschwinden lassen würde. „Was ist, wenn mein Partner tot ist?"

34

isabella

ICH KUSCHELTE mich an Kylos nackte Brust und als ich blinzelnd die Augen öffnete, erkannte in der Dunkelheit die Umrisse eines Mannes. Er saß am Rande des Bettes, eine seiner Hände auf meinem Bein unter der Decke, während er mit Kylo sprach. Ich atmete einen Hauch von Minze tief ein und sprang in Romans Arme.

Die Beine um seine Taille geschlungen, das Gesicht in seine Halsbeuge gedrückt, die Finger in sein dichtes braunes Haar geschoben, hielt ich ihn so fest es ging an mich gedrückt und murmelte seinen Namen gegen die Markierung an seinem Hals. „Ich habe dich so sehr vermisst."

Roman gluckste leise in mein Ohr und schlang seine Arme um mich. Scarletts Geruch lag schwach in seinen Haaren, aber ich ignorierte es, denn alles, was in diesem Moment zählte, war, dass mein Partner sicher zu Hause war.

Nachdem er mich auf die Stirn geküsst hatte, löste sich Roman von mir und legte seine Hände in meine Hüften. „Wir müssen reden."

Ich sah zwischen ihm und Kylo hin und her, nickte und fühlte mich ein wenig schuldig für alles, was zwischen Kylo und mir und zwischen Vanessa und mir passiert war, während Roman weg war.

„Bitte, lass mich zuerst ", sagte ich. Doch als ich den Mund öffnete, kam nichts heraus, außer: „Kylo und ich …"

Roman war angespannt. „Hattet ihr … Sex?"

„Nein", beruhigte ich ihn, „aber wir …"

Fast sofort atmete Roman erleichtert aus. „Dann will ich nicht hören, was du getan hast", sagte er.

Ich bewegte mich unbehaglich unter seinem intensiven Blick und fragte mich, warum er nicht wissen wollte, dass wir … dass wir uns berührt und dann unsere Liebe gestanden hatten.

Er räusperte sich und sein unleserlicher Blick huschte zu Kylo. „Noch nicht."

Ich blickte zwischen den beiden Hin und Her und versuchte, den Blick zu verstehen, den sie gerade ausgetauscht hatten. Aber ich beschloss, sie nicht danach zu fragen, als Roman meine Hand ergriff und mich ins Wohnzimmer führte. Kylo folgte und setzte sich auf den ledernen Sessel gegenüber von uns.

„Warte", sagte ich und legte eine Hand auf Romans Brust. „Ich muss dir noch etwas sagen."

Roman runzelte die Stirn, die Geduld in seinen Augen schwand, doch er holte tief Luft und strich mir eine Haarsträhne von der Wange. „Was ist los, Isabella?"

„Vanessa hat mich geküsst."

Wütende, besitzergreifende Dominanz triefte aus jedem seiner Gesichtszüge, was mich noch mehr verwirrte. Wieso war er wütend auf Vanessa, weil sie mich geküsst hatte, wollte aber nicht wissen, was ich mit Kylo gemacht hatte, was viel, viel schlimmer war?

„Warum?", fragte er.

„Ich habe keine Ahnung! Wir waren nur Eis essen und sie hat mich geküsst."

„Hat es dir gefallen?", fragte er.

„Nein! Ich habe sie weggestoßen", sagte ich. „Bist du … sauer?"

Nachdem er einige Augenblicke innegehalten hatte, zuckte er mit den Schultern. „Ein wenig, ja. Auf sie."

Ich starrte ihn mit großen Augen an. Mein zurückhaltender Roman sprach selten über seine Gefühle. Es war … unfassbar wohltuend, ihn so ehrlich und offen über seine Gedanken sprechen zu hören.

„Aber du bist nicht wütend auf Kylo?", fragte ich, um sicherzugehen.

„Ich habe dir erlaubt, bei Kylo zu bleiben, Isabella. Ich wusste, was zwischen euch beiden passieren würde. Ich habe darüber nachgedacht, seit du mir gesagt hast, dass ihr Partner seid. Ich habe dir vertraut, dass du keinen Sex mit ihm haben würdest, und das hattest du auch nicht." Er sah zu Kylo hinüber, der nickte. „Ich weiß, dass diese Verbindung, die du mit ihm hast, etwas ist, das dich stark macht. Ich weiß, dass das hier", er sah zwischen Kylo und mir hin und her, „früher oder später passieren würde. Und ich wollte, dass es zu meinen Bedingungen geschieht. Ich wollte nicht, dass du es hinter meinem Rücken tust."

Mein Magen zog sich zusammen. „Bist du sicher?"

„Ja", versicherte Roman und rieb Kreise auf meinem Knie. „Kylo weiß, was ich euch erlaube, wenn ich nicht da bin und was nicht und auch du kennst meine Grenzen." Seine Augen schimmerten golden. „Was auch immer zwischen dir und ihm geschieht, ist deine Entscheidung. Ich habe um etwas Simples gebeten, was unsere Beziehung angeht. Ich teile nicht gerne, was mir gehört, aber wenn es dich stärker macht und uns hilft, miteinander auszukommen, dann muss es eben so sein."

Ich presste meine Lippen aufeinander und suchte in seinen Augen nach irgendeinem Zweifel. Doch da war keiner.

Er lächelte mich an, seine Augen wanderten zu meinen Lippen. „Ich habe dir immer eine Wahl gelassen, Isabella." Er strich mit dem Finger über meine Unterlippe. „Ich habe dich nie von etwas abgehalten, habe dich nie daran gehindert, das zu tun, was du wolltest."

Mein Herz zog sich zusammen bei dem Gedanken, dass mein besitzergreifender Alpha so rücksichtsvoll war. Von Anfang an hatte Roman so viel für mich geopfert: Er hatte mir die Wahl gelassen, seine Partnerin zu werden, indem er gewartet hatte, bis ich achtzehn war, um unsere Verbindung zu spüren. Er hatte mich zu den Lykanern gehen lassen, ohne mich aufzuhalten, weil es mir wichtig war. Und jetzt ließ er zu, dass meine Wölfin sich mit Kylo verband.

Kylo strich mit seiner Hand über mein Knie und lächelte. „Wenn du dich damit wohler fühlst, können wir mit Freundschaft beginnen", sagte er.

Aber sowohl er als auch ich wussten, dass wir nach dem, was neulich Morgen passiert war, niemals nur Freunde sein konnten.

Nach ein paar Augenblicken nickte Roman Kylo zu. „Wie war's?"

Während sie in ein Gespräch vertieft waren, entspannte ich mich in Romans Armen, legte meinen Kopf in seinen Schoß und ließ zu, dass er mit seiner Hand über mein Haar strich. Es war seltsam, dass nach Kylos Auftauchen auch Roman und ich intimer geworden waren. Der alte Roman – der, in den ich mich vor Jahren verliebt hatte – war zurückgekehrt.

Ich sah zwischen Kylo und Roman hin und her und lächelte.

Unsere Partner sind in Sicherheit, sagte meine Wölfin.

Sie sagte das Wort Partner, als hätten wir uns bereits mit beiden verpartnert. Ich schloss meine Augen und war zufrieden damit, dass das alles auf so seltsame Weise funktionierte. Und jetzt, wo Roman zu Hause war, würde meine Wölfin hoffentlich eine Weile weniger ängstlich sein, wenn es um Kylo ging.

Gegen vier Uhr morgens holte mich Roman ab. „Du darfst noch nicht wieder einschlafen, Isabella."

„Ich weiß", sagte ich und gähnte. „Wir müssen nach Hause laufen."

„Du wirst heute Nacht hier bleiben", sagte Kylo.

„In deinem Gästezimmer?", fragte ich, als Roman mit mir den Flur hinunterging, vorbei an jedem freien Zimmer in diesem Haupthaus.

Als Kylo seine Schlafzimmertür aufstieß, betrat Roman das Zimmer und setzte mich auf das Bett.

„In Kylos Bett?", fragte ich mit großen Augen. „Ich weiß nicht, ob das eine gute Idee ist."

Roman lag auf der Seite neben mir, stützte seinen Kopf auf seine Hand und starrte auf mich herunter. Das Mondlicht prallte von seinen haselnussbraunen Augen ab und beleuchtete sein müdes, gestresstes Gesicht. Er strich mit einem Finger über die Mitte meiner Brust. „Wir bleiben heute Nacht hier, aber wir haben noch andere Dinge zu besprechen." Er umfasste mein Kinn mit seiner Hand. „Zum Beispiel, was du und Kylo neulich morgens gemacht habt."

„Ich dachte, du hättest gesagt, dass du es nicht wissen willst."

„Ich habe gesagt, dass ich es *noch* nicht wissen will", sagte er und seine Augen färbten sich golden wie immer, bevor er mich auf die Knie zwang.

Ich sah Kylo an, der am Ende des Bettes saß und mich mit seinen leidenschaftlichen braunen Augen anschaute. Ich hätte verdammt noch mal wissen müssen, dass sie die ganze Zeit etwas im Schilde geführt hatten.

Roman griff nach meinem Kinn. „Du hast doch nicht gedacht, dass ich es gar nicht wissen will, oder?"

„Ähm …"

Völlig wach, öffnete ich meinen Mund und schloss ihn wieder. Hitze kroch durch meinen Körper und wärmte mich überall, besonders aber zwischen meinen Beinen. Ich zog die Knie an meine Brust und meine Nippel verhärteten sich unter ihren intensiven Blicken.

Roman strich mir ein paar Haare hinters Ohr. „Oh, ist schon gut, Isabella. Du brauchst es mir nicht zu sagen. Du kannst es mir zeigen", sagte er und drehte mich auf die Seite. Er lag hinter mir mit seinem Schwanz an meinem Arsch und seine Hand steckte zwischen meinen Beinen.

Die Luft blieb mir weg, mein Mund war trocken. „I …"

Wollte er wirklich, dass ich ihm genau zeigte, was Kylo und ich getan hatten, während der direkt vor uns stand?

„Das?", fragte Roman und zog mit dem Finger mein übergroßes T-Shirt an meinen Beinen hoch.

Vom Bettrand aus starrte Kylo auf meine Oberschenkel, presste die Lippen aufeinander und atmete unsicher durch die Nase ein. Seine sonst so sanften braunen Augen waren ein glühendes Gold und brannten sich in jeden Zentimeter meines Fleisches, den er noch nicht *wirklich* berührt hatte.

Ich schüttelte den Kopf. „Nein", flüsterte ich, „nicht so."

Roman hob eines meiner Beine in die Luft und ließ Kylo meine graue Stoffunterwäsche sehen, die vor Erregung durchtränkt war. Nachdem er mit seinen Fingern meinem Eingang umspielt hatte, ließ er seine Finger leicht in den Slip gleiten. „Das?", fragte er.

Als ich den Kopf schüttelte, knurrte Roman leise in mein Ohr und drückte seine Beule gegen meine Muschi. „War es so?"

Ich presste meine Beine zusammen und gab nur ein leises Wimmern von mir. Kylo hatte am anderen Morgen immer und immer wieder gegen mich gestoßen, sein Schwanz pochte gegen seine Unterwäsche und meine Muschi war feucht vor Erwartung. Alles, was meine Wölfin in diesem Moment gewollt hatte, war, dass er unsanft in mich eindrang und mich fickte, bis ich ihn anflehte, aufzuhören.

„Er hat dich so angefasst, nicht wahr?", fragte Roman und stieß weiter gegen mich.

„Ja", flüsterte ich, während sich meine Muschi zusammenzog.

Roman riss mir das Höschen vom Leib, sodass meine nackte Muschi im Mondlicht glitzerte.

Kylo sah zwischen meine Beine und drückte seine Hand auf die Beule in seiner grauen Jogginghose. „Fuck", hauchte er, während seine Finger langsam jeden Zentimeter seines Schwanzes hinunterfuhren.

Ich wandte mich leicht in Romans Griff, der Druck zwischen meinen Beinen war fast unerträglich, obwohl mich noch keiner der beiden wirklich berührt hatte. Aber das hielt meine Wölfin nicht davon ab, darüber nachzudenken, was zwei dominante Alphas mit mir im Schlafzimmer anstellen konnten.

„Ich wette, du wolltest mehr mit ihm machen", sagte Roman. „Ich wette, du wolltest das ..." Er steckte seine Finger in meine Muschi und schob sie rein und raus, was eine Lustwelle durch meinen Körper schickte.

Ich konnte mich nicht mehr zurückhalten, umklammerte sein Handgelenk, drückte meinen Rücken durch und ritt auf seinen Fingern wie ein läufiges Tier, das unbedingt kommen wollte.

Als er seine Finger herauszog, jammerte ich: „Bitte, Roman. Mach weiter."

Roman grinste. „Ich habe etwas Besseres für dich." Er holte seinen Schwanz heraus und schob nur die Spitze in mich. „Ich wette, das wolltest du auch", sagte er und schob mit einer schnellen Bewegung seinen ganzen Schwanz in mich hinein.

Ich umklammerte das Bettlaken und drückte mich an ihn. „Oh Göttin ..."

Hitze stieg in meinem Inneren auf, als Roman langsam in mich hinein- und wieder herauspumpte und mich zwang, den feuchten Geräuschen zu lauschen, die meine Muschi für ihn machte. Ich schloss die Augen und versuchte, meinen zittrigen Atem zu beruhigen und die Spannung zu verdrängen. Doch nach ein paar Stößen zeigte Roman keine Anzeichen, aufzuhören. Stattdessen zog er mich mit dem Rücken an seine Brust und stellte meine Füße auf seine Oberschenkel, so dass Kylo freie Sicht auf das hatte, was Roman gehörte.

Kylo streichelte seinen riesigen Schwanz durch seine Hose. Ich starrte mit großen Augen darauf hinunter und stellte mir vor, wie ich mich fühlen würde, wenn er die 20 Zentimeter herausholen, seine Hand darum legen und sich vor mir streicheln würde.

„Sag mir, was Kylo mit dir machen sollte", sagte Roman in mein Ohr.

Ich schüttelte den Kopf, ich konnte es nicht laut aussprechen, schon gar nicht in Romans Gegenwart.

Roman stieß schneller in mich hinein und rieb meinen Kitzler in wilden kleinen Kreisen. „Wenn du mir schon nicht sagst, was du neulich wolltest, dann sag mir, was er jetzt mit dir machen soll."

Ich holte scharf Luft und sagte: „Nichts. Ich … ich will nicht, dass er etwas mit mir macht."

„Aber du ziehst dich zusammen", sagte Roman in mein Ohr, was mich dazu brachte, mich noch fester um ihn zusammenzuziehen. „Du musst doch etwas wollen."

Denk nicht darüber nach, Isabella. Denke nicht an Kyl…

„Isabella, wenn das funktionieren soll, musst du in der Lage sein zu reden." Roman stieß weiter in meine Muschi, sein Schwanz wurde ganz nass von meinen Säften. „Jetzt, deine letzte Chance, was soll Kylo mit dir machen?"

Obwohl ich jede sündige Sache, die Kylo mit mir machen sollte, herausschreien wollte, wollte ich Roman nicht verletzen. Also hielt ich den Mund und ließ meine Muschi an seinem Schwanz pulsieren, während Kylo eine Hand in seine Hose schob.

Roman knurrte mir ins Ohr: „Du willst wirklich, dass ich dich vor Kylo bestrafe, nicht wahr?", fragte er mich barsch. Er packte meine Brüste mit beiden Händen und zerrte kräftig an meinen Brustwarzen.

Schmerz gemischt mit schierem, nicht zu leugnendem Vergnügen durchströmte mich. Mein ganzer Körper fühlte sich an, als stünde er in Flammen, als würde ich läufig werden, doch dieses Mal war mein Partner bei mir. Elektrizität schoss meine Arme und Beine hoch und runter und ließ sie kribbeln.

Als ich Roman nur mit einem Wimmern antwortete, zog er seinen Schwanz aus meiner Muschi, positionierte sich hinter meinen Arsch und schob sich in mein enges Loch, wobei er immer noch meine Nippel drückte. Dann knurrte er Kylo an: „Leck ihre Muschi."

Göttin … hat Roman gerade …

Ich versuchte, meine Beine zu schließen, aber Kylo hatte sich bereits zwischen sie manövriert und sein warmer Atem umspielte meine Klitoris. Ich drückte meine Augen zu, eine Lustwelle überrollte meinen Körper. Er strich mit seinen Fingern die Innenseiten meiner Schenkel hinauf und hob sie in die Luft, um sie auf seine Schultern zu stützen. Und dann, endlich, presste er seine Lippen auf meinen Kitzler und seine Zunge leckte sofort darüber.

„Oh Göttin", stöhnte ich und wandte mich in ihren Griffen.

Roman knabberte mit seinen Zähnen an meiner Markierung. „Sieh ihm zu", grunzte er.

„Nein."

Nachdem ich mich ihm zum letzten Mal heute Abend widersetzt hatte, schlang Roman seine Arme um meine Beine, verschränkte seine Hände hinter meinem Kopf, sodass ich mich in der Nelson-Stellung befand, und zwang mich, auf Kylo hinunterzuschauen. Das Gesicht zwischen meinen Beinen vergraben, massierte Kylo meine Klitoris in quälenden Kreisen mit seiner Zunge und schob zwei Finger in mich hinein.

„Prinzessin, du bist so eng und warm", sagte Kylo.

Ich zog mich um ihn und Roman zusammen, allein durch den Druck, der meine Löcher füllte. Aber was wäre, wenn … was wäre, wenn es Kylos Schwanz anstelle seiner Finger wäre, der zwischen meinen Schamlippen verschwand und im selben wilden Rhythmus wie Roman in mich stieß?

„Immer noch nichts, Isabella?", fragte Roman leise in mein Ohr. „Du willst nichts mehr?"

Ich schluckte schwer und starrte auf Kylo hinunter, während mein Herz in meiner Brust raste. „Nein", sagte ich und brachte das Wort nur in einem kurzen Wimmern heraus.

Doch sie wussten beide, dass das eine Lüge war. Weder meine Wölfin noch ich wollten *nur das*. Wir wollten mehr.

„Er wird dich für deine Lügen bestrafen", sagte Roman und stieß noch tiefer in meinen Arsch.

Ich holte tief Luft, der Druck in meinem Inneren stieg.

Mich bestrafen? Wie wollte Kylo mich bestrafen?

„Sag ihm, er soll an deinen empfindlichen Nippeln ziehen."

Eine Lustwelle durchfuhr mich. Ich blickte auf Kylo hinunter, die Brauen gerunzelt. „Zieh an meinen Nippeln", sagte ich atemlos.

Kylo zog seine Finger aus mir heraus und griff mit beiden

Händen nach oben, um mit meinen Titten zu spielen und meine Brustwarzen um seine Handflächen zu rollen. Als er an ihnen zog, drückte ich meinen Rücken durch und stöhnte so laut, dass es durch das leere Haus schallte.

„Fester", sagte Roman in mein Ohr.

„Fester", sagte ich zu Kylo. Er tat, was ich gesagt hatte, und zog an ihnen. „Fester."

Kylo stöhnte bei meiner Aufforderung, als ob es ihn genauso hart machte, dominiert zu werden, wie jemanden zu dominieren. Er leckte meinen Kitzler schneller. Meine Muschi pulsierte, sie sehnte sich danach, dass etwas in ihr war, jetzt, wo Kylos Finger weg waren.

„Sag ihm, warum du ihn dazu bringst, das mit dir zu machen, Isabella", sagte Roman.

„Weil … weil … ich bestraft werden muss."

„Warum?"

Göttin, ich brauchte Kylo nur, um seinen Schwanz in mich zu schieben.

„Weil ich ein böses Mädchen gewesen bin."

Roman strich mit seiner Nase gegen meine Markierung. „Und was hast du getan, um bestraft zu werden?"

„Ich habe gelogen", flüsterte ich.

Kylo kniff fester in meine Brustwarzen und ich wölbte meinen Rücken, schrie in den Himmel und versuchte, mich von ihm weg zu winden, weil die Spannung zu groß wurde. Meine Beine zitterten auf Kylos Schultern.

„Komm verdammt noch mal noch nicht", knurrte Roman. „Wir sind noch nicht fertig mit dir."

„Ich habe gelogen, dass ich nicht wollte, dass Kylo mich berührt. Ich will, dass er mich mehr berührt", gab ich zu.

„Ich will nicht mehr hören, was du willst, Isabella. *Sag* ihm, was er mit dir machen soll."

Meine Augen weiteten sich leicht, als Kylo meinen Kitzler zwischen seine Lippen nahm, sanft daran zerrte und sich zwischen meine Beine setzte. Sein Schwanz drückte hart gegen seine Shorts und sah so verdammt groß aus.

Alles, was ich wollte, war, dass er ... „Zieh sie aus", sagte ich und starrte auf seine Hose.

Was ich alles tun würde, nur um seinen Schwanz so hart zu sehen.

Kylo zog langsam seine Hose und Unterwäsche aus – sein Schwanz sprang heraus – und warf sie vom Bett. Meine Muschi pulsierte, ich sehnte mich danach, dass er in mich eindrang, mich ausdehnte und mit Romans wildem Tempo in mich stieß. Stattdessen legte er eine Hand auf meinen Oberschenkel und die andere um den Ansatz seines Schwanzes und streichelte ihn Zentimeter vor meiner Muschi.

So knapp. Es war so verdammt knapp.

„Sag ihm, was du willst", murmelte Roman in mein Ohr.

Roman war es ernst mit dieser Beziehung. Er wollte, dass es zu seinen Bedingungen geschieht und das waren seine Bedingungen. Als er herkam, wusste er wahrscheinlich, dass er mich in Kylos Bett nehmen und ihn mitmachen lassen würde.

Nachdem ich mir die trockenen Lippen geleckt hatte, schüttelte ich trotzig den Kopf. „Nein."

Roman knurrte und rieb zwei seiner Finger an meiner geschwollenen Perle. „War diese Strafe nicht genug für dich, meine liebe Isabella?"

„Es war nicht genug", sagte ich, wohlwissend, dass ihn das aufregen würde.

Er bewegte seine Finger schneller, während Kylo weiterhin mit seinen Fingerspitzen an meinem Innenschenkel auf und ab fuhr.

Ich knurrte: „Tatsächlich war es scheiße. Ich hätte ..."

Roman schlang eine Hand um meinen Hals. „Steck deinen Schwanz in ihre hübsche kleine Kehle", sagte er zu Kylo und strich mit seinen Fingern an meinem Hals entlang. „Dann kann sie keine Widerworte geben."

Meine Augen weiteten sich, meine Muschi bebte. Kylo krabbelte auf dem Bett auf mich zu, nahm mein Kinn in die Hand und zwang mich, zu ihm aufzublicken. Von all den neckischen Kommentaren wusste ich, dass er wollte, dass ich im Bett die Dominante war. Ich wusste, wie gut es sich für ihn angefühlt hatte, als ich ihm gesagt hatte, er solle an meinen Brustwarzen zupfen. Aber er war ein Alpha … und irgendwo tief in seinem Inneren wollte er auch nicht, wenn man ihm widersprach.

„Tu es", stichelte ich, „und du wirst …"

Bevor ich zu Ende sprechen konnte, stopfte er seinen Schwanz in meinen heißen Mund und zwang mich, ihn mit den Lippen zu umschließen. Und als er hinten in meiner Kehle ankam, musste ich würgen.

„Komm schon, Isabella." Roman fuhr fort, meine Klitoris zu reiben. „Du kannst mehr von seinem Schwanz in dich aufnehmen." Er legte seine Hand um meine Kehle. „Wenn du mich ganz nehmen kannst, kannst du auch ihn ganz nehmen."

Kylo stieß seinen Schwanz noch tiefer in meinen Mund und traf wieder auf den hinteren Teil meiner Kehle.

„Sag ihm, du willst es tiefer", sagte Roman in mein Ohr.

Ich öffnete meinen Mund weiter, um zu sprechen, aber ich bekam kein Wort heraus. Meine Augen tränten, als ich zu Kylos straffem Körper hinaufstarrte, zu all den Muskeln und diesen seelenverwandten goldenen Augen. Ich hob meinen Kopf, um mehr von ihm in meiner Kehle aufzunehmen, bis sich meine Lippen gegen seine Hüften pressten.

„Alles von ihm, Isabella." Roman legte seine Hand noch fester um meinen Hals und spürte Kylos Schwanz darin.

Ich atmete tief durch die Nase ein, schloss die Augen und drückte mich näher an seine Hüften. Ich legte meine Hand um den Ansatz seines Schwanzes und seine Eier, öffnete meinen Mund noch weiter und zwang ihn *ganz* hinein.

Meine Kehle fühlte sich voll an und ich konnte nicht mehr atmen, doch Kylo stöhnte vor Vergnügen.

Göttin, es fühlte sich so gut an, meine beiden Partner zu befriedigen.

Als ich Luft holen musste, zog ich mich leicht zurück, aber

Roman hielt mich fest. „Du wirst dich nicht bewegen, bis du bereit bist, Kylo alles zu sagen, was er mit dir machen soll. Hast du mich verstanden?"

Ich nickte, meine Augen füllten sich mit Tränen und Spucke lief über mein Kinn.

„Antworte ihm", sagte Kylo schließlich.

Ich starrte ihn durch meine Wimpern an und versuchte, ihm zu antworten, konnte aber nur noch mehr an meiner eigenen Spucke würgen. Ich schob Kylo tiefer in meine Kehle, schlang meine Hand um meinen Hals, um ihn in mir zu spüren, und wichste ihn in meiner Kehle.

Fast wie aus einem angeborener Reflex schob er seinen Schwanz noch tiefer. Meine Titten hüpften gegen die Rückseite seiner Oberschenkel, als Roman in meinen Arsch stieß. Ich spreizte meine Beine für ihn und ließ ihn mit meiner Muschi spielen.

Ich zog mich langsam zurück, aber Roman hielt mich wieder auf.

„Bist du bereit, es ihm endlich zu sagen?", fragte er, und ich nickte.

Als Kylo sich aus mir herauszog, tropfte Spucke von seinem Schwanz auf mein Kinn.

Ich schnappte nach Luft und schaute mit tränenden Augen zu ihm auf. „Fick mich, bitte." Ich nahm sein Kinn in meine Hand. „Fick mich hart, Kylo - so hart, wie du mich neulich ficken wolltest - und hör verdammt noch mal nicht auf, bis ich komme."

Er stieß ein leises, laszives Knurren aus und kroch zwischen meine Beine.

Roman zog sie weiter auseinander und saugte mein Ohrläppchen zwischen seine Lippen. „Das war doch nicht schwer, oder?", fragte er.

Bevor Kylo in mich eindringen konnte, drückte ich meinen Ferse in seine Hüfte. „Spucke zuerst auf meine Muschi, Kylo. Das macht sie noch feuchter für dich, damit dein Schwanz richtig reinrutscht."

Roman spannte sich hinter mir an, so wie er es immer tat, wenn er kurz davor war zu kommen.

Kylo spuckte auf meine Muschi und rieb sie mit seinen Fingern ein, dann schob er sich mit einem langsamen Stoß in mich hinein. Mein ganzer Körper kribbelte vor Lust. Jeder Zentimeter von ihm trieb mich höher und höher. Ich war noch nie von zwei riesigen Schwänzen ausgefüllt worden, hatte noch nie so viel Lust und Druck in meinem Körper verspürt.

Roman packte meine Oberschenkel von hinten und spreizte mich weit. Ich drückte meinen Rücken durch und genoss das Gefühl von zwei Schwänzen, die in meine Löcher hinein- und wieder herauspumpten.

„Berühre mich, Kylo", wimmerte ich. „Reib meine Perle."

Mit vor Lust verkrampften Gesicht rieb Kylo meinen Kitzler und pumpte in mich hinein.

Roman legte eine Hand um meinen Hals, um mich näher heranzuziehen, und saugte an meiner Markierung. „Ist das alles, was du willst, meine liebe Isabella?", fragte er mich, während seine Finger an meiner Halssäule entlang tanzten.

Ausnahmsweise beschloss ich, ihm zu gehorchen und schüttelte den Kopf.

„Dann sag mir, was du willst."

„Ich will Kylo reiten, während du mich von hinten nimmst."

Kylo zog sich zurück, legte sich auf das Bett und zog mich auf sich, sodass ich über seiner Hüfte schwebte. Als er sich an meinem Eingang positionierte, verschränkte ich meine Finger mit seinen, rutschte langsam auf seinem Schwanz herunter und stöhnte in seinen Mund.

Nachdem er sich hinter mir positioniert hatte, schlang Roman seine Hände um meinen Hals und stieß erneut in meinen Hintern. Er zog an meinen Haaren, um meinen Kopf nach hinten zu zwingen und küsste mich dann von oben. Kylo schob seine Hand zwischen meine Beine und rieb meinen Kitzler, wie ich es ihm vorhin gesagt hatte. Ich grub meine Finger in seine Brust und spürte all die angespannten Muskeln.

„Komm in mir, Roman", stöhnte ich gegen Romans Lippen. „Bitte, komm in mir."

Roman stieß hart und schnell in mich hinein und kam dann plötzlich zum Stillstand, sein warmes und dickes Sperma füllte meinen Arsch. Sein Körper bebte hinter mir, seine Hüften zuckten weiter auf mich zu. Er griff nach meinem Hintern und presste seine Lippen fest auf meine.

Als Roman sich zurückzog, stand ich am Rande eines Orgasmus. Er nahm meine Brustwarzen zwischen seine Finger und zerrte kräftig an ihnen. Ich schrie seinen Namen, meine Muschi pulsierte an Kylos Schwanz, und brach in seinen Armen zusammen.

Kylo hielt mich an sich gedrückt, stieß weiter in mich hinein und ließ mich kommen. Als ich fertig war, kroch ich langsam von ihm herunter und zurück zwischen seine Beine, wobei meine Brüste seine Oberschenkel berührten. Sein Schwanz, nass von meinen Säften, sprang gegen seinen Unterleib.

Ich streichelte ihn hart und schnell und starrte dabei in seine goldenen Augen. „Du wirst kommen, wenn ich es dir sage", sagte ich zu Kylo.

Seine Hüften zuckten in die Luft, sein Schwanz zuckte. Ich setzte meine Lippen direkt auf seine Eichel, wirbelte mit meiner Zunge darum herum und massierte leicht seine Eier.

Und als ich wusste, dass er nicht mehr lange durchhalten würde, nahm ich ihn ganz in den Mund, bis er hinten in meiner Kehle ankam. „Komm für mich, Kylo", schaffte ich gerade so, herauszubekommen.

Fast sofort füllte er meine Kehle mit seinem warmen Sperma und stöhnte. Ich schluckte es, setzte mich zwischen seinen Beinen auf und ließ mich zwischen ihm und Roman fallen.

Es war eine lange, überraschende Nacht gewesen.

„Ruh dich aus, Isabella", sagte Roman. „Wir werden morgen früh über Scarlett sprechen."

35
roman

AM NÄCHSTEN MORGEN wachte ich auf und lag auf dem Rücken in Kylos Bett. Blaue Vögel saßen auf der Fensterbank, schlugen mit den Flügeln und zwitscherten. Isabella kuschelte sich an meine Brust, während Kylo sie streichelte, seine Nase in ihrem Haar, wo meine normalerweise war.

Als ich gestern Abend hergekommen war, hatte ich nicht gewusst, dass wir so enden würden. Ich hatte zwei ganze Tage mit dieser nervigen Schlampe Scarlett verbracht, musste mich entspannen und Isabella sah mit ihrem verschlafenen Wuschelkopf zu sexy aus, als dass ich darauf hätte verzichten können.

Obwohl Teilen nicht gerade das war, was verpartnerte Wölfe normalerweise taten, war mein Wolf merkwürdigerweise zufrieden damit, wie es bisher gelaufen war. Isabella hatte mich nicht hintergangen und hatte nichts getan, was ich ihr verboten hatte. Es war zu meinen Bedingungen geschehen und unsere Kommunikation war besser als je zuvor.

Kylo krallte seine Finger in Isabellas Hüften, seine Knöchel streiften meinen Unterleib. Ich schob mich im Bett zu Isabella und schloss die Augen, in der Hoffnung, noch ein paar Augenblicke Schlaf zu bekommen, bevor ich Scarlett für weitere Informationen quälen musste.

Plötzlich schoss Isabella im Bett hoch. Erschrocken flogen die blauen Vögel weg und in den nächstgelegenen Baum, wo sie sich auf einen Ast setzten, aber immer noch ins Zimmer starrten.

Isabella kletterte aus dem Bett und zerrte an einem von Kylos Hemden. „Wo ist er? Wo ist Derek? Das hätte meine erste verdammte Frage sein sollen, als du zurückgekommen bist." Sie schritt im Zimmer umher und schüttelte den Kopf. „Was zum Teufel ist los mit mir?"

Kylo öffnete blinzelnd die Augen und ergriff ihre Hand, um sie wieder nach unten zu ziehen. „Komm zurück ins Bett. Es ist sechs Uhr morgens. Wir haben weniger als zwei Stunden geschlafen."

Nachdem sie ihre Hand aus seiner gezogen hatte, drehte sich Isabella zu mir um, mit harten Brustwarzen unter dem Hemd. „Wir müssen reden." Als sie ihre Arme über der Brust verschränkte, schaute ich wieder in ihr Gesicht. „Jetzt!", sagte sie. „Wo ist Derek?"

Da ich wusste, dass sie nicht einmal versuchen würde, noch mehr Schlaf zu bekommen, setzte ich mich im Bett auf. Die Tatsache, dass sie eine Lykanerin war, hatte ihren Schlafrhythmus zu sehr durcheinander gebracht. Für eine Stunde Schlaf hatte sie viel zu viel Energie.

„Scarlett ist in meinem Gefängnis und wird von Wächtern gefoltert, bis sie uns Informationen gibt", sagte ich. Eine Welle von Schuldgefühlen überkam mich bei dem Gedanken, zwei unruhige Nächte ohne Isabella verbracht zu haben und mit leeren Händen nach Hause zurückgekommen zu sein. „Ich habe Derek nicht gefunden."

Isabella warf die Hände in die Luft und murmelte vor sich hin – oder vielleicht auch ihre Wölfin -, dass sie sich in unserer Nähe beherrschen müsse, damit sie ihn finden könne. „Warum hast du mir das nicht gestern Abend gesagt, Roman? Ich hätte rausgehen können und ..."

„Weil Kylo mir erzählt hat, dass du in den letzten zwei Tagen sehr nervös warst und gestern Abend, als du nach Hause kamst, völlig durcheinander warst", sagte ich und sah sie mit strengem Blick an.

Sie mochte körperlich, geistig und seelisch stark sein, aber wir waren schließlich nur Wölfe. Wir waren keine Götter und wir konnten nicht alles ohne Ruhe und ohne klar zu denken tun. Hätte ich es Isabella gesagt, wäre sie blindlings in den Wald gelaufen, ohne sich darum zu kümmern, wer oder was für eine Art von Verderben dort draußen lauerte.

„Du hättest es mir trotzdem sagen sollen", sagte sie. „Er ist mein bester Freund."

Kylo lehnte sich neben mir an das Kopfteil und schwieg. Auch wenn er während des Alphatreffens als der laute, unhöfliche Alpha aufgetreten war, hatte ich immer gewusst, dass er sich zurückhalten konnte. Wenn es nicht sein Problem war, mischte er sich normalerweise nicht ein.

Ich kroch aus dem Bett und legte meine Hände auf ihre muskulösen Schultern. „Ich wollte nicht, dass du so ausflippst. Du musst schlafen. Du kannst nicht die ganze Nacht wach bleiben, vorallem nicht, wenn Dolus da draußen ist und alle verdirbt." Ich ergriff ihre Hände. „Wenn du dich deswegen selbst fertig machst, wird es nicht besser. Das habe ich versucht, als meine Mutter starb, und nichts hat sich geändert."

„Aber", sagte sie mit leiser Stimme, „ich könnte versuchen, ihn zu finden."

„Die einzige Person, die weiß, wo er ist, ist Scarlett", sagte Kylo.

„Und Scarlett redet nicht. Sie will nicht reden. Ich habe alles versucht", gab ich zu.

Isabella zog die Augenbrauen zusammen und sah mich mit großen Augen an. „Alles?"

„Nicht das", sagte ich, weil ich wusste, dass sie das Schlimmste dachte, nachdem sie Scarlett vor über einer Woche bei den Lykanern beim Flirten mit mir erwischt hatte.

Aber ich machte Isabella keine Vorwürfe. Sie hatte viel um die Ohren und Scarlett war im Moment verdorben wie die Hölle.

Sie würde alles tun, um uns auseinanderzureißen und uns zu beflecken.

Isabella sah zu Kylo hinüber. „Kannst du versuchen, mit ihr zu reden?"

„Sie wird mir nichts sagen", sagte Kylo. „Sie hasst mich, weil ich sie zurückgewiesen habe."

Isabella stieß ein leises Knurren aus und zog sich eine Jogginghose an. „Dann werde ich sie so lange verprügeln, bis sie mir sagt, wo meine bester Freund ist", sagte sie und eilte zur Tür.

Ich hielt sie am Handgelenk fest, bevor sie gehen konnte. „Du wirst sie nicht sehen. Sie wird Psychospielchen mit dir spielen. Sie weiß, dass es dir wehtut, dass Derek weg ist. Sie wird mit deinem Verstand spielen, so wie sie es mit jedem gemacht hat, der ihr bei der Flucht mit Derek geholfen hat."

„Es ist mir egal, ob sie versucht, mich zu verarschen. Ich werde Derek zurückholen, egal ob …"

„Ich gehe schon", unterbrach Kylo und stieg aus dem Bett. Er zog sich eine enge Jeans und einen graues Shirt an. „Ich werde mit ihr reden, mal sehen, was ich aus ihr herausbekomme." Er schob einen Arm um Isabellas Taille. „Roman wird den Maulwurf finden. Du gehst Naomi trainieren."

Immer noch unzufrieden mit uns beiden verschränkte sie die Arme. „Unter einer Bedingung: Ein Lykaner begleitet jeden von euch heute, denn ich werde nicht zulassen, dass einer von euch verdorben wird." Sie senkte ihre Stimme und breitete die Arme aus. „Schon gar nicht jetzt, nicht nach der letzten Nacht."

Ich nahm ihr Kinn, zog sie zu mir und küsste sie. „Abgemacht."

Seit Stunden hatte ich mir von allen in meinem Rudel anhören müssen, dass sie nicht wussten, dass Derek entführt worden war. Einige weinten, andere waren hysterisch, weil sich die Verderbnis im Rudel verbreitete.

„Roman", sagte Isabellas Mutter, berührte mich an der Schulter und lächelte mich sanft an, „du trägst jetzt eine große Verantwortung. Isabella hat uns erzählt, was passiert ist. Wenn du etwas brauchst …"

„Hackbraten", sagte Isabellas Vater mit einem breiten Grinsen.

„Eine gekochte Mahlzeit.", sagte Isabellas Mutter und kniff die Augen zusammen, „Du bist immer bei uns willkommen." Sie beugte sich rüber und schirmte ihren Mund mit der Hand ab. „Sein Hackbraten ist der schlimmste. Das wissen wir alle."

Isabellas Vater zog eine Augenbraue hoch. „Was war das, Schatz?"

Sie lächelte ihn an und winkte mit der Hand. „Ach, nichts, Liebling."

Ich begleitete sie zu meiner Bürotür. „Danke."

Nachdem sie im Flur verschwunden waren, rieb ich mir mit der Hand über das Gesicht und seufzte. Das war mehr als anstrengend. Ich wollte nicht glauben, dass auch nur einer dieser Leute Dolus und Scarlett geholfen hatte. Jeder meiner Rudelkameraden behandelte mich besser als Familie, besonders nach dem Tod von Mama und Papa.

Cayden kam in mein Büro, setzte sich auf einen der Stühle und schlug die Beine übereinander. Als ich gerade die Tür schließen wollte, um mit ihm zu reden, schlenderte Jane den Flur entlang und summte ein Lied, das Mama immer gesungen hat.

„Jane", sagte ich und seufzte. Heute Morgen hatte ich ihr gesagt, sie solle nach Hause gehen, wo sie den ganzen Tag in Sicherheit sein würde. Ich wollte nicht, dass sie sich sorglos im Rudel herumtrieb, während jemand gerade einen meiner besten Krieger entführt hatte. „Bitte geh zurück in dein Haus, schließe dich dort ein und mach niemandem die Tür auf. Ich kann nicht riskieren, dass du verletzt wirst."

Sie brummte vor sich hin, murmelte etwas darüber, wie nervig und einengend ich sei, und verließ das Rudelhaus. Ich fuhr mir mit den Händen durch meine Haare und schaute zu Cayden hinüber, der auf seinem Handy scrollte.

Da Cayden mein Beta *und* mein stärkster Krieger war, glaubte ich nicht, dass er der Maulwurf sei. Aber jemand, der mir nahestand, musste wissen, dass Jane beobachtet wurde. Er wusste es von dem Moment an, als ich ihr Derek zugewiesen hatte.

Cayden schnitt mir eine Grimasse. „Worüber wolltest du reden?"

„Hast du Neuigkeiten über Derek?", fragte ich.

„Nein. Ich konnte gestern Abend nichts aus Scarlett herausbekommen. Sie saß in ihrer Zelle, völlig zufrieden, als ob sie dachte, dass jemand sie rauslassen würde." Cayden schnitt eine Grimasse. „Sie ist verdammt furchterregend, wenn du mich fragst. Ich weiß nicht, warum du sie überhaupt mal gedatet hast."

Ich verdrehte die Augen. Sie war nicht immer so gewesen.

„Und hast du niemanden Auffälliges auf dem Grundstück gesehen?", fragte ich.

„Nein", sagte er und verengte seine Augen. „Warum?"

„Das ist alles", sagte ich und ignorierte seine Frage. Ich winkte ab.

Nachdem er einige Augenblicke verweilt hatte, seufzte Cayden und verließ den Raum.

Als er die Tür hinter sich schloss, nickte ich Isabellas Lykaner zu. Ich musste sicher gehen, dass er es nicht war. „Folge Cayden."

36
kylo

ICH BRAUCHTE DEN GANZEN TAG, um den Mut aufzubringen, zum ersten Mal seit Jahren mit Scarlett zu sprechen. Nachdem ich sie vor vier Jahren mit Roman erwischt hatte, hatte ich mir geschworen, nicht mehr mit ihr zu reden, bis ich die Kraft gefunden hatte, unsere Partnerverbindung für immer zu lösen. Und als ich das endlich geschafft hatte, ging ich nicht mehr zurück.

Irgendwie hatte sie es jedoch geschafft, sich wieder zwischen Roman und mich zu drängen, nur dass sie uns dieses Mal nicht auseinanderreißen konnte, weil keiner von uns beiden sie noch wollte oder sich um sie scherte.

„Kylo", säuselte Scarlett, als ich die Steinstufen hinunter ins Gefängnis schlurfte. Sie saß mit dem Rücken an der Wand, das silberne Metall brannte in ihre Hand- und Fußgelenke. „Ich hätte nie gedacht, dass du und Roman wieder zivilisiert miteinander umgehen würdet."

Ich lehnte mich an die Wand, verschränkte die Arme vor der Brust und starrte die Frau an, die ich einst Partnerin und Luna genannt hatte. Obwohl ich sagen wollte, dass ich nichts für sie empfand, bereitete mir das, was sie getan hatte, immer noch Kummer. Es war ein unverzeihlicher Verrat.

„Sag mir, wo Derek ist", sagte ich.

Scarlett warf ihr braunes Haar über ihre Schulter. „Warum fragst du nicht deine Geliebte?"

Wutentbrannt trat ich vor und packte die silbernen Stangen. „Willst du dich immer noch über Isabella und mich aufregen? Hättest du nicht hinter meinem Rücken mit Roman geschlafen, würdest du jetzt vielleicht gar nicht in dieser leeren, kalten Zelle sitzen. Es hätte anders laufen können."

Sie waren vielleicht anders zwischen uns, aber für Isabella hätte ich dennoch genauso empfunden. Wir waren seit siebentausend Jahren füreinander bestimmt und haben uns in unseren vergangenen Leben immer wieder gefunden.

Scheiß auf Scarlett und was sie mir angetan hatte.

Sie war nicht die Frau, die ich brauchte. Isabella war es.

„Was kümmert es dich, dass ich mit ihm geschlafen habe?", zischte sie durch ihre Eckzähne und stand auf. „Du wusstest, dass wir geflirtet haben. Wir haben es vor deinen Augen getan! Warum sollte ich nicht mit ihm schlafen? Sein Schwanz ist so viel größer als deiner, Kylo … und diese pure, rohe Dominanz", sie kicherte, „hast du nicht."

Ich ließ die silbernen Stangen los und atmete tief durch. Sie würde mich nicht brechen.

„Es geht nicht darum, dass du mit ihm geschlafen hast. Es geht darum, dass du mein Vertrauen missbraucht hast. Es geht darum, dass du mit ihm in meinem Schlafzimmer und in sämtlichen Zimmern in meinem Rudelhaus geschlafen hast."' Ich atmete schwer und wiederholte in meinem Kopf, dass dies wieder eines ihrer vielen Psychospielchen war.

Ihre Lippen verzogen sich zu einem grausamen Grinsen. „Ich bedaure es nicht. Es war die beste Zeit, die ich je hatte."

Töte sie, knurrte mein Wolf. Erledige sie, damit sie dir nicht mehr wehtun kann.

Anstatt mit meinen Fäuste auf sie loszugehen, ballte ich sie an meinen Seiten. Egal, wie sehr ich mich bemühte, sie wollte mir keine Auskunft über Derek geben. Sie würde mich im Kreis drehen lassen, bis ich unter ihr zusammenbrechen würde.

Ich verließ das Gefängnis, um meinen Verstand zu bewahren; ihr Winseln wurde durch die dicken Betontüren erstickt. Ich ging geradewegs auf das Haupthaus zu, auf der Suche nach Isabella, um mich von Scarlett abzulenken.

Und wieder hatte Scarlett einen Weg gefunden, zu mir durchzudringen, selbst nachdem ich sie zurückgewiesen hatte.

37

isabella

NACH ZWÖLF STUNDEN auf den Beinen hatte ich Naomi trainiert, die Lykaner organisiert und eine Hexe, die sich mit der Magie des Verderbens auskannte, kontaktiert. Ich lehnte meine Stirn an Romans Haustür und atmete tief durch. Ich hatte nichts über Dereks Aufenthaltsort herausgefunden und war dem Maulwurf auch nicht auf die Spur gekommen.

Als ich das Haus betrat, unterhielten sich Roman und Kylo am Küchentisch angeregt miteinander. Zwischen ihnen lag ein Notizbuch mit Dutzenden Wörtern, die in leuchtend roter Tinte auf der Seite standen.

„Was ist das?", fragte ich.

Kylo lächelte mich an. „Eine Liste mit hundert Dingen, die wir später mit dir machen wollen."

Ich zog eine Augenbraue hoch und sah dann Roman an, der ein leichtes Grinsen im Gesicht und einen verschmitzten Blick in seinen haselnussbraunen Augen hatte. Neben Kylo sitzend, schnappte ich mir das Notizbuch und las alle Namen, wobei ich vor mich hin summte.

„Willst du, dass all diese Leute es später mit mir *treiben*?", fragte ich und konnte mein Lächeln nicht unterdrücken. „Vanessa, Cayden, sogar Raj. Ihr zwei seid zwei perverse Hurens…"

Romans spielerischer Blick verhärteten sich, als er mir das Notizbuch entriss. „Jetzt, wo du einen Vorgeschmack auf Kylo bekommen hast, solltest du es nicht übertreiben", sagte er. Er klappte das Notizbuch zu, legte seinen Stift darauf und schob es auf die andere Seite des Tisches. „Das sind Namen von Leuten, die Scarlett geholfen haben könnten."

Roman nahm meine Hand von der anderen Seite des Tisches und strich mit seinen Fingern über meine Fingerknöchel. „Ich lasse sie von ein paar Lykanern beobachten", sagte er. „Kein Grund zur Sorge. Ich vertraue hier nicht vielen Menschen. Wer auch immer es war, es musste jemand sein, der uns nahe steht, denn sonst hätte er nicht wissen können, dass Derek Jane beobachtet. Das habe ich nur meinen engsten Kriegern erzählt."

Ich drehte mich zu Kylo um. „Und Scarlett?"

Kylo atmete aus und sank kopfschüttelnd in seinem Stuhl zusammen. „Sie will nicht mit mir reden. Sie hat nichts anderes getan, als über mich herzuziehen. Sie gibt nicht so leicht auf. Selbst nach all der Folter, die deine Wächter ihr angetan haben, schien sie so verdammt gelassen." Er sah mich stirnrunzelnd an. „Ich werde es morgen noch einmal versuchen, aber ich glaube nicht, dass sie auspacken wird."

Wir saßen einige Augenblicke schweigend da, dann nahm ich einen Apfel von der Mitte des Tisches. „Naja, ich wollte nur kurz vorbeischauen. Ich komme später wieder.", sagte ich, stand wieder auf und ging zur Tür.

Die Hexe hatte geplant, heute Abend zu den Lykanern zu kommen, um uns zu helfen, und ich wollte etwas früher da sein, um Naomi vorzubereiten.

Kylo umklammerte mein Handgelenk und zog mich zurück zum Tisch. „Wo willst du hin?"

„Ich habe um sieben eine Verabredung mit ein paar Lykanern. Es ist fast halb sieben."

„Ich habe dich nicht entlassen", sagte Roman.

„Mich entlassen?", fragte ich mit hochgezogener Braue. „Du musst mich nicht entlassen."

Kylo stand auf und legte seine Hand um meinen Hals, schob seine Nase in mein Haar, streifte mit seinen Lippen mein Ohr: „Setz dich."

Ich atmete seinen süßen Kiefernduft ein, schloss die Augen und wartete darauf, dass Roman eine seiner kalten, harten Forderungen stellen würde. Als er kein Wort sagte, öffnete ich die Augen und sah, wie er mich aufmerksam beobachtete, als ob er darauf wartete, dass ich Kylo gehorchte, wie ich ihm *manchmal* gehorchte.

„Nein."

„Du hast noch eine halbe Stunde bis zu deinem Treffen", sagte Kylo in harschem Tonfall. „Setz dich."

„Nein."

Im nächsten Augenblick schnellte Roman um den Tisch herum, packte mit einer Hand meinen Hintern und mit der anderen meine Brust und sagte: „Entweder setzt du dich oder du verbringst die nächsten dreißig Minuten zwischen uns, bis deine Beine unter dir nachgeben."

Erregung durchströmte mich. Ich wusste, wenn ich mich ihm widersetzte, würde er ausrasten; das führte immer dazu, dass er mich fickte und das war genau das, was ich nach einem Tag wie heute brauchte, selbst wenn es nur ein Quickie war. Also tat ich das, was ich am besten konnte und fragte: „Ist das ein Versprechen? Oder wieder dein lausiges, leeres Gerede?"

Er riss mich aus Kylos Griff, knurrte und beugte mich über unseren hölzernen Küchentisch. „Leeres Gerede, Isabella", spuckte er meine Worte zurück. „Verdammt ...", er zog mir die Hose herunter, „... leeres ...", er holte seinen Schwanz heraus und klatschte ihn gegen meinen feuchten Eingang, „... Gerede." Er drückte mich gegen den Tisch. „Genau das ist es."

Ich wimmerte und drückte meinen Rücken durch.

Er packte mich an den Haaren und zog mich vom Tisch. „Entschuldige dich bei Kylo."

„Fick dich, Roman."

„Entschuldige dich", befahl Roman, seine Stimme war so

grausam und erniedrigend. Roman stieß von hinten so hart in mich hinein, dass meine Brüste unter meinem Hemd fast aus dem BH fielen. „Entschuldige dich, wie du es bei mir tun würdest. Hab ein bisschen Respekt."

Kylo nahm mein Kinn in eine Hand und steckte seine Finger in meinen Mund, dann griff er mit der anderen Hand nach meiner Brust und ließ einen Nippel in seiner Handfläche kreisen. Ich zog mich um Roman zusammen, eine Lustwelle durchströmte mich, und griff nach Kylos schwarzer Jeans.

Ich streichelte die Beule in seiner Hose, starrte zu ihm auf und würgte an seinen Fingern. Als er sie aus meinem Mund herauszog, wischte er mir die Spucke über die Wange.

„Macht es das wieder gut?", fragte ich, schob meine Hand in seine Hose und streichelte ihn durch seine Boxershorts. „Wie wäre es damit?"

Roman blieb hinter mir stehen und zerrte fester an meinem Haar. „Macht ein halbherziger Handjob deine Respektlosigkeit wieder wett?"

Meine Muschi krampfte sich an seinem Schwanz zusammen und ich schüttelte den Kopf. „Nein."

Nachdem er mich wieder auf den Tisch gestoßen hatte, näher an Kylos Beule, stieß Roman von hinten in mich hinein und ließ mich noch härter gegen die Holzkante prallen. Ich starrte auf Kylos Beule und schob meine Hand in seine Shorts, um seinen Schwanz in die Hand zu nehmen.

Ich zögerte und warf einen Blick auf Roman, der mich mit diesen fordernden goldenen Augen ansah. Ich schluckte und zog Kylos Schwanz heraus, meine Gedanken schwirrten, meine Finger kribbelten. Das passierte wirklich wieder.

Isabella", sagte Raj durch die Gedankenverbindung.

Ich wollte ihn so verdammt gerne ignorieren. Es waren noch mindestens fünfzehn Minuten bis zu unserem Treffen und ich war so kurz davor, zu kommen und heute ausnahmsweise mal zu entspannen. Aber ich durfte ihn nicht ignorieren, nicht wenn ein Krieg in unserem Wald tobte.

„*Was?*", fragte ich und hoffte, dass er schnell antworten würde.
„*Scarlett ist weg.*"

38
isabella

„ICH DACHTE, du hättest gesagt, dass Scarlett in der verdammten Zelle eingesperrt ist?", fragte ich Kylo mit zusammengebissenen Zähnen, während ich meine Hose so schnell wie möglich hochzog, zuknöpfte und zur Haustür eilte.

Überrascht zog Kylo seine Jeans wieder an und folgte mir. „Ist sie."

„Was ist passiert?", fragte Roman und eilte hinter uns her.

Ich stürmte ungläubig zur Haustür hinaus. Das konnte doch nicht wahr sein. Ich hatte mir heute bei den Lykanern den Arsch aufgerissen und war keinen Schritt weitergekommen. Scarlett war meine einzige Hoffnung, Derek lebend zu finden und ihn durch diese verdorbenen Zeiten zu bringen. Ich hätte selbst nach ihr sehen sollen, anstatt nach Hause zu kommen.

Was wäre, wenn Kylo *oder* Roman ihr zur Flucht verholfen hatten?

Kylo war ihr Ex-Partner und Roman hatte gerade zwei Tage mit ihr verbracht und Gott weiß was getan. Sie hätte einen oder beide verletzen können, sie hätte ihre Gedanken kontrollieren können oder ihnen etwas versprechen können, was ich ihnen niemals geben konnte.

Dennoch konnte ich mich nicht dazu durchringen, zu glauben, dass einer von ihnen verdorben war.

Die Mondgöttin hatte Kylo und mir die Verantwortung übertragen, Dolus zu zerstören. Und Roman war mein Partner, der mich liebte, seit wir Kinder waren. Sie würden mich nicht verraten. Das durften sie nicht.

„Scarlett ist geflohen und hat drei Gefängniswärter getötet", sagte ich und rannte durch den Wald.

Roman knurrte wütend, verwandelte sich in seinen riesigen braunen Wolf und sprintete vor mir her in Richtung Gefängnis. Kylo und ich verwandelten uns ein paar Augenblicke später. Anstatt mit Roman ins Gefängnis zu laufen, rannte ich in Richtung der Grenzen. Scarlett konnte nicht weit gekommen sein. Jemand hatte ihr zur Flucht verholfen und obwohl dieser Jemand seine Spuren gut verwischen konnte, hatte ich jetzt Leute hier, die ihre Gerüche aufnehmen konnten.

„*Hol die besten Fährtenleser, die wir haben, Raj*", sagte ich durch die Gedankenverbindung. Als ich meine Nase über den Boden hielt, nahm ich einen süßen, weiblichen Duft wahr. „*Raj?*", fragte ich, als er nicht antwortete. Mein Herz pochte in meiner Brust, der Wind peitschte um uns herum und mein Fell wehte in alle Richtungen.

„*Wir brauchen keinen Fährtenleser …*", sagte Raj schließlich, seine Stimme war nur noch ein Flüstern in meinem Kopf.

„*Sag mir, dass es dir gut geht. Sag mir, dass …*", Ich kappte die Gedankenverbindung und blieb wie angewurzelt stehen.

Scarlett stand an unserer Grenze, hatte ihre Hand um den Hals einer Kriegerin und schlug ihre Krallen brutal in die Kehle. Es war nicht irgendeine Kriegerin. Es war Vanessa.

Ich heulte auf, rief Roman und Kylo zu, mir zu folgen, und sprintete auf den bewegungslosen Raj zu. Anstatt zu versuchen, die Situation zu deeskalieren, starrte Raj Scarlett mit großen, geschockten Augen an.

Ging es … ging es ihm gut?

Scarlett drehte sich zu mir um, mit leuchtenden, bösen Augen und demselben Grinsen, das sie aufgesetzt hatte, als sie bei den Lykanern mit ihren schmutzigen Krallen über die Brust meines Partners gefahren war. „Isabella", schnurrte sie, „ich bin froh, dass du es geschafft hast."

Vanessa packte ihr Handgelenk, um sie wegzuziehen, während Scarlett drohte, sie umzubringen.

„Lass sie runter", befahl ich mit strenger Stimme.

Vanessa sah mich mit großen, schuldbewussten Augen an. Sie krallte ihre Eckzähne in Scarletts Handgelenk und Scarlett zuckte tatsächlich zusammen.

Ich richtete mich auf und sah Scarlett direkt an, um ihr zu zeigen, dass ich keine Angst hatte. „Jetzt."

Aber ich hatte schreckliche Angst, denn sollte ich einen Schritt auf sie zugehen, würde sie Vanessa töten und sollte ich gar nicht reagieren, würde sie sie wahrscheinlich auch töten. Wir steckten in einer ausweglosen Situation, und niemand konnte uns wirklich helfen.

Ich sah wieder zu Raj rüber und folgte seinem Blick über Scarlett hinweg zu … Jane.

Jane stand etwas abseits, der Wind wehte ihr das lange, aalglatte braune Haar ins Gesicht. Sie strich sich eine Strähne hinters Ohr, ihre Augen waren glasig und starrten Scarlett voller Bewunderung und Stolz an.

Jane war der Maulwurf, nicht Roman, nicht Kylo, nicht Raj und schon gar nicht Vanessa. *Jane.*

Als Roman und Kylo auftauchten und sich neben mich stellten, schob Scarlett Vanessa zur Seite und klatschte in die Hände. „Endlich sind alle da. Dich brauchen wir nicht mehr", sagte sie zu ihr.

Vanessa brach auf Stöcken und Ästen zusammen und umklammerte ihren Hals.

Ich schaute sie kurz an, um mich zu vergewissern, dass es ihr gut ging, und knurrte dann Scarlett an: „Was willst du, verdammt?", fragte ich mit zusammengebissenen Zähnen und spürte nichts als Wut. „Ich hätte sie schon längst dazu bringen sollen, dich zu töten."

Sie schmunzelte. „Aber dann könnte ich dir nicht all die Dinge erzählen, die zwischen Roman und mir in der letzten Nacht passiert sind." Sie kicherte hysterisch.

Roman presste seine Kiefer zusammen. „Es ist nichts passiert."

Ich vertraue Roman. Ich vertraue Roman. Ich vertraue Roman. Ich muss Roman vertrauen.

Scarlett trat einen Schritt vor und legte den Kopf schief. „Bist du dir da sicher, Romie?"

Ich schob mich zwischen die beiden und richtete meine ganze Aufmerksamkeit auf dieses verlogene, männerstehlende Stück Scheiße. „Ich werde nicht auf deine dummen Psychospielchen hereinfallen. Du hast doch nicht …" Ich hielt kurz inne, als sie sich ein paar Haare von der Schulter schob und mir ihren frisch gezeichneten und mit Bläschen übersäten Hals zeigte.

Nein, nein, nein, nein, nein, nein, nein, nein.

Scarlett spielte nur ein Spiel mit mir. Ein weiteres verdammtes Spiel.

Es war nicht real.

Roman hatte sie nicht gezeichnet.

Ich schob alle meine Ängste beiseite, trat näher an sie heran, presste die Kiefer aufeinander und starrte sie durchdringend an. Alles andere schien zu verschwimmen. Und alles, worauf sich meine Wölfin konzentrieren konnte, waren die großen Eckzahnabdrücke und die ekelhafte Arroganz, die von ihr ausging.

Obwohl die Markierung fast Alphagröße hatte, waren die Eckzahnmarkierungen nicht so groß wie die von Roman. Ich wusste es aus erster Hand. Ich hatte stundenlang auf die Narbe gestarrt, nachdem Roman mich markiert hatte; ich wusste, wie sie aussah. Er hatte sie nicht markiert, was bedeutete, dass …

Ich blickte verletzt zu Kylo hinüber. „Hast du …"

Bevor ich den Satz beenden konnte, ließ Kylo seine Eckzähne aufblitzen, die genauso groß waren wie die von Roman. Nein, auch er hatte sie nicht gebissen. Ich runzelte die Stirn und trat von Scarlett weg, denn in meinem Kopf schien alles zu stimmen.

Das war eine Falle. Sie hatte etwas geplant.

„Wer auch immer in der Nähe von Romans Rudel ist, ich brauche euch sofort an der Westgrenze", sagte ich durch die Gedankenverbindung zu meinen Lykanern. Irgendetwas würde furchtbar schiefgehen. Ich konnte es einfach spüren. „Ärzte, Fährtenleser, Krieger."

Niemand bewegte sich. Ohrenbetäubende Stille herrschte im Wald. Dolus war hier.

„Roman hat dich nicht markiert", sagte ich zu Scarlett und versuchte, Zeit zu gewinnen, damit meine Krieger herkommen konnten. Wenn Dolus die Mondgöttin zu Fall gebracht hatte, dann würden zwei Alphas, zwei Lykaner und ein Krieger nicht in der Lage sein, ihn allein zu besiegen. „Du bist eine Lügnerin."

„Wow", sagte sie, „Du bist echt gut im Spurenlesen, stimmt's?"

„Wer hat dich markiert?", fragte ich und schob Roman und Kylo ein paar Meter zurück. *„Geht und beschützt die ..."*

„Sie…Sie was es", sagte Raj, seine Stimme war nur ein Flüstern, während er auf Jane zeigte.

Mein Herz brach, so wie Raj sich gefühlt haben musste, als er erfahren hatte, dass seine Partnerin – die eine Frau, die er bis in alle Ewigkeit lieben sollte – eine andere markiert hatte.

Jane grinste Raj an und trat einen Schritt vor. „Ich habe sie markiert."

„Du hast Scarlett markiert?", Roman brüllte, seine Gedankenverbindung schwirrte vor Rache und Wut und jedem verdammten Schimpfwort, das es gab. *„Du* hast mit Scarlett zusammengearbeitet? Du hast ihr zur Flucht verholfen? Du hast Derek entführt?"

„Derek?", flüsterte ich und schlug mir eine Hand auf die Brust. Ich sah mich nach ihm um und hoffte, dass sie dumm genug gewesen waren, ihn hierher zu bringen und ihn hinter ein paar Ästen zu verstecken. „Wo ist er?"

Jane machte einen drohenden Schritt auf mich zu, die Hände hinter dem Rücken verschränkt und die leblosen, glasigen Augen auf mich gerichtet. „Es spielt keine Rolle, wo er ist. Du musst nur wissen, dass er nicht zu dir zurückkommen wird. Niemand wird das."

Es kostete mich alles, was ich in mir hatte, um mich nicht auf sie zu stürzen und sie zu töten. Sie wurde von Dolus kontrolliert. Das hier war nicht die Jane, mit der ich aufgewachsen war, nicht die Jane, die Vanessa liebte, nicht die Jane, die Roman bei jeder Gelegenheit aufzog.

„Jane", sagte Raj. Er bewegte seine Lippen weiter, aber es kamen keine Worte heraus. Sein Kinn zitterte, doch alles, was er tun konnte, war, sie anzustarren. Seine Partnerin hatte jemand anderen markiert. Es musste schlimmer wehtun als die Läufigkeit, die ich ohne Roman durchgemacht hatte.

Sie kam langsam auf mich zu und blieb einen halben Meter von mir entfernt stehen, ihre trüben grünen Augen verdunkelten sich von Sekunde zu Sekunde mehr. Ich blieb standhaft und weigerte mich, sie anzuschauen oder von ihr zurückzuweichen. Wenn Dolus die Kontrolle über sie erlangt hatte, wenn er in ihr war, dann hatte er etwas anderes verdient. Ich würde mich von Romans Schwester nicht einschüchtern lassen.

„Jane", sagte Roman, dessen Stimme kaum über ein Flüstern hinausging. Obwohl er sich bemühte, keine Anzeichen von Einschüchterung zu zeigen, konnte ich spüren, wie sehr es in seinem Inneren schmerzte. Wir waren miteinander verbunden, teilten Emotionen wie keine anderen und seine waren in diesem Moment quälend schmerzhaft. „Nein, das darf nicht sein. Ich kann dich nicht auch noch verlieren. Mama und Papa und jetzt … jetzt dich."

Mein Herz krampfte sich zusammen. Roman hatte bereits eine Zeit voller Schmerz durchlebt. Jetzt, da seine Schwester von Dolus vereinnahmt worden war, wusste ich nicht, ob er sich jemals von etwas so Verheerendem erholen würde. Das war der erste Schritt zur Kontrolle seines Geistes durch Dolus.

„Isabella muss weg", sagte Scarlett zu Jane, deren Eckzähne vor dickem, gelblichem Speichel glitzerten. „Solange sie lebt und in diesem Rudel ist, können wir nicht die Welt beherrschen. Nur sie steht uns bei der Weltherrschaft noch im Weg."

Janes Augen zitterten und wechselten für einen kurzen Moment von stumpfem Grün zu ihrem hellen Smaragdgrün. Dann schnippte Scarlett mit den Fingern und von da an geschah alles wie im Fluge.

Raj brüllte. Vanessa sprintete auf mich zu. Und Jane zog einen silbernen Dolch hinter ihrem Rücken hervor, richtete ihn auf mich und schleuderte ihn durch die Luft. Gerade als das Messer meine Haut durchbohren wollte, stieß Vanessa mich weg. Die Klinge glitt mitten durch ihre Brust und schnitt durch ihr Brustbein wie durch Butter.

„Wir brauchen einen Arzt", schrie ich durch die Gedankenverbindung, während ich auf die Knie sank und meine Hände auf Vanessas Wunde presste, damit sie nicht verblutete. Tränen liefen mir über die Wangen. *„Wir brauchen sofort einen Arzt."*

Das war alles meine Schuld.

„Warum?", schrie ich Jane durch die Tränen hindurch an. „Warum hast du das getan?"

Jane ließ das Messer fallen, es blieb schlammigen Waldboden stecken. Im Mondlicht wechselte ihr Ausdruck zwischen Fassungslosigkeit, Überraschung und Schock hin und her, ihre Augen changierten in hundert Goldtönen, als ob sie mit etwas in ihrem Inneren kämpfte – mit einer Bestie, die frei sein wollte.

„Vanessa!", rief Jane.

Roman knurrte Scarlett an, wobei sich seine Zähne zu Eckzähnen verlängerten. „Was zum Teufel hast du mit ihr gemacht?"

Scarlett schlang ihre Arme um Janes Schultern und schob Jane vor sich wie ein verdammtes Weichei, das andere als Schutzschild benutzt, um sich selbst zu retten. Ob sie nun Dolus war oder immer noch Scarlett, sie war schon immer ein schwaches Stück Scheiße gewesen und würde es auch immer bleiben.

„Ich brauche sofort einen Arzt. Irgendjemand, bitte", flehte ich durch die Gedankenverbindung.

Aber niemand antwortete.

Kylo schloss Vanessa in seine Arme. „Ich bringe sie ins Krankenhaus."

„Sorge dafür, dass sie zu meiner Mutter kommt", sagte ich.

„Und komm bitte schnell zurück, Kylo. Wir werden dich brauchen."

Nachdem er durch den Wald in Richtung Krankenhaus gesprintet war, drehte ich mich um und sah, wie Scarlett meinen Roman mit einem grausamen Grinsen auf den roten Lippen ins Visier genommen hatte.

„Du willst doch nicht, dass ich deiner kostbaren Schwester wehtue, oder?" Sie stieß ein schallendes Lachen aus. „Ich weiß, wie viel sie dir bedeutet … aber sie ist bereits tot, Romie." Scarlett strich mit den Fingerknöcheln über Janes Wange.

Wie eine Katze es bei ihrem Besitzer tun würde, schloss Jane ihre Augen und schmiegte ihren Kopf an Scarletts Hals. „Ja, Partnerin", sagte sie, als wäre sie von ihren Gedanken kontrolliert worden und hätte völlig vergessen, was sie gerade mit Vanessa – ihrer besten Freundin – gemacht hatte.

Raj brüllte neben mir und stürzte sich auf Scarlett, aber ich packte ihn am Handgelenk und riss ihn zurück. Scarlett wollte, dass wir kämpfen. Sie wollte uns brechen, körperlich und geistig, damit sie uns zu Fall bringen konnte. Sie arbeitete mit Dolus zusammen … oder vielleicht, nur vielleicht, war sie Dolus selbst.

„Jane", sagte ich leise ihren Namen und trat einen Schritt vor. Dunkle Wolken zogen über uns hinweg und verdeckten jegliches Sonnen- oder Mondlicht. „Willst du wirklich deine Luna töten?", fragte ich und sah, wie ihre Augenbrauen zuckten. „Willst du die Partnerin deines Bruders töten? Weißt du, wie am Boden zerstört er wäre, wenn er wüsste, dass die Einzige, die ihm aus der Familie geblieben ist, seine eigene Partnerin getötet hat?", fuhr ich fort.

Janes Lippen zuckten wieder, aber die Rede über ihre Familie und Freunde reichte nicht aus, um sie aus der Trance zu holen.

Scarlett flüsterte ihr etwas ins Ohr.

Ich trat näher an sie heran, den Blick auf Jane gerichtet. „Weißt du, was dein Partner tun würde, wenn du seine Gefährtin und die Anführerin der Lykaner tötest?", fragte ich. „Die Frau, die dich und ihn vor dem bösartigen Mann gerettet hat, den wir einst Ryker nannten?"

„Er würde brechen", sagte Scarlett, strich ihr übers Haar und lächelte sie an. „Genau wie wir es wollen. Du wirst gute Arbeit leisten, Jane."

Tränen stiegen in Janes trüben Augen auf. Sie öffnete ihren Mund, um zu sprechen, konnte aber nichts sagen. Sie bewegte sie weiter, brachte aber kein einziges Wort heraus, nur ein leises Keuchen.

Roman zog die Stirn in Falten. „Was willst du, Jane? Sag etwas."

Ihre Haut färbte sich tiefrot. Meine Worte schienen sie mitten ins Herz getroffen zu haben. Und obwohl ich ihr nicht wehtun wollte, musste sie sich selbst aus der Trance reißen, in die Scarlett sie versetzt hatte. Sie zu verletzen könnte der einzige Weg sein.

„Dein Partner würde dich zurückweisen", sagte ich und trat vor. „Dein Bruder würde dich verleugnen. Alle deine Freunde würden dich dafür hassen. Du hättest niemanden mehr. Nicht deine Eltern. Nicht deinen Bruder. Nicht deinen Partner. Du wärst eine einsame Wölfin und müsstest für dich selbst sorgen, mit niemandem, den du sehen oder mit dem du reden könntest, außer dir selbst."

Als Jane einen durchdringenden, schmerzerfüllten Schrei ausstieß, sagte Scarlett noch etwas von ihrem Zauberscheiß. Jane begann sich hin und her zu winden, Schaum füllte ihren Mund und lief ihr Kinn hinunter. Plötzlich durchdrang kohlefarbene Dunkelheit das Weiße von Scarletts Augen.

„Du hast mir gut gedient, Jane", sagte Scarlett mit einer Stimme so tief wie ein Mann. „Ich danke dir, mein Kind."

Als Scarlett sich von Jane entfernte, hörte Jane auf zu krampfen und sackte auf den Boden.

Bevor sie sich den Kopf anschlagen konnte, nahm Roman sie in die Arme und murmelte immer, und immer wieder *„Nein"*.

Raj entriss sie Roman, drückte sie an seine Brust und fuhr mit einer Hand durch ihr schokoladenbraunes Haar. „Baby, nein. Komm zurück zu mir. Komm zurück. Reiß dich zusammen, Jane", flehte er mit brüchiger Stimme.

Aus der Ferne konnte ich den gleichmäßigen Herzschlag von Jane hören, aber sie war nicht ansprechbar.

Scarlett hatte ihr etwas angetan, etwas Böses.

Jane schwung ihren Arm hoch und schlang ihre Hand um Rajs Hals, seine Augen waren tiefschwarz.

Raj sackte auf dem Boden zusammen und hielt sich den Hals. „Jane", flüsterte er. „Jane, bitte. Ich bin's, dein Partner."

„Ich habe keinen Partner", sagte Jane, „außer Scarlett."

„Bitte, Mondgöttin, hilf uns", flehte ich, obwohl ich wusste, dass es nichts nützen würde.

Scarlett gluckste tief. „Die Mondgöttin ist weg. Ich habe sie weggesperrt. Sie wird niemals zurückkehren."

Damit war es offiziell. Jetzt waren Kylo und ich die Einzigen, die unsere Spezies noch retten konnten.

39
isabella

DIE MONDGÖTTIN WAR BESIEGT WORDEN. Die Frau, die wir jahrhundertelang verehrt hatten, war in der Dunkelheit gefangen, bis wir ihr zur Flucht verhelfen konnten. Ihre Macht war nicht stark genug gewesen, um Dolus fernzuhalten, und ich wusste nicht, ob *irgendetwas* stark genug sein würde, um ihn zu besiegen.

Würden sich noch Partner bilden? Hatte die Mondgöttin uns die Macht gegeben, unsere Partner zu wählen, als sie diese Welt verließ? Was würde während der Vollmonde geschehen? Würden meine Mondblumen auf der Fensterbank noch bis tief in die Nacht für sie leuchten?

Ich hatte keine Ahnung, und das machte mir Angst.

Dolus stand nun als Scarlett vor mir und grinste.

Ich starrte direkt in die schwarzen Augen und fletschte meine Zähne. „Ich habe keine Angst vor dir, Dolus. Ich stelle eine Armee auf, um dich zu vernichten. Einen von uns zu vernichten, wird uns nicht alle vernichten. Gemeinsam sind wir stark genug, um dich zu besiegen."

Scarlett lächelte mich etwas zu süß an, als jemand westlich von uns durch den Wald rannte. Einen Moment lang dachte ich, es sei Kylo, der zurückkam, um mir zu helfen, die Sache ein für alle Mal zu beenden, aber Derek tauchte schwer atmend aus dem Wald auf.

Meine Augen weiteten sich, Wärme erfüllte meinen Körper. „Derek, du bist es. Du bist in Ordnung."

Derek nahm seine menschliche Gestalt an, lächelte mich an und zeigte mir seine perlweißen Zähne. „Isabella", sagte Derek, fast so, als wäre ihm nie etwas zugestoßen.

Er ging näher an uns heran und stellte sich zwischen Scarlett und mich. Ich wollte ihn nur noch umarmen und an mich ziehen.

Doch als ich auf ihn zuging, ergriff Kylo – der wohl gerade aus dem Krankenhaus zurückgekommen war – mein Handgelenk und zog mich zurück, den Blick auf Scarlett gerichtet. „Was machst du da?", fragte er mich.

„Derek", sagte ich und deutete auf ihn.

Dereks Lächeln wurde noch breiter. „Izzy."

„Es ist niemand hier, Isabella", sagte Kylo und zog mich fest an seine Brust. „Sie zeigt dir Dinge, die nicht da sind. Sie ist in deinem Kopf. Lass es nicht zu."

„Aber ..." Ich schüttelte den Kopf. *Derek ist wirklich hier.* „Er ist hier. Er ist genau hier."

„Nein", sagte Kylo zu mir, „das ist er nicht."

Mein Magen zog sich zusammen, ein Kloß bildete sich in meiner Kehle. Ich presste meine Lippen aufeinander und starrte Derek an, aber ...

Was ist, wenn ich mir das alles nur einbilde? Was, wenn sie mich in den wenigen Augenblicken, die sie anwesend war, schon verdorben hat?

Ich sah wieder zu Scarlett. „Wo ist Derek?"

„Er ist genau hier", sagte sie und zeigte auf Derek, der seine Arme ausstreckte, damit ich ihn umarmen konnte.

Göttin, ich wollte ihn so gerne berühren. Ich wollte nicht, dass er immer noch weg war, da draußen in der Wildnis, so lange.

„Warum umarmst du ihn nicht? Das wird es dir beweisen."

„Wo ist er? Was hast du mit ihm gemacht? Wo hast du ihn hingebracht?", fragte ich, riss meinen Blick von ihm los und weigerte mich zu glauben, dass er hier vor mir stand.

Ich habe ihn gesehen, Kylo aber nicht. Und wenn Kylo ihn auch nicht gesehen hat ... musste das alles in meinem Kopf stattfinden.

Scarlett schmunzelte und warf einen Blick auf Derek, dessen Lächeln sich in ein schmerzliches verwandelte.

Er saß in einer dunklen Gefängniszelle, sein Körper war völlig nackt und mit offenen, blutenden Wunden übersät. Er starrte mich mit Tränen in den Augen an. „Izzy! Izzy, bitte hilf mir. Sie ... sie tut mir weh und ich kann es nicht aufhalten. Ich bin nicht stark genug. Ich bin schwach. Ich bin so schwach", sagte er mit gebrochener Stimme.

Als ich Derek so abgekämpft sah, stürzte ich mich wieder auf Scarlett und wurde erneut von Kylo zurückgehalten. Wenn auch nur ein wenig, beruhigte mich Kylos Berührung genug, um klarer zu denken, während mein Verstand von Hass und Wut benebelt war.

Zu meiner Linken riss Roman Jane von Raj weg, der tiefe Einstichwunden am Hals hatte. Jane schlug mit Armen und Beinen um sich, während Roman sie immer fester hielt und ihre Arme einklemmte, sodass sie sich nicht befreien konnte. Sie stieß einen weiteren durchdringenden Schrei aus.

Als Scarlett zu ihr sagte: „Das reicht", hörte Jane sofort auf und fiel schlaff in Romans Arme.

Ich schluckte. Dolus hatte mehr Macht, als ich gedacht hatte.

Aber warum hat er uns nicht direkt angegriffen? Was hielt ihn davon ab, uns körperlichen Schaden zuzufügen? Warum musste er Jane und Derek benutzen, um uns zu verletzen? Irgendetwas stimmte verdammt noch mal nicht und ich wollte nicht warten, bis er seinen nächsten Zug machte.

„Wenn du mir etwas antun willst, dann mach das, aber lasst meine Freunde in Ruhe", sagte ich.

Zu meiner Überraschung stürzte sich Dolus auf mich. Ich wich seinem ersten Angriff aus, schloss für einen Moment die Augen und öffnete sie wieder, um hundert Scarletts im Wald zu sehen, die alle in meine Richtung sprinteten.

Mein Blick flackerte zu jeder einzelnen von ihnen. Alles geschah so schnell, dass ich nicht erkennen konnte, wer wer war oder welche die echte Scarlett war. Als ich zurück blickte, verwandelten sich auch meine Freunde in sie.

Roman war Scarlett.

Jane war Scarlett.

Raj war Scarlett.

Kylo war Scarlett.

Ich war allein, so furchtbar allein.

„Roman", rief ich und machte mich auf den Aufprall gefasst.

Einer von ihnen würde mich angreifen und schlagen, mich zu Boden bringen und töten, wenn ich nicht aufpasste. Ich schloss meine Augen und öffnete sie wieder, in der Hoffnung, dass sie verschwinden würden. Doch als ich meine Augen öffnete, waren sie noch näher gekommen.

Jemand stieß mich hart von hinten und ich schlug mit einem dumpfen Aufprall auf den Boden. Die Steine bohrten sich in meine Handflächen und meine Knie wurden aufgeschlitzt. Ich stolperte auf die Beine, drehte mich um und sah zehn von ihnen auf mich zustürmen.

Meine Lippen bebten. Dolus hat mit meinem Verstand gespielt. Er war in mir drin und versuchte, mich zu brechen.

Eine sprang auf mich zu, stieß mich zu Boden, sprang über mich hinweg und griff eine Scarlett von hinten an. Ich grub meine Nägel in den Dreck und drückte mich wieder hoch.

Göttin, was sollte ich nur tun? Ich konnte nicht erkennen, wer wer war.

Vor mir kämpften drei andere, von denen ich annahm, dass es Jane, Raj und mein Roman waren. Ich holte tief Luft und versuchte, mich auf den Boden zu konzentrieren.

„Irgendjemand", sagte ich durch die Gedankenverbindung, in der Hoffnung, einen Krieger der Lykaner zu erreichen.

Doch niemand antwortete.

Wir würden hier sterben. Wir würden alle verdammt noch mal sterben.

Aber ich würde nicht kampflos sterben.

Meine Nägel verlängerten sich zu scharfen Krallen, meine Zähne zu langen Eckzähnen. Ich verwandelte mich in meine Wölfin und stürzte mich auf alle Scarletts. Als ich auf eine traf, sprintete ich direkt durch sie hindurch und sie löste sich in Luft auf.

Sie waren durchlässig.

Also rannte ich weiter auf jede einzelne zu, machte mich auf den Aufprall gefasst, traf aber nie etwas. Die meisten von ihnen lösten sich in Luft auf, während einige der stärkeren im Wald blieben. Ich schaute mich nach meinem nächsten Opfer um, als mich jemand von hinten angriff und zu Boden warf.

Ich flog vorwärts und prallte gegen einen Baumstamm, Äste stachen in meinen Unterleib. Vor lauter Schmerz zwang mich meine Wölfin, in meine menschliche Gestalt zu wechseln. Ich umklammerte meinen Ellbogen und versuchte, ihn wieder zu richten, bevor sie mich erneut angreifen konnte, aber sie traf mich direkt an der Wirbelsäule.

Ich drehte mich im Dreck um und versuchte, mich mit den Handflächen vom Boden hochzupressen und aufzustehen, aber sie war wirklich verdammt stark. Ich drehte mich mit aller Kraft auf den Rücken und starrte zu ihr hoch. Aber es war nicht Scarlett, es war wieder Derek - zumindest ein Abbild von ihm.

„Tu es!", spuckte ich ihn an. „Versuch, mich zu töten."

Er schlang seine Hände um meinen Hals und drückte zu. „Roman und Kylo werden sich für mich entscheiden, wenn das alles vorbei ist. Ich werde sie brechen. Ich werde sie deinetwegen leiden lassen, du Hure."

Jemand schrie aus Richtung Osten und dann wurde Derek von mir weggestoßen und zu Boden geworfen, ein silbernes Messer glitt durch seine Kehle. Naomi stand über Derek, eine Schweißperle rann ihr über die Stirn. Ich griff nach ihrem Arm. Alle anderen Scarletts verschwanden und wir sieben blieben zusammen im Wald zurück.

Als ob das silberne Messer keine Wirkung auf ihn gehabt hätte, stand Derek auf und zog es heraus. „Wir werden uns wiedersehen, Isabella." Er schleuderte das Messer nach uns.

Ich zog Naomi zu Boden, als das Messer direkt über ihren Kopf hinweg gegen einen Baum flog. Als ich wieder aufblickte, war Scarlett verschwunden und der echte Derek saß an einem Baum und hielt sich seine gebrochenen Rippen und offenen Wunden.

„Hol Jane", sagte Kylo neben mir zu Roman und nahm mich in seine Arme. „Ich habe Isabella."

Als sie sich auf den Weg zum Krankenhaus machten, schmiegte ich mich in Kylos Arme und starrte Derek an, der immer noch mitten im Wald saß, mich stirnrunzelnd ansah und mich anflehte, ihn zu holen.

Tränen stiegen mir in die Augen und ich runzelte die Stirn. *Er ist nicht real, nur ein Hirngespinst meiner Fantasie. Erfunden. Erfunden. Nicht wirklich da. Nicht wirklich atmend. Nicht wirklich real* … aber er sah so real und so verletzt aus.

Kylo hielt mich fester, so dass ich mich nicht losreißen und ins Ungewisse rennen konnte. Ich schlang meine Arme um Kylos Hals und starrte Derek weiter an, bis ich ihn nicht mehr sehen konnte. Ich schloss meine Augen und grub meine Nägel in Kylos Rücken.

„Ich komme dich holen, Derek. Bleib stark", sagte ich durch die Gedankenverbindung, obwohl ich wusste, dass er mich nicht hören konnte.

Tränen liefen über mein Gesicht.

Zum ersten Mal in meinem ganzen Leben fühlte ich mich hilflos. Ich hatte zwei Partner an meiner Seite, ich war stärker als je zuvor und ich hatte die Lykaner immer wieder zum Sieg geführt. Aber Dolus konnte ich nicht so einfach vernichten, wie ich es mir vorgestellt hatte.

Kylo öffnete die Tür des Krankenhauses und betrat das Gebäude. Die Ärzte wuselten im Wartezimmer herum und wiesen uns Untersuchungsräume zu. Sie hatten wahrscheinlich ein Blutbad und offene Wunden erwartet, Schnitte, die monatelang nicht heilen würden, aber was sie bekamen, war viel schlimmer.

Roman hielt eine nicht ansprechbare Jane in seinen Armen, drückte sie fest an seine Brust und flüsterte, dass alles gut werden würde. Tränen liefen ihm über die Wangen, seine Lippen bebten.

Er schrie, dass jemand seiner Schwester helfen solle ... aber niemand wusste, wie man ihr helfen konnte. Was sollte man mit jemandem machen, der von der Magie eines dämonischen Gottes angegriffen worden war?

Papa zog Jane aus Romans Armen und sagte ihm, dass sie ihr Bestes tun würden, um ihr zu helfen. Mit Jane in den Armen eilte er in einen der hinteren Räume, gefolgt von Mama und einer Schar von Krankenschwestern und Ärzten. Ich starrte auf die belebten, kahlen Flure und wäre fast in Tränen ausgebrochen, aber ich riss mich zusammen, denn Roman und Raj waren emotional zu involviert, als dass ich auch noch durcheinander sein durfte.

„Bitte ... pass auf Roman auf", sagte ich zu Kylo. „Ich muss nach Vanessa sehen."

„Warte." Kylo ergriff meine Hand und zog mich zu sich. „Geht es dir gut?" Mit zusammengezogenen Augenbrauen trat er näher an mich heran und strich mir ein paar Haare hinters Ohr. „Dolus hat mit dem letzten Angriff auf dich gezielt. Ich will sichergehen, dass es dir gut geht. Wir alle brauchen dich, Isabella, auch ich."

„Mir geht es gut", flüsterte ich, aber meine Stimme schwankte.

Alles war so schnell passiert, dass ich kaum Zeit hatte, es zu verarbeiten. Alles, woran ich denken konnte, waren meine Freunde und wie sie meinetwegen sterben oder verdorben werden könnten. Wenn ich tatsächlich geglaubt hätte, dass es Derek gewesen und ihm in die Arme gelaufen wäre, wären vielleicht alle gestorben.

Durch die Tränen hindurch blickte ich wieder zu ihm auf. „Wenn ich es nicht bin, sage ich es dir und Roman. Ich verspreche es."

Nach ein paar ruhigen Momenten inmitten des Chaos ließ Kylo meine Hand los. Ich ging zittrig den Flur entlang und suchte in jedem Zimmer nach Vanessa.

Rachel, die Frau, mit der ich früher zusammengearbeitet hatte, schenkte mir vom Tresen aus ein kleines Lächeln. „Vanessa?" Sie nickte in Richtung der Treppe. „Zimmer 506."

Als ich in Zimmer 506 ankam, blieb ich vor Vanessas offener

Tür stehen. Sie lag so still da, mit geschlossenen Augen und ein Schlauch des Beatmungsgerätes im Mund, ihr blondes Haar zur Seite geschoben und ihre Brust mit einem Mullverband verbunden.

„Vanessa", flüsterte ich. Meine Finger zitterten, als ich nach ihrer Hand griff. „Vanessa, es tut mir so leid." Ich rutschte zu ihr ins Bett, legte meinen Kopf auf ihre Schulter und meinen Arm um ihren Bauch, wie sie es bei mir machte, wenn ich bei ihr übernachtete.

Dicke Tränen liefen über mein Gesicht. Ich biss mir auf die Lippe, um mein Schluchzen zu unterdrücken, aber es gelang mir nicht. Mein Körper wogte auf dem Bett neben ihr Hin und Her.

„Alles wird gut", sagte ich zu ihr, während ich ihr ein paar Haare aus dem Gesicht strich. „Alles wird wieder gut werden." Aber ich sagte das mehr für mich selbst als für sie. Ich brauchte etwas, an das ich glauben konnte, und so verrückt es auch war, Vanessa gab mir Hoffnung.

Jemand, der mir einst das Leben zur Hölle gemacht hatte, konnte mir so viel Hoffnung gegeben.

Fünfzehn Minuten lang schluchzte ich in ihrem Bett und starrte an die trostlose und rissige Decke. „Danke für alles, was du für dieses Rudel getan hast." Ich stand auf und strich ihr eine weitere Haarsträhne aus dem Gesicht. „Ich weiß nicht, ob ich dich jemals wiedersehen werde, aber ich wollte dir danken." Ich beugte mich über sie und drückte meine Lippen auf ihre Wange. Ihr Herzmonitor setzte einen Schlag aus und ich lächelte tatsächlich. „Du bist nicht unbemerkt geblieben."

Dann verließ ich ihr Zimmer und ging die Treppe hinunter zu Roman, der sich beruhigt hatte, und zu Kylo, der neben ihm stand und ihn an der Schulter hielt.

Ich ging an den beiden vorbei, packte sie bei den Händen und zog sie in Richtung des Haupthauses. „Kommt schon. Wir haben eine Mondgöttin zu retten und einen Gott zu töten."

Fortsetzung in *Den Alpha beschützen*

über den autor

Emilia Rose ist eine USA-Today-Bestsellerautorin für heißblütige Liebesromane. Inspiriert von ihrer Auslandsreise nach Griechenland im Jahr 2019, liebt Emilia es, die griechische und römische Mythologie in ihre Romane einzuarbeiten.

Im Jahr 2020 schloss sie ihr Studium der Psychologie an der University of Pittsburgh mit dem Nebenfach Kreatives Schreiben ab und schreibt nun hauptberuflich Romane.

Mit mehr als 18 Millionen Online-Buchaufrufen und einer wachsenden Präsenz auf Lese-Apps hofft sie, andere junge Autoren mit ihren Geschichten über das Heranwachsen und Fantasy zu inspirieren, damit auch sie Geschichten schreiben, die erzählt werden müssen.

Melde dich für Emilias Newsletter an und erhalte exklusive Werbegeschenke, vorzeitige Kapitelveröffentlichungen und vieles mehr!

9 781960 052100